À PROPOS DE L'AUTEUR

Maya a commencé à lire de la romance quand elle est entrée à l'Université, sur l'insistance de sa mère. Elle préparait un diplôme de littérature à l'Université de New York et étudiait pour cela la place des femmes, en tant qu'auteurs et personnages. Depuis lors elle est devenue auteure de nombreux romans, aussi intelligents qu'impertinents. Elle vit à New York avec son chien adoré, Penelope.

Du pacte au scandale

Collection : VICTORIA

Titre original :
DUCHESS BY DESIGN

HARPERCOLLINS FRANCE
83-85, boulevard Vincent-Auriol, 75646 PARIS CEDEX 13
Service Lectrices — Tél. : 01 45 82 47 47

www.harlequin.fr

ISBN 978-2-2804-2950-4 — ISSN 2493-013X

MAYA RODALE

Du pacte au scandale

Traduit de l'anglais (États-Unis) par
Catherine Berthet

Victoria

HARLEQUIN

À toutes les personnes qui ont cru en moi.

Prologue

Londres, 1895
Le White's Club
St James's Street

Lord Brandon Alexander Fiennes, duc de Kingston, avait eu la chance d'hériter d'un titre prestigieux, d'un physique très avantageux et d'un domaine impressionnant bien qu'appauvri. Contrairement aux apparences, dans un monde aussi changeant que celui de cette fin de siècle, tout cela n'était pas suffisant. Il lui fallait aussi *une fortune*. Et pour cela, il avait besoin d'une femme.

— Je suis fauché comme les blés, confia Kingston à son cousin et ami Freddie, Lord Hewitt.

Ils se trouvaient au White's, où des générations d'aristocrates avant eux avaient bu, fumé et joué aux cartes, en déplorant le genre de problèmes dont seuls les hommes les plus privilégiés du monde ont le luxe de pouvoir souffrir.

— Tu viens à peine d'hériter, et tu as déjà tout perdu ? s'exclama Freddie, narquois. Et moi qui te prenais pour le plus responsable de nous deux.

C'était bien le genre de son cousin de prendre le problème à la légère !

— Tu n'es pas une référence dans ce domaine, répliqua Kingston.

Freddie eut son fameux sourire, celui destiné à dissiper instantanément tous les problèmes. Mais pour une fois, sa tactique ne fonctionna pas. L'affaire était trop grave. Kingston ne savait même pas pourquoi il en avait parlé à un insouciant comme son écervelé de cousin. Si ce n'est qu'ils n'étaient pas simplement amis et parents. Ils s'entendaient aussi comme larrons en foire depuis le jour lointain où, alors qu'ils marchaient à peine, ils s'étaient aventurés ensemble hors de la nursery pour aller faire un numéro de charme à la cuisinière et lui soutirer une double ration de petits gâteaux avec leur thé.

Le père de Kingston n'avait été qu'un bon à rien irresponsable et il avait quitté ce monde en laissant à son héritier un titre prestigieux, certes, mais surtout plusieurs propriétés à court de ressources, une montagne de dettes, et toute une famille à charge. Kingston n'était pas seulement censé sauver ses proches : en réalité, *tout le monde* comptait sur lui.

— Tu es très *infortuné*.

Freddie marqua une pause pour donner plus de poids à ses paroles et se pencha en avant, arborant de nouveau ce maudit sourire.

— Tu as saisi ce que je viens de dire ? Infortuné. Ce qui signifie littéralement « sans fortune ».

Kingston secoua la tête.

— Il faut croire qu'Eton et Oxford ne t'ont servi à rien.

— Je suis content de constater que tu as gardé le sens de l'humour, alors que les terres de tes aïeux sont sur le point d'être découpées en petits morceaux. Mais je suppose que cinq cents hectares de bonne terre agricole du Berkshire doivent valoir un bon prix. Que feras-tu du produit de la vente ?

Kingston n'avait pas encore d'idée précise. S'il se résignait à vendre les terres du duché pour une somme raisonnable, ce serait dans le but de réinvestir cet argent, peut-être dans des mines. L'agriculture et l'élevage n'étaient plus des investissements rentables désormais. Ces collines verdoyantes, acquises par ses ancêtres, allaient lui échapper. Ainsi que ces forêts denses et giboyeuses, où des générations de Kingston avaient chassé avant lui. Il allait falloir renoncer au sentiment rassurant que ces terres appartenaient de droit à sa famille et seraient toujours là.

— J'imagine que la somme suffira à peine à réparer le toit de Lyon House.

Freddie siffla tout bas.

— Je n'imaginais pas que le toit était aussi grand.

— La maison n'est pas ce qu'on pourrait appeler petite.

— Tu n'as jamais pensé à vendre, pour t'installer dans une demeure plus confortable ?

— Comme Buckingham Palace ? Ce maudit manoir est un bien inaliénable du duché. Je n'ai que deux choix : l'entretenir ou le laisser se détériorer.

L'entretien de ces vieux châteaux et de ces manoirs en ruine était onéreux, ce qui ne lui laissait pas d'argent pour des investissements, ou pour la modernisation de la maison, en dehors des réparations essentielles. Si bien qu'il ne fallait pas compter se débarrasser de ces maudits courants d'air… Dans cette demeure comme dans les autres qui étaient à sa charge.

Il n'y avait pas assez d'argent non plus pour la dot de ses sœurs, des jeunes filles modernes qui s'étaient mis en tête de faire un mariage d'amour. Ni pour offrir à sa mère, la duchesse douairière, le luxe auquel elle était habituée. Le fait que celle-ci ait un style de vie peu économe et qu'elle veuille toujours être à la pointe de la mode n'arrangeait rien. Dieu le préserve des couturières, de leurs factures, et de toutes ces femmes qui entendaient toujours donner le ton de la nouvelle mode !

— Pourquoi ne pas mettre le feu à tout cela, et ramasser l'argent de l'assurance ?

— En dehors du fait que ce serait déshonorant et illégal, la maison est faite de pierres, Freddie. Elle a survécu à deux guerres. Je doute fort qu'une tentative d'incendie parvienne à la détruire.

— T'ai-je déjà dit à quel point j'étais heureux d'être le cadet de ma fratrie, et de n'avoir donc jamais à prendre ce genre de décisions ?

Kingston leva les yeux au ciel.

— Crois-moi, nous en sommes tous soulagés.

— Il existe une solution d'une évidence absolue à ton problème.

— Bien sûr. Une chose que des générations d'hommes dans mon genre ont faite chaque fois qu'ils se retrouvaient dans une situation désespérée.

Kingston avala une bonne gorgée de whisky, avant de prononcer les mots à haute voix. Envisager cette solution quand il était enfermé dans son bureau et compulsait les terribles livres de comptes était une chose. Mais l'admettre haut et fort en était une autre.

— Pour une fois, tu vas devoir suivre mes conseils, et épouser une héritière, déclara Freddie. Comme je l'ai fait.

— Un mariage de convenance.

— C'est à cela que se résument toutes les histoires d'amour.

— Sois serein, mon cœur, ne t'emballe pas, dit Kingston, ironique.

— N'étant tenté ni par le clergé, ni par l'armée – ni par le travail quel qu'il soit – et ayant récemment épousé une héritière, je suis bien placé pour te conseiller. Il n'y a qu'un seul obstacle. C'est que tous les autres pairs du royaume et leurs filles sont aussi fauchés que toi.

— Je suis sûr que quelques-uns s'en sortent encore bien. Huntley, par exemple. Il a investi dans le chemin de fer. Nous nous sommes tous moqués de lui à l'époque, mon père le premier. Plus personne ne rit, à présent.

— À part Huntley, quand il se rend à la Banque d'Angleterre. Cependant, il n'a pas de fille. Le problème c'est que les héritières ne sont plus très nombreuses de nos jours, en Angleterre. Et celles qui restent savent que les types en ont après leur argent. Ce qui rend les choses très compliquées pour un simple fils cadet. C'est pourquoi je suis allé chercher mon héritière à l'étranger.

— Par chance je suis duc. « Échange titre ancien et prestigieux contre espèces sonnantes et trébuchantes. » Quelle belle histoire d'amour.

— Oui, tu n'auras qu'à entrer quelque part et t'annoncer. Tant que tu ne comptes pas épouser quelqu'un que tu voudras ramener dans ton vieux château plein de courants d'air, ce plan devrait fonctionner. Je vais te dire qui sont les filles qui font leurs débuts dans le monde cette Saison et qui ont de l'argent…

Freddie lui dressa la liste de toutes ces demoiselles, en décrivant leur personnalité et leur apparence. La liste en question n'était pas très longue, à vrai dire, et cette option n'était pas des plus attrayantes, ce qui faisait surgir une question : qu'était-il prêt à sacrifier pour préserver son style de vie et protéger les femmes de sa famille ?

Il avait toujours été conscient de ses responsabilités.

Il avait toujours su quelle décision devait être prise, quelle attitude était la plus noble, et il avait toujours eu assez de force d'âme pour faire ce qu'il fallait.

— Si tu veux vraiment épouser une jeune fille riche, il n'existe qu'un seul moyen de parvenir à tes fins.

Freddie avala d'un trait le contenu de son verre, et se pencha en avant pour déclarer avec une gravité étudiée :

— Tu dois te rendre en Amérique.

Chapitre 1

Les riches héritières de Manhattan sont priées de se pincer les joues pour avoir bonne mine et de se mettre sur leur trente et un, car le duc de Kingston se rend à New York dans l'espoir d'y rencontrer sa future duchesse.

– *The New York World*

New York, 1895
Hôtel de la Cinquième Avenue

Une rencontre inattendue avec le duc fut la deuxième chose intéressante qui arriva à Miss Adeline Black cet après-midi-là. C'était cela, la vie à New York. Vous ne saviez jamais qui vous alliez rencontrer, quelle chance ou quel désastre allait se présenter, ni quand vous alliez entrer en collision avec le meilleur parti du moment, dans le hall d'entrée de l'Hôtel de la Cinquième Avenue.

C'était un mardi après-midi.

Plus précisément sept minutes avant que 2 heures n'aient sonné.

Ce qui signifiait qu'Adeline avait exactement sept

minutes pour traverser le vaste hall de l'hôtel et atteindre la suite de Miss Harriet Burnett. Adeline n'avait jamais rencontré cette jeune femme auparavant, mais elle savait reconnaître une occasion de changer de vie et de réaliser ses rêves quand elle se présentait.

Elle ne devait pas être en retard.

Mais ce maudit hall était bondé. On y trouvait absolument tout ce qu'un client d'hôtel pouvait désirer, depuis des billets de train jusqu'à une bonne tasse de thé. Les personnes les plus riches et les plus célèbres de la ville s'y pressaient. Elles se pavanaient, exhibaient leurs beaux vêtements, concluaient des contrats et échangeaient des commérages, tout cela dans le superbe décor de l'hôtel le plus luxueux et le plus huppé de New York.

Et elles se mettaient surtout en travers de sa route.

Tous ces gens se traînaient devant elle, ralentissant son allure, alors qu'elle était pressée d'atteindre l'ascenseur, la suite de Miss Burnett au dernier étage, son avenir.

Adeline avait revêtu pour l'occasion son plus bel ensemble. Une robe couleur prune, et une chemise d'un blanc immaculé garnie de délicats petits volants du col jusqu'à la taille. La veste courte était adorable, ornée d'un galon doré et coupée de manière à mettre en valeur sa taille fine. Un chapeau assorti était perché sur ses cheveux noirs. Elle était chaussée de souliers à talons de style français, comme ceux que portaient les dames. Les siens avaient été achetés à un marchand ambulant du centre-ville et lui avaient coûté une semaine de salaire, autant dire une fortune. Mais elle ne regrettait pas la dépense.

C'était un excellent achat, bien qu'ils soient un peu étroits.

Adeline obliqua à gauche pour éviter un trio d'hommes d'affaires de Wall Street en costume, qui fonçaient sans prêter la moindre attention à ceux qui se trouvaient sur leur chemin. Puis elle dévia sur la droite, évitant deux dames trop absorbées par leur conversation pour regarder où elles allaient. Elle avait pris trop d'élan pour s'arrêter, quand un homme apparut tout à coup, et se tourna vers elle.

Et donc, elle se heurta à son torse ferme et musclé. Des bras tout aussi fermes et musclés se refermèrent sur elle. Elle inspira profondément le parfum de savon frais et de linge propre qui émanait de lui. Elle remarqua le contact d'un cachemire extraordinairement doux contre sa joue.

Adeline se figea. Et, en toute franchise, elle savoura ce moment. Ce n'était pas tous les jours qu'une simple couturière se retrouvait dans les bras d'un gentleman – du moins d'une façon aussi respectable.

Apparemment le destin avait voulu que cela arrive le mardi, quand elle avait rendez-vous à l'Hôtel de la Cinquième Avenue.

Elle fit un pas en arrière et pencha la tête de côté pour regarder l'homme qu'elle venait involontairement de heurter.

Elle s'était doutée qu'il devait être beau, et elle ne fut pas déçue par la réalité. Il avait le genre de visage qu'une femme avait envie de contempler le jour, la nuit, et encore le lendemain, à la table du petit déjeuner. Toute sa vie, en fait.

Ses cheveux bruns avaient quelque chose de spécial. Ainsi que ses yeux bleus, et les fines lignes presque imperceptibles qui lui encadraient les lèvres. Cette bouche ferme et sensuelle esquissa un sourire enjôleur.

— Bonjour, miss, est-ce que tout va bien ?

La voix était grave et assortie d'un accent anglais, aucun doute là-dessus. Le cœur d'Adeline s'emballa.

Tout allait parfaitement bien…

— Oui, si ce n'est que vous m'avez coupé le souffle.

Elle lui sourit d'un air engageant, car il était très beau, vraiment, et aujourd'hui elle était d'humeur à saisir les occasions qui se présentaient.

— Et vous ? Êtes-vous remis de votre démonstration d'héroïsme ? ajouta-t-elle.

— Oh ! je ne dirais pas que le fait de vous rattraper pour vous éviter une chute était héroïque. N'importe quel gentleman digne de ce nom en aurait fait autant en voyant tomber une jeune et jolie personne comme vous.

Adeline eut le sourire sincère d'une jeune fille à qui un bel homme venait de faire un compliment.

— Ne vous retournez pas, dit-elle à mi-voix, mais tout le monde nous regarde. D'ici l'heure du souper, vous serez devenu le sujet de bavardage préféré de toute la ville.

— Vous pensez donc que je ne le suis pas déjà ?

— Ah, vous ne manquez pas d'audace. Bienvenue à New York, avec pareil caractère vous n'aurez aucun mal à vous adapter !

Lectrice assidue du *New York World*, et particulièrement de la rubrique des potins mondains, Adeline avait sa petite idée sur l'identité du bel étranger.

Celui-ci ne se contenterait pas de s'adapter. Il était de taille à conquérir la crème de la société new-yorkaise, les fameuses quatre cents personnes influentes qui constituaient le gratin de la ville. Et pas seulement grâce à son physique et son élégance. Sans faire le moindre effort, il donnait une impression de richesse et de pouvoir. Tous ces nouveaux riches new-yorkais, vêtus de gilets de satin à la dernière mode, se faisaient construire des palais dans la Cinquième Avenue, dépensaient des fortunes en babioles incrustées de diamants et en distractions farfelues. Mais aucun d'eux ne semblait posséder autant d'autorité que cet homme, vêtu simplement d'excellent tweed anglais.

Passionnée par la mode, Adeline savait ce genre de choses.

Elle aurait voulu s'imprégner de cette élégance naturelle. La mettre en bouteille. La vendre au comptoir de Goodwin's Emporium, le magasin des femmes chics. Elle aurait pu gagner une fortune. C'était son côté new-yorkais. Ici, tout était à vendre.

Adeline jeta un coup d'œil à l'horloge. 1 h 55 ! Si elle gardait la tête sur les épaules et le sens des priorités, ou plutôt, si elle ne se laissait pas distraire de son objectif par un homme, elle aurait tout juste le temps d'arriver à son rendez-vous sans courir et être tout essoufflée.

— Merci pour votre acte héroïque. Enchantée d'avoir fait connaissance avec les revers de votre veston. Si vous voulez bien m'excuser, j'ai un rendez-vous.

Elle accorda à l'Anglais un large sourire, et gagna l'ascenseur pour se rendre au dernier étage, dans la suite de Miss Harriet Burnett. La plus belle occasion qu'elle ait jamais tenue de se faire un nom dans la couture.

Oh ! mais elle ne put résister à l'envie de jeter un petit coup d'œil par-dessus son épaule. Le meilleur parti de la ville se tenait là, au milieu du hall de l'hôtel, il souriait – et suivait d'un regard attendri le balancement de ses hanches.

*
**

Brandon Alexander Fiennes, duc de Kingston, n'était plus à Londres, impossible d'avoir le moindre doute là-dessus. New York était une ville entièrement différente de la vieille capitale. Une foule dense s'agitait autour de lui. Chacun dans cette ville semblait être terriblement pressé d'aller quelque part, de rencontrer quelqu'un, de faire quelque chose. Tout de suite. Avant même d'avoir le temps de souffler. Cette ambiance était tout à la fois exaltante et épuisante.

Le rythme de vie n'avait rien à voir avec celui qui régnait en Angleterre, où chacun avait conscience des siècles qui avaient précédé son existence, et de tous ceux qui suivraient.

Kingston était certes assez pressé de trouver sa future fiancée, mais il envisageait malgré tout de passer un mois ou deux dans la grande cité et de subir un certain nombre de soirées mondaines avant d'arrêter son choix sur la bonne personne. C'est-à-dire quelqu'un de riche et respectable, disposée à échanger sa fortune contre un prestigieux titre de noblesse. Sans doute une jeune fille qui se loverait à la perfection entre ses bras, qui aurait dans les yeux une étincelle à le faire chavirer et un déhanchement à lui faire tourner la tête.

Il venait à peine d'arriver, et déjà il avait rencontré une demoiselle correspondant à cette description. Peut-être bien celle qu'il cherchait.

C'était cela, New York.

Fasciné, il garda les yeux fixés sur ses hanches ondoyantes.

Elle se dirigeait vers les ascenseurs. Quelle chance. Lui aussi, justement.

— Comme nous nous retrouvons, dit-il en arrivant à sa hauteur. Le monde est petit.

— Re-bonjour, dit-elle en souriant. Vous ne me suivez pas, n'est-ce pas ?

Kingston aurait eu l'impression de se conduire comme un voyou, s'il n'y avait eu cette étincelle espiègle dans les yeux bruns de l'inconnue, et ce sourire amusé. Elle flirtait avec lui. Il y avait quelque chose de spécial entre eux, et elle l'avait perçu aussi.

— Non, pas du tout. Je retourne dans ma chambre pour me reposer. De tels actes héroïques sont épuisants. Je crains d'avoir besoin d'un peu de douceur pour reprendre des forces.

— J'espère que ceci n'est pas une proposition déplacée, dit-elle d'un ton qui donna justement envie à Kingston de lui en faire une.

— Je suis un parfait gentleman, aussi je n'oserais jamais me montrer trop audacieux avec une femme. Surtout lorsque je viens à peine de faire sa connaissance.

— Un parfait gentleman ? répéta-t-elle en haussant les sourcils. C'est bien la première fois que j'entends cela. Si vous permettez, je suis très occupée.

Et je ne suis pas du tout ce genre de femme.

Elle n'eut pas besoin de prononcer ces mots à haute voix pour se faire comprendre. À vrai dire, il n'avait jamais rien imaginé de la sorte. Sa tenue et ses manières étaient aussi raffinées que celles d'une dame de la haute société. Le fait qu'elle attende l'ascenseur pour regagner sa chambre dans l'Hôtel de la Cinquième Avenue était la preuve qu'elle possédait une certaine fortune. Et donc, qu'elle était une épouse envisageable.

Mais ces lèvres… Il avait très envie de les embrasser. Ici, et maintenant.

— Je dois avouer que je vous trouve ravissante.

— Naturellement ! répondit-elle en levant les yeux au ciel.

Elle esquissa un sourire indulgent qui lui fit battre le cœur un peu plus fort. Puis une évidence le frappa. Ils flirtaient, mais elle n'était pas conquise. Elle badinait poliment avec lui.

Eh bien, c'était un début.

Une nouveauté.

Il était duc. Et si ses poches étaient vides, il avait toujours attiré les regards. Les femmes étaient folles de lui. Il lui suffisait d'un sourire, d'un clin d'œil, d'une remarque charmante, d'une promesse, pour les séduire. C'était ainsi que cela se passait en Angleterre.

Cette jeune femme ne savait sans doute pas qui il était. Ou bien si, mais n'était pas impressionnée pour autant. Kingston se sentit un peu déstabilisé. Ce n'était pas la première fois depuis son arrivée à New York !

— Je viens à peine d'arriver, et je constate déjà que les femmes à New York sont bien différentes de celles de Londres.

— Oh ! vous n'avez encore rien vu.

Un petit tintement de cloche annonça l'arrivée de l'ascenseur, et un liftier en uniforme fit coulisser les portes. Kingston et la jeune inconnue pénétrèrent dans la cabine tapissée de velours. Ils n'étaient malheureusement pas seuls. Le liftier devait exécuter son travail, tout en s'efforçant de se rendre invisible dans cet espace minuscule. Il y parvenait remarquablement bien.

Les portes s'étaient refermées depuis une seconde ou deux quand elle demanda tout à coup :

— Je suppose que je devrais m'enquérir de ce qui vous amène à New York ?

— Je viens pour me marier, répondit-il avec franchise.

— Félicitations ! C'est-à-dire... Je suppose qu'il faut vous féliciter. Votre fiancée sait-elle que vous êtes coincé dans un ascenseur avec une femme que vous trouvez ravissante ?

— Oh ! il est encore un peu tôt pour les félicitations.

— Vous ne lui avez pas encore demandé sa main ?

— Pas vraiment. Mon bateau a accosté seulement hier soir.

— Ah, je suppose que vous n'avez donc pas encore eu le temps de trouver l'épouse idéale ?

— Je ne dirais pas cela...

Leurs regards se croisèrent. Le cœur de Kingston se mit à cogner plus fort.

— Il faudra sans doute que vous passiez encore quelques jours en ville pour rencontrer quelqu'un, déclara-t-elle d'un ton détaché.

Comme si elle n'avait pas conscience du bouleversement intérieur qui se produisait en lui. Il la trouvait ravissante, et elle se contentait de flirter avec lui, comme pour passer le temps un mardi après-midi. Jamais de sa vie il n'avait été confronté à une telle situation : une femme qui ne lui faisait pas comprendre qu'il n'avait qu'un mot à dire pour qu'elle lui tombe dans les bras !

— Je l'ai peut-être déjà rencontrée ? suggéra-t-il.

L'inconnue sourit.

— Quelque chose me dit que vous n'aurez pas trop de mal à trouver une épouse.

— Vous diriez oui, si je vous demandais votre main ?

Il lui adressa son sourire le plus ravageur. Celui qui faisait se pâmer toutes les jeunes filles de sa connaissance. À ce moment, la sonnette de l'ascenseur retentit de nouveau pour indiquer qu'ils avaient atteint l'étage demandé. Le liftier ouvrit la porte et sortit dans le couloir.

— Je suis enchantée d'avoir fait votre connaissance, dit-elle.

Avant d'ajouter un simple « au revoir ». Rien de plus.

— Tout le plaisir était pour moi, murmura-t-il.

Il la regarda s'éloigner en ondulant les hanches, puis frapper à la porte de la suite qui jouxtait la sienne.

C'était tout de même épatant. Il n'avait pas encore passé vingt-quatre heures en Amérique, et déjà il était amoureux de la fille d'à côté.

Chapitre 2

Les héritières viennent à Manhattan pour voir le Ladies' Mile, se promener dans Central Park, faire bonne impression à Mrs Astor, et s'acheter un titre de noblesse britannique.

– The New York World

Il fallait oublier le duc. Adeline était venue dans un but précis. À 2 heures pile, elle toqua avec assurance à la lourde porte de chêne. Un instant plus tard, une servante vint ouvrir et la fit entrer dans une suite luxueuse, dont les fenêtres offraient une vue magnifique sur les jardins de Madison Square Park.

— Bonjour. Je suis Miss Black, de l'atelier de couture. Mme Chalfont s'est foulé la cheville et ne pourra pas se déplacer. Je suis donc venue à sa place pour l'essayage, expliqua Adeline.

Adeline avait appris le métier de cousette dans un atelier, mais elle avait depuis longtemps l'idée de devenir styliste. Une ambition qui n'était pas du tout encouragée par Mme Chalfont, ce qui n'empêchait pas cette dernière d'exploiter son talent. Adeline avait un don pour la couture, elle était très habile, savait couper à la perfection les tissus les plus délicats, et créer des modèles merveilleusement adaptés à la silhouette des clientes.

Elle était censée couper et coudre suivant les idées de Mme Chalfont, et non les siennes… Mais plus d'une fois, elle avait contrarié tout le monde en changeant les modèles selon son goût. Si bien que les autres couturières de l'atelier avaient dû refaire les robes en les dépouillant de toute la fantaisie qu'elle leur avait apportée.

Le rêve d'Adeline était d'avoir un jour sa propre boutique de mode et de créer des tenues incomparables pour des femmes exceptionnelles. Elle en parlait tout le temps avec ses amies, Rose et Rachel, et avec tous ceux qui voulaient bien l'écouter. Elle aurait voulu voir au moins un modèle issu de son imagination devenir réalité et être porté dans la haute société.

Cet essayage en tête à tête avec Miss Burnett était une chance unique de persuader une cliente d'adopter le style « Adeline », et non celui de Mme Chalfont. Sa patronne n'écouterait jamais ses suggestions, mais avec une cliente, ce serait entièrement différent, du moins elle l'espérait.

C'était une occasion de montrer son propre travail dans un milieu huppé. Ensuite, qui savait ce qui pourrait se passer ? Peut-être plus de commandes, plus de clientes. Et modèle après modèle, elle se ferait sa place et deviendrait la styliste à la mode, dans le milieu très fermé des Quatre Cents.

C'était probablement la seule façon de s'en sortir, pour une fille issue des quartiers pauvres du sud de New York.

Adeline fut introduite dans une chambre où était étalé un assortiment de robes de soie, de satin et de coton, livrées un peu plus tôt. Tout était prêt pour l'essayage, excepté la cliente.

Adeline ne savait à quoi s'attendre de la part de Miss Harriet Burnett.

Celle-ci avait été la coqueluche de la haute société de Manhattan. Puis cet engouement avait pris fin. C'était l'histoire habituelle. La jeune fille avait refusé le prétendant âgé que son père avait choisi pour elle, et par conséquent elle avait été bannie de la maison familiale. Certaines rumeurs prétendaient qu'elle avait écrit de temps à autre dans les journaux pour vivre, d'autres qu'elle avait effectué un travail plus infâme encore. À présent ses parents étaient morts. Miss Burnett était redevenue une héritière et elle était impatiente de faire son grand retour dans la société mondaine.

Ce qui expliquait la nouvelle garde-robe.

— Bonjour, je suis Miss Burnett. Je vous présente mon amie, Miss Ava Lumley.

Miss Burnett était d'une beauté sculpturale, avec des cheveux blonds, un teint lumineux, et une silhouette qui se prêterait aux modèles les plus originaux. Miss Lumley, une petite femme brune, bien en chair, était la gentillesse incarnée.

— Vous devez être la couturière, reprit Miss Burnett en lançant un coup d'œil approbateur au tailleur d'Adeline. La personne qui avec de la soie, du satin, du fil et une aiguille, m'aidera à conquérir la ville. Je vais vous exposer mon problème. Il me faut des robes qui feront croire que j'essaye de mettre le grappin sur un futur mari, mais qui ne m'aideront pas à en trouver un.

Un silence suivit, qui fit comprendre que la jeune femme n'était pas du tout tentée par le mariage.

— C'est beaucoup demander à une robe, Harriet, fit remarquer Miss Lumley au bout de quelques secondes. Après tout, ce n'est qu'un vêtement, ajouta-t-elle en se laissant tomber dans un fauteuil confortable.

— Une robe n'est jamais « juste une robe », répondit Adeline. Au départ, c'est un vêtement qui sert à se couvrir et à se protéger des éléments, c'est vrai. Mais une robe peut aussi être magique. Elle peut aider une femme à se sentir audacieuse et sûre d'elle afin de conquérir le monde, comme toutes les femmes devraient le faire, selon moi. Ce peut être une armure qui la protège des regards trop appuyés – ou des maris éventuels. Ou bien la protection dont elle a besoin pour affronter le monde. Tel est le pouvoir d'une robe.

Aucune des deux femmes ne trouva quelque chose à répondre.

Le silence devint insupportable. Tout se passait si bien, jusqu'à ce qu'elle se mette à parler à tort et à travers. Sa mère avait l'habitude de pousser des petits soupirs indulgents, quand Adeline se lançait dans son sujet préféré. La magie d'une robe bien coupée, qui pouvait changer le cours de votre vie, ou bien le pouvoir incroyable des sous-vêtements pour affiner une silhouette, ou encore la nécessité absolue de trouver l'accessoire idéal…

— Eh bien, nous n'avons jamais appris cela à Oberlin, finit par dire Miss Lumley.

Ah, elles s'étaient donc connues à l'école.

— Eh bien, n'êtes-vous pas vous-même une personne très spéciale ? ajouta sèchement Miss Burnett.

Adeline leva le menton.

— Pas encore, miss. Mais j'espère le devenir bientôt.

— C'est la première fois que je suis impatiente de

faire un essayage, reprit Miss Burnett. Voilà les tenues que la boutique a fait livrer tout à l'heure.

Sa femme de chambre l'aida à revêtir la première robe, et Adeline recula un peu pour juger de l'effet. La soie vert foncé et vaporeuse obéissait aux tendances de la mode. Les épaules du bustier étaient larges, les manches étroites, la taille resserrée, et la jupe ample. L'ensemble était joli, mais n'avait rien de remarquable. Cette robe convenait à une jeune femme désireuse d'intégrer la société par le biais d'un mariage conventionnel. Elle ne s'accordait pas du tout à la personnalité de Miss Burnett.

— Je ne vois pas comment je suis censée bouger, avec ces manches ridicules, fit remarquer cette dernière. C'est à peine si je peux respirer.

— Je ne crois pas que tu sois censée faire beaucoup plus, ma chère, répondit Miss Lumley. Une dame du monde doit s'économiser autant que possible. Ne pas mourir d'asphyxie et se déplacer en souriant est déjà bien suffisant.

La remarque contenait une touche de sarcasme, et un sourire narquois étira les lèvres de Miss Burnett.

— Nous savons toutes les deux que je n'aspire pas à devenir une dame du monde, déclara celle-ci en se tournant vers Adeline. À l'école, nous portions des tenues simples et fonctionnelles, afin de nous concentrer sur des questions intellectuelles. À présent, j'ai de grandes ambitions, et j'aimerais pouvoir respirer normalement.

Quelles étaient donc ces ambitions qui ne concernaient pas le mariage ? Adeline aurait été curieuse de le savoir. En tout état de cause, elle comptait bien fournir à Miss Burnett une garde-robe qui lui permettrait de mettre ses projets à exécution.

— En déplaçant cette couture et en diminuant l'ampleur de la manche, nous devrions pouvoir vous donner plus d'aisance, dit-elle. Si nous ajoutons quelques plis à la jupe, vous pourrez faire de plus grandes enjambées, tout en suivant la mode de la saison.

— Au diable la mode ! Je veux pouvoir respirer et bouger les bras.

Comprenant que Miss Burnett serait ouverte à ses idées, Adeline osa aller plus loin en suggérant un élément plus avant-gardiste qu'elle incorporait à ses propres robes. Mme Chalfont y était farouchement opposée.

— Nous pourrions ajouter une petite poche.

— Une poche ! s'écria Miss Burnett. Voilà une bonne idée !

— Cela ne risque-t-il pas de gâcher l'allure de la robe ? demanda Miss Lumley.

— Avec une jupe aussi volumineuse ? Je ne pense pas, dit Adeline.

— Et comme je le disais, au diable la mode ! Surtout si cela me permet d'avoir une poche. Je ne comprends pas pourquoi Mme Chalfont n'en a pas prévu une tout de suite.

Adeline décida de ne pas répondre. Transformer des modèles qui porteraient la marque de sa patronne était déjà très risqué. Elle ne s'aventurerait pas en plus à dire du mal de celle-ci. Mais Miss Burnett était loin d'être sotte.

— Ah, je vois. Vous le lui avez déjà suggéré, mais elle n'a pas tenu compte de vos conseils. Je me demande si elle vous considère comme une concurrente possible. Les femmes sont parfois leurs propres ennemies.

— Mme Chalfont a un œil d'artiste, répondit Adeline avec diplomatie. Mais elle est très traditionnelle. Et c'est sa boutique.

Sa patronne n'aimait pas ce qui pouvait paraître trop osé ou trop suggestif. Comme un décolleté trop profond, une jupe trop courte – ou une poche. La moindre allusion aux pantalons bouffants ou aux nouveaux costumes de cyclisme la mettait dans un état proche de l'hystérie.

Elle était très vigilante concernant sa réputation et celle de ses ouvrières, car certaines personnes persistaient à penser qu'un établissement de couture tenu par une femme pouvait n'être qu'une façade pour d'autres activités et services peu avouables.

— Mais vous avez aussi de l'idée, reprit Miss Burnett. Vous connaissez le corps des femmes, et vous savez qu'en dépit des diktats de la société une femme est capable de faire autre chose que s'affaler sur un canapé.

— J'ai une vraie passion pour la mode et les jolies robes, mais je ne vois pas pourquoi une femme devrait sacrifier son confort et sa liberté de mouvement pour suivre la tendance du moment.

Tout en parlant, Adeline rajusta une couture qui devait être resserrée.

— Une belle robe devrait donner à une femme l'impression qu'elle peut sortir et conquérir le monde.

— Je suis entièrement de votre avis. Je vais avoir besoin de toute une garde-robe. Des robes de soirée, d'après-midi, des tenues d'équitation, des sous-vêtements. Je commanderai tout cela à Mme Chalfont, à condition que ces vêtements comportent vos idées novatrices. L'argent peut tout, n'est-ce pas ?

Un mot tournait dans la tête d'Adeline. *Mardi.* C'était son jour de chance. Toutes les planètes étaient alignées pour que ses rêves se réalisent.

Et le duc n'en faisait pas partie, bien sûr.

Chapitre 3

Attention, mesdames. Sa Grâce, le duc de Kingston, est en ville ! Bien qu'à peine arrivé, il a déjà été vu en grande conversation avec une mystérieuse jeune femme, dans le hall de l'Hôtel de la Cinquième Avenue. Et ce n'est pas tout…

– Town Topics

Quand Adeline déboula joyeusement dans l'atelier de Mme Chalfont le lendemain matin, les autres couturières étaient plongées dans la lecture du dernier exemplaire de *Town Topics*, le très populaire journal à scandale. Les femmes fortunées de la haute société le lisaient pour connaître les derniers commérages sur les personnes de leur rang et sur elles-mêmes. Les jeunes femmes comme Rose et Rachel pour avoir un aperçu de l'existence fascinante que menaient les riches.

Adeline le consultait avant tout pour les descriptions des robes, au grand désespoir de ses camarades qui s'intéressaient plus à ce qu'une personne avait fait avec une autre qu'aux toilettes que portaient les protagonistes de l'histoire.

Rose Freeman leva la tête quand Adeline entra. Ses grands yeux bruns pétillaient, et sa voix tremblait d'excitation. Rose avait un talent exceptionnel pour broder des motifs qui transformaient une robe banale en un vêtement unique qui accrocherait tous les regards. Elle était aussi une incorrigible romantique et lectrice assidue de romans à deux sous.

— Oh ! tu as entendu ça, Adeline ? Le duc est arrivé. Il a été vu dans le hall de l'Hôtel de la Cinquième Avenue.

Adeline s'en doutait un peu…

Rachel haussa les sourcils.

— C'est bien le genre de lieu où l'on s'attend à croiser un duc, à New York. En dehors de la salle de bal de Mrs Astor et du Metropolitan Club, bien entendu.

En d'autres termes, des enclaves exclusivement réservées à la haute société, où aucune d'entre elles ne pourrait jamais montrer le bout de son nez.

— Il est duc, mais c'est aussi un touriste, fit remarquer Rose en se remettant à coudre avec soin de minuscules perles de nacre sur la traîne d'une robe. Il se peut qu'il visite un musée, s'aventure à St Mark's Place, ou se promène à Central Park. Et qu'on l'aperçoive à ce moment-là.

— Que dit d'autre le journal ? s'enquit Adeline avec une hésitation.

Elle soupçonnait déjà l'homme qu'elle avait rencontré hier d'être le duc de Kingston, dont les journaux annonçaient la visite depuis des jours. Ce nouvel article confirmait cette idée.

— À ce qu'on dit, il est grand, brun, et beau à couper le souffle, répondit Rose. C'est le meilleur parti de la ville.

— Balivernes ! répondit sèchement Rachel Abrams.

Celle-ci n'avait pas la réputation d'être une grande

romantique. En revanche, elle avait un talent incomparable pour se servir de ses ciseaux. Couper des tissus hors de prix était une affaire délicate, et Rachel était maîtresse en la matière.

— Je parie que toutes les femmes se pâment devant lui. Il doit être millionnaire, dit Rose d'un air rêveur.

— Je suis sûre que non, rétorqua Rachel, anéantissant les rêves de toutes les jeunes ouvrières qui les entouraient. Tout le monde sait que ces aristocrates viennent à New York uniquement dans le but de mettre la main sur une héritière.

Rachel n'avait pas tort sur ce point.

Le meilleur produit d'exportation à New York était la « Princesse Dollar ». Ce terme désignait des jeunes filles qui devaient leur fortune aux chemins de fer, aux mines, aux investissements immobiliers et au pétrole. Des cibles de choix pour l'aristocratie anglaise qui s'appauvrissait d'année en année. Le duc de Kingston n'était pas le premier, ni le dernier, à faire un voyage dans les « anciennes colonies » en espérant y trouver une fiancée dont la fortune récente renflouerait ses caisses et sauverait son vieux domaine en ruine.

C'était bien pour cette raison qu'Adeline s'était gentiment moquée du flirt que le duc avait ébauché la veille. En dépit de leur attirance instantanée, elle n'était pas du tout la femme qu'il cherchait.

Loin de là !

La seule chose qui pourrait survenir entre eux, ce serait au mieux une mésalliance. Au pire, une chute irrémédiable pour elle. Adeline savait, pour l'avoir vu de ses yeux, que les fausses promesses et les baisers d'un homme pouvaient entraîner la perte d'une jeune fille en la détournant de ses rêves ou en ruinant sa réputation. *Ou les deux à la fois.* Elle savait qu'il n'était pas prudent de compter sur un homme. Les trois maris de sa mère en étaient la preuve. Adeline s'était promis des années auparavant de ne jamais céder à la tentation, et de ne jamais s'appuyer sur un homme pour réussir dans la vie.

Non qu'elle ait rencontré beaucoup d'hommes qui l'aient tentée de le faire…

Excepté hier après-midi dans le hall de l'Hôtel de la Cinquième Avenue. À 1 h 53 précisément.

Il n'y aurait donc absolument rien entre elle et le duc. Le fait de croiser son regard lui avait fait éprouver une bouffée de plaisir, leur bavardage lui avait fait battre le cœur, pourquoi le nier ? Leur attirance avait été aussi soudaine que puissante. Mais cela n'irait pas plus loin.

Même si le duc parvenait à la retrouver, ce qui n'arriverait jamais puisqu'il ne connaissait pas son nom, et s'il daignait lui faire la cour, ce qu'il ne ferait pas non plus car elle n'appartenait pas à la même classe sociale que lui, il n'en sortirait rien de bon.

Adeline repoussa fermement de son esprit toute pensée ayant un rapport avec lui.

Du moins, elle essaya.

Rose tenait toujours le journal à la main, et absorbait avidement chaque mot imprimé au sujet de ce héros mythique auréolé de romantisme qui venait de traverser l'océan pour débarquer sur les rivages de leur ville.

Rachel, quant à elle, ne s'en laissait pas conter.

— À quoi bon être duc, quand on n'a pas d'argent ?

— J'avoue que cela gâche un peu l'histoire, convint Rose. Un tout petit peu.

— Ah oui, la légende du célibataire millionnaire et

beau comme un dieu qui a le coup de foudre pour une petite ouvrière et l'arrache à son quotidien pour l'installer dans une maison de rêve, dit Adeline, résumant en quelques mots le sujet de presque tous les romans que lisaient les filles de l'atelier.

Elles les dévoraient pendant leur courte pause déjeuner, et se les échangeaient entre elles jusqu'à ce que le livre tombe en morceaux à force d'être lu et relu. Mais le rêve demeurait.

— Une fille a le droit de rêver, répondirent Rose et Rachel en chœur.

— Apparemment, il a déjà croisé le chemin d'une jeune femme, ajouta Rose en reportant son attention sur le journal. L'article dit qu'il a été vu en grande conversation avec une inconnue « élégante et mystérieuse », « dans le hall de l'hôtel ». Ils ont ensuite pris l'ascenseur ensemble. *Seuls.*

— Je suis sûre qu'ils n'étaient pas seuls, fit remarquer Adeline. Il devait y avoir un liftier dans la cabine.

Personne ne prêta attention à sa remarque, et Rose poursuivit :

— Il s'agit d'une « femme brune, aux yeux de biche, vêtue d'un ensemble de couleur prune et d'une chemise blanche ornée d'un jabot de dentelle ».

— Oh ! cela ne vous rappelle-t-il pas quelqu'un que nous connaissons ? s'exclama Rachel.

Deux paires d'yeux fixèrent Adeline, dont toute l'attention se concentra soudain sur la manche d'une veste de tailleur jaune citron.

— Une personne que nous connaissons et qui se trouvait précisément à l'Hôtel de la Cinquième Avenue hier après-midi ? Et qui venait en prime de passer une semaine à coudre de délicats volants sur sa plus jolie chemise blanche ?

— Ce doit être une coïncidence, rétorqua Adeline d'un ton qui se voulait détaché.

Elle ne voyait absolument pas l'intérêt de leur raconter sa rencontre avec le duc. C'était le genre de flirt insignifiant qu'une jeune femme pouvait avoir ici ou là, avec n'importe qui, dans cette grande ville. Un moment délicieux, qui tombait aussitôt dans les oubliettes de la mémoire. Et y demeurait à jamais.

Mais Rose et Rachel la regardaient avec insistance, attendant qu'elle leur rapporte toute l'histoire. Elles se penchèrent vers elle, les yeux écarquillés de curiosité, attendant qu'elle se décide à parler.

— Qui a cousu cette manche ? demanda Adeline. Les points ne sont pas assez serrés.

— On s'en moque ! s'exclama Rose, excédée.

— C'était toi, n'est-ce pas ? dit Rachel en souriant. La femme brune aux yeux de biche qui a attiré l'attention du duc, et dont toutes les New-Yorkaises sont follement jalouses depuis qu'elles ont lu cet article au petit déjeuner ! Tu l'as croisé quand tu t'es rendue à l'hôtel pour l'essayage de Miss Burnett. Je le savais !

Rose n'attendit pas qu'Adeline confirme pour pousser un grand soupir.

— Oh ! Ada, comment est-il ?

Il était tel un rêve devenu réalité. Beau et sûr de lui. Il y avait eu quelque chose d'intensément érotique dans la façon dont il l'avait regardée, comme si elle était son fantasme incarné et qu'il voulait la toucher pour s'assurer qu'elle était bien réelle. Il avait posé sur elle son regard d'un bleu perçant, comme si sa vie en dépendait. Et elle avait eu envie de l'attirer dans un lieu isolé, où ils auraient pu échapper à leur quotidien.

Mais elle ne voulait pas donner à ses amies matière à poursuivre la conversation. Ni alimenter ses propres fantasmes.

— Son veston était très bien coupé. C'était un très beau cachemire qui venait probablement de Savile Row[1].

— Naturellement, tout le monde s'attend à ce qu'un duc ait un excellent tailleur, fit observer Rachel.

— Mais qui se soucie de ses vêtements ? s'écria Rose en levant les mains d'un air agacé.

Malheureusement, leur amie était romantique pour trois !

— Il n'y a qu'une seule question pertinente, souligna Rachel. Comment Adeline a-t-elle pu s'approcher suffisamment pour voir de tels détails ? Le fameux liftier était-il aux abonnés absents, par hasard ?

Une fois de plus, ses amies dardèrent sur elle un regard inquisiteur.

Le genre de regard que lancent les personnes qui savent qu'il y a une histoire cachée, et qui ne renonceront pas tant qu'elles n'en connaîtront pas chaque détail intime et romanesque. Leur journée de travail durait dix heures, plus parfois. Elles avaient besoin de distraction. Inutile d'espérer : Rose et Rachel ne lui laisseraient pas de répit. Il n'arrivait pas souvent que l'une d'elles fasse une rencontre assez intéressante pour nourrir les bavardages. Or, celle que venait de faire Adeline était rapportée dans les journaux ! Elle pouvait toujours faire semblant de s'intéresser à ses travaux de couture autant qu'elle voulait,

1. Rue de Londres très connue pour ses tailleurs pour homme et ses luxueux costumes sur mesure.

mais ses deux amies ne cesseraient pas de la harceler tant qu'elle ne leur aurait pas tout dit concernant le duc.

En n'omettant *aucun* détail.

Adeline marqua une pause.

Puis elle se lança dans son récit, avec un sourire espiègle.

— Eh bien, il était 1 h 53, et je devais me rendre dans la suite de Miss Burnett, au dernier étage de l'Hôtel de la Cinquième Avenue…

Elle leur raconta tout. La collision avec le duc dans le hall, son torse puissant et musclé couvert de cachemire. La façon dont ses mains lui avaient agrippé le bras après qu'il avait manqué la faire tomber à la renverse… Au sens propre comme au figuré.

Elle leur raconta la façon dont il semblait occuper tout l'espace dans l'ascenseur, l'étourdissement qu'elle avait éprouvé, qui ne l'avait pas empêchée de badiner avec lui. Oui, avoua-t-elle à Rose, il était d'une beauté à couper le souffle. Et elle leur rapporta la façon dont il avait parlé mariage, alors qu'ils venaient à peine de se rencontrer !

Rose avait une expression rêveuse et lointaine. Rachel elle-même, abandonnant son allure stoïque, s'était autorisé un sourire. Adeline était heureuse de leur procurer ce moment d'évasion, cette petite rêverie, mais…

— Mais cette rencontre n'aura pas de suite, naturellement. Nous n'avons même pas échangé nos noms.

À cet instant précis, un jeune homme portant l'uniforme de l'Hôtel de la Cinquième Avenue entra dans la boutique.

Les chasseurs de cet hôtel ne constituaient pas la clientèle habituelle de l'atelier de couture de Mme Chalfont.

Sa présence suscita une explosion de bavardages chez les jeunes ouvrières, qui cessèrent tout à coup de coudre et de repasser. Mme Chalfont elle-même fut intriguée. Elle s'écarta de son comptoir et s'approcha de l'homme qui avait osé pénétrer dans sa boutique.

— J'ai une lettre pour Miss Adeline Black, annonça-t-il.

— C'est probablement un message de Miss Burnett, au sujet de sa commande, expliqua Adeline aux couturières qui la dévisageaient avec curiosité.

La veille, elle était revenue à l'atelier après l'essayage, avec une nouvelle commande pour une douzaine de robes supplémentaires. Cela avait mis Mme Chalfont de si bonne humeur qu'elle avait souri… Un sourire qui s'était rapidement évanoui quand elle avait pris connaissance du mot de Miss Burnett, précisant que toutes les robes devraient être dessinées par *Adeline.* Sa patronne semblait plutôt jalouse.

Mme Chalfont fronça les sourcils, frappa dans ses mains et cria, avec son accent caractéristique de la région du Midwest :

— Retournez au travail, mesdemoiselles.

En temps normal elle imitait l'accent français, mais quand elle se mettait en colère son véritable accent refaisait surface malgré elle.

Rose et Rachel se penchèrent par-dessus l'épaule d'Adeline pour lire la lettre.

— C'est une lettre du duc, n'est-ce pas ?

— Ne soyez pas idiotes.

— Regarde, vite !

À la ravissante jeune femme de l'ascenseur.

Ses amies poussèrent un soupir alangui. Adeline sourit malgré elle, puis se rembrunit. Comment l'avait-il retrouvée ? Bien sûr, c'était un duc, un homme puissant, et il devait avoir des ressources qu'une fille comme elle ignorait totalement.

— C'est bien le duc, murmura Rose.

— Ou bien le liftier, suggéra Adeline.

Mais tout le monde ignora cette remarque.

— Ils se donnent déjà des petits noms affectueux entre eux, chuchota Rachel.

— C'est renversant, dit Rose en posant les mains à plat sur la table. Littéralement renversant.

— Veux-tu que je cesse de lire pour aller chercher les sels ?

— Non !

Comme je viens à peine d'arriver en ville, je me dois de visiter tous les sites remarquables de Manhattan. Me ferez-vous l'honneur de me retrouver pour une promenade à Central Park ?

Kingston

— Tu es libre ce jour-là, dit Rose.

— Il n'a pas précisé quel jour.

— Elle se libérera. C'est un duc ! Un duc magnifique, en prime.

— Je vais refuser, bien entendu, déclara Adeline.

— *Quoi ?*

— Pourquoi ?

— Pour commencer, nous avons une énorme commande à livrer. Une douzaine de robes pour Miss Burnett. Elle les veut au plus vite.

— Nous les ferons. Nous nous débrouillons toujours pour y arriver, répondit Rachel.

— C'est une priorité *absolue*, déclara Mme Chalfont, interrompant leur conciliabule. Et vous allez vous y mettre sur-le-champ, au lieu de rester plantées là à ne rien faire et à discuter des attentions déplacées de cet homme. Il ne s'intéressera jamais à vous pour des raisons honorables, mademoiselle Black. Et la moindre allusion à une relation clandestine causera votre perte dans ce métier. Écoutez bien ce que je dis : quand une femme perd sa réputation, c'est pour toujours. Et elle perd du même coup toutes les opportunités qui s'offraient à elle. Les gens ont déjà une assez mauvaise opinion des couturières, aucun homme ne vaut la peine qu'on prenne un tel risque pour lui.

Sur ces mots, elle tourna les talons en s'imaginant sans doute que les bavardages allaient cesser et le travail reprendre, tandis que toutes les idées concernant le duc s'évaporeraient.

— Ce que nous ne faisons pas tous les jours, en revanche, c'est se promener dans le parc avec un duc, reprit Rose à mi-voix. Tu dois y aller, fais-le pour nous. Par solidarité, Adeline. Pour toutes les filles qui rêvent d'une histoire comme celle-ci et n'auront jamais une telle occasion.

Il était difficile de résister à une telle supplication. Adeline songea à toutes les filles qui rêvaient d'une rencontre inattendue avec un bel inconnu, d'une promenade romantique avec un duc, de mettre enfin la main sur un beau parti. Il n'y avait pas de mal à rêver un peu, pour éclairer une existence banale et routinière. Par un hasard extraordinaire, cette opportunité venait de lui échoir. N'importe laquelle de ces filles l'aurait saisie sans la moindre hésitation. En fait, elles auraient même déjà envoyé une réponse.

Oui, monsieur le duc, dites-moi simplement où et quand.

Mais Adeline ne voulait pas d'une distraction.

Elle voulait faire des robes. Des robes telles qu'elle les imaginait. En fait, elle avait une idée très précise pour cette soie verte, et elle était impatiente de se mettre au travail.

Mais alors, ses yeux se posèrent sur le journal que Rose tenait toujours entre ses doigts fuselés, et sur les mots imprimés. *Un élégant tailleur de couleur prune… Des volants délicats…* Sa robe était décrite avec précision, dans cet article qui allait être lu par toutes les dames de la haute société.

Aussitôt, une idée jaillit dans son esprit.

— Ce pourrait être une bonne publicité. Une publicité gratuite. Je porterai une de mes créations. Et comme je serai au bras du duc, je suis sûre d'attirer l'attention. Ma nouvelle robe sera peut-être décrite dans le prochain article. Encore une fois. Et cela m'aidera à réaliser mon rêve. À avoir ma propre boutique.

Les autres filles poussèrent à l'unisson un grognement de contrariété. Elles connaissaient toutes les ambitions d'Adeline. Combien de fois, l'une ou l'autre d'entre elles avait-elle dû corriger son travail trop inventif, qui allait contre la vision traditionnelle de Mme Chalfont ? Elle avait cessé de compter !

— Pense à la merveilleuse histoire qui s'annonce, Adeline ! À l'amour ! s'exclama Rose.

— L'amour est un piège et tu le sais. Il ne mène à rien de bon. C'est une idée ridicule, qui pousse les filles à prendre de mauvaises décisions.

Comme l'avait fait sa mère. Et des milliers de femmes avant elle.

— Ce n'est qu'une promenade dans le parc, Adeline, souligna Rachel.

— Une promenade avec *un duc*. Ce qui change tout.

Chapitre 4

Dois organiser réception à Lyon House pour que les filles trouvent un mari. Stop. Quand le toit sera-t-il réparé ? Stop. Filles veulent robes dernière mode. Stop.

– Télégramme de Sa Grâce,
la duchesse douairière de Kingston

Le lendemain, dimanche après-midi
Central Park

Kingston se dirigea d'un pas nonchalant vers l'angle de la 59e Rue et de la Cinquième Avenue, où se trouvait l'une des entrées du célèbre Central Park. Des demeures imposantes s'alignaient le long des avenues. Sa fierté traditionnelle de Britannique ne l'autorisait pas à le dire à haute voix, mais en son for intérieur il ne pouvait s'empêcher de penser que ces maisons grandioses avaient plus de panache que bien des demeures anglaises.

Excepté Lyon House, bien entendu. Cet ancien et massif tas de pierres du Buckinghamshire était au moins deux fois plus grand et plus somptueux que ces maisons américaines. Il était aussi entouré par des milliers d'hectares de verdoyantes terres agricoles, et enraciné dans l'histoire de son pays. De nombreuses têtes couronnées avaient dormi sous son toit. Malheureusement, le château ne bénéficiait pas du confort moderne tel que l'eau courante… À moins de prendre en compte les nombreuses fuites sous les toits après la pluie.

Mais… Et à cette pensée, le cœur de Kingston se mit à battre un peu plus vite. S'il adjoignait à son patrimoine une de ces fortunes de la Cinquième Avenue, le domaine ancestral qui abritait sa famille retrouverait sa splendeur et son dynamisme. Il pouvait arrêter les ravages opérés par le temps, redonner à Lyon House son ancien lustre, et en faire une demeure digne d'un homme de son rang.

Il serait alors le duc qui avait sauvé tout le monde de la ruine.

Avec une détermination renouvelée, Kingston approcha de l'entrée du parc et attendit la ravissante jeune femme de l'ascenseur, qui résidait dans la suite voisine de la sienne. Bon sang. Il aimait bigrement l'idée de tomber amoureux de l'héritière d'à côté.

Après s'être discrètement renseigné auprès du personnel de l'hôtel, il avait appris que la personne qui occupait cette suite s'appelait Miss Harriet Burnett. On lui avait laissé entendre qu'elle avait un passé quelque peu scandaleux – un détail sur lequel il pouvait fermer les yeux, étant donné sa propre situation et leur attirance mutuelle et spontanée – mais qu'elle avait récemment hérité d'une grande fortune. Elle séjournait temporairement à l'hôtel, pendant la rénovation de sa résidence.

Kingston n'avait jamais envisagé de convoler en justes

noces, jusqu'à une époque récente, quand il était devenu nécessaire qu'il fasse rapidement une alliance avantageuse. Et donc, un mariage d'amour faisait encore moins qu'avant partie de ses projets. Jusqu'à hier. À présent, l'idée qu'il pouvait se marier de façon satisfaisante pour son cœur et pour les caisses du duché lui semblait irrésistible. Tout aussi fascinante que la jeune personne qu'il avait aperçue.

Il deviendrait le duc à qui tout réussissait.

Il la repéra immédiatement, dans son charmant tailleur bleu ciel qui éclipsait toutes les toilettes luxueuses déployées par les dames venues parader dans le parc. Kingston ne connaissait rien à la mode, et il ne possédait pas les mots nécessaires pour décrire l'ensemble. Il avait tendance à ignorer sa mère quand elle se mettait à parler chiffons. Mais il était tout de même capable de reconnaître des habits si raffinés qu'ils mettaient merveilleusement en valeur la silhouette d'une femme et soulignaient toutes ses courbes. Il reconnut instinctivement la façon altière et pleine d'assurance dont l'héritière se déplaçait dans ce tailleur. C'était celle d'une femme qui pouvait régner sur une salle de bal.

Comme une duchesse.

— Bonjour.

— Bonjour à vous.

Elle soutint son regard. L'espace d'un instant, toutes les pensées de Kingston s'effacèrent, ne laissant place qu'à deux idées. *Vous êtes belle* et *Je vous ai retrouvée.* Elle était plus jolie encore que dans son souvenir. Ce qui était extraordinaire, car il n'avait cessé de penser à elle, de revoir le mouvement de ses lèvres, la lueur dans ses yeux quand elle l'avait taquiné. Il rêvait de l'embrasser.

La force de son désir le frappa de plein fouet et lui coupa le souffle.

Il sourit. Elle sourit. Et la femme qui se tenait discrètement à côté d'elle toussota.

Le regard de Kingston se détourna de l'héritière et se posa sur la grande brune plutôt jolie qui lui souriait avec insistance en attendant d'être présentée.

— Je vous présente mon…

— Chaperon, déclara vivement l'inconnue.

Elle lui tendit la main, et il la serra.

— Miss Rose Freeman. Je ne pouvais laisser mon amie susciter un scandale en se promenant seule dans le parc avec un…

— Un gentleman.

Kingston se demanda si le chaperon avait été sur le point de prononcer le mot *duc*. Il ne pouvait reprocher à sa belle héritière de s'être discrètement renseignée sur lui, ou d'avoir lu les journaux. Lui-même avait aperçu certains titres de magazines qui l'avaient suivi de Londres à New York. Que son ignorance concernant son titre soit feinte ou authentique, il appréciait cette opportunité de ne pas être « le duc tout droit débarqué d'Angleterre », mais simplement lui-même.

— Ne faites pas attention à moi, dit Miss Freeman. Je vais me fondre dans le décor, et vous oublierez ma présence. Profitez de votre promenade romantique dans le parc.

— *Rose*…

— Naturellement, une dame doit avoir un chaperon dans de telles circonstances, répondit Kingston. Je suis enchanté d'avoir votre compagnie, Miss Freeman. Vous nous empêcherez de nous aventurer dans des lieux de perdition.

— Oh ! je ne pense pas qu'il y en ait dans cette partie de la ville, répondit la dénommée Rose en riant.

— Mettons-nous en route.

Il offrit son bras à la jeune femme qu'il avait invitée – l'heureuse élue, qui sait ? – et ils commencèrent leur promenade dans le parc par cette belle journée de printemps. Les arbres étaient couverts de fleurs à peine épanouies et de feuilles vert tendre. Des écureuils couraient en tous sens dans les allées ensoleillées. L'air était empli par le chant des oiseaux.

À Londres, il devait pleuvoir.

À Londres, il aurait été calfeutré dans son bureau, croulant sous les livres de comptes, obligé d'honorer de sinistres rendez-vous avec des secrétaires et des avocats. Freddie avait eu raison de lui conseiller ce voyage à New York. Une promenade au parc avec une ravissante épouse potentielle était une méthode bien plus agréable pour sauver son domaine que des négociations assommantes avec des compagnies minières et des directeurs de chemins de fer.

Décidément, épouser une femme fortunée était bien la meilleure marche à suivre. Ce n'était pas pour rien que cette tradition perdurait depuis des siècles. Qui était-il, lui, le cinquième duc de Kingston, pour bouleverser l'ordre des choses ? Mais Miss Burnett lui offrait en plus quelque chose qu'il n'aurait jamais osé imaginer : la possibilité d'avoir une épouse qu'il aimait. Une femme avec laquelle il voudrait passer toutes ses nuits, et le reste de la journée aussi.

— Ainsi, voilà donc Central Park, dit-il.

C'était un parc remarquable, il devait bien le reconnaître. Et visiblement fréquenté par toutes sortes de New-Yorkais. Les riches déambulaient dans la même allée que les pauvres, ainsi que tous ceux dont la fortune se situait entre les deux. Les gens semblaient venir de tout le pays, et même du monde entier. Une incroyable variété de personnes se trouvait là. Ce n'était pas du tout comme au White's, ou comme au Parlement.

— Magnifique, n'est-ce pas ? New York contient tout ce qu'une jeune femme peut désirer, répondit-elle. Des magasins, des spectacles, de la magie. Et même un parc comme celui-ci pour ceux qui aiment la nature.

— Vous semblez amoureuse de cette ville.

— Comment pourrait-on ne pas aimer New York ? s'exclama-t-elle en écartant les bras. Les immeubles sont d'une dimension à couper le souffle, on y rencontre toutes sortes de personnes intéressantes, et il y a une infinité de choses à faire. On ne s'y ennuie jamais.

— Je trouve ce lieu… enchanteur, en effet.

Kingston observa une pause et contempla les yeux bruns de la demoiselle. Oui, toute sa vie il aurait pu s'absorber dans ce regard.

— J'espère en voir davantage.

En réalité c'était d'elle qu'il parlait et non de la ville.

Derrière eux, Miss Freeman poussa un soupir rêveur.

— Dites-moi, comment trouvez-vous New York, par rapport à Londres ? s'enquit sa jeune femme idéale. Je ne suis jamais allée en Angleterre.

— Je dois avouer que le temps ici est bien plus agréable. Il n'a plu qu'une seule fois depuis mon arrivée. Cela plairait beaucoup à ma mère et à mes sœurs. Elles se plaignent souvent que la pluie gâche leurs belles toilettes.

— Étant donné tout le soin qu'une femme apporte à sa tenue, il doit être épouvantable de devoir rester cloîtrée chez soi pour ne pas prendre le risque de gâcher un ensemble auquel on a consacré tant de soin.

— La seule solution raisonnable serait d'accorder moins d'importance à ses habits et à son apparence.

— Il serait plus raisonnable encore de partir dans un pays où il pleut moins, répliqua-t-elle avec désinvolture.

— Partir ? répéta-t-il, consterné.

Cette suggestion l'horrifia. Il était atterré.

— Les femmes sont trop prisonnières de leur apparence, dit-il.

Il songea aux factures que lui envoyaient les marchands pour les plumes d'autruche, les fourrures rares et les modèles parisiens qui arrivaient régulièrement à Lyon House. Des sommes astronomiques pour des habits qui ne devaient être portés qu'une seule fois et n'étaient plus jamais revus. Il eut la sensation que son cœur sombrait, entraînant avec lui tous les espoirs qu'il avait fondés sur cette jeune femme.

Seigneur, il ne voulait pas d'une autre folle de mode ! Dieu le préserve des obsédées de la toilette.

— Vous dites cela parce que vous ne comprenez pas le pouvoir d'une robe élégante. Souvent, elle est le seul moyen dont dispose une femme pour contrôler la situation et communiquer.

Kingston éprouva un nouveau choc. Il en resta même bouche bée. Jamais encore il n'avait connu de femme osant le contredire et le mettre face à son ignorance alors qu'ils se connaissaient à peine. Aucune Anglaise n'aurait eu l'aplomb de faire cela. Il portait un titre, que diable !

Était-ce excitant ou irritant ? Il ne savait comment

interpréter les battements de son cœur et la sensation d'oppression qu'il éprouvait, mais il avait la confuse impression qu'il était trop tôt pour tourner les talons.

— C'est moi qui paye les factures et je ne vois pas pourquoi une femme aurait besoin de douzaines de chapeaux décorés de plumes d'oiseaux morts, et de plus de robes qu'elle ne peut en porter en une semaine.

— Pour qui achetez-vous ces chapeaux, si je peux me permettre de vous poser la question ?

— Pour ma mère. Et mes deux sœurs. Je déteste leur refuser quoi que ce soit, même si je trouve leurs envies ridicules.

— C'est très noble de votre part.

— Cela ne vous impressionne guère, on dirait.

— Je fais partie des gens qui trouvent la mode extrêmement intéressante, car elle donne un pouvoir aux femmes.

Au moins les choses étaient claires : il avait *encore* affaire à une de ces femmes obsédées par leurs vêtements ! Et qui par-dessus le marché se piquait de lui faire la leçon.

Cependant, elle avait des lèvres… qu'il avait envie d'embrasser. Quand elle lui souriait, son pouls s'accélérait. Peut-être pouvait-il simplement écouter ce qu'elle avait à dire ?

— Convainquez-moi, alors.

Le sourire qu'elle lui adressa fut sans ambiguïté : elle acceptait de relever le défi.

— C'est simple. Les femmes sont élevées pour être vues et non pour être entendues. Rendez-vous compte ! Il est toujours considéré comme scandaleux qu'une femme prenne la parole en public. Aussi, nous nous faisons entendre grâce à nos vêtements. Nous portons des jupes amples pour occuper l'espace dans un monde qui voudrait nous confiner dans des salons ou à la cuisine. Nous portons des couleurs vives pour rappeler à l'humanité que nous existons. Par exemple.

— C'est un point de vue intéressant, que je n'avais pas pris en compte. Le raisonnement me paraît logique, concéda-t-il. Mais quel message peut bien faire passer un oiseau mort sur un chapeau ?

— Sans doute le fait que certaines personnes se sentent prises au piège et impuissantes dans leur existence.

Ceci était une interprétation toute nouvelle de l'obsession pour la mode de sa mère, la duchesse douairière de Kingston. Une obsession qui menaçait de mettre en faillite un domaine déjà bien fragile. Il craignait que cet état de choses ne donne une mauvaise image de son père et de lui-même. Il faudrait qu'il accorde plus de réflexion à cette théorie, plus tard, quand il ne donnerait plus le bras à une créature aussi ravissante que perturbante, et qui était peut-être la réponse à ses prières… ou bien qui ne ferait qu'empirer la situation de manière catastrophique.

Cette passion pour la mode compliquait les choses. Était-elle la femme idéale, ou ne lui apporterait-elle que plus de soucis encore ? Il était trop tôt pour le dire, mais son désir de creuser la question était indéniable. Or, il n'avait pas pour habitude d'ignorer ses désirs.

— Après cette discussion sur la mode, j'espère ne pas avoir heurté votre virilité, dit-elle d'un ton léger.

— Je vous assure que ma virilité se porte très bien.

L'allée sinueuse débouchait sur un petit tunnel qui promettait un refuge sombre et frais, loin de la foule et du soleil. Dans ce passage abrité, rien ni personne ne viendrait les distraire de leurs pensées.

Miss Freeman, chaperon hors pair, s'était faite discrète en restant à bonne distance d'eux, et semblait s'être découvert un intérêt soudain pour les feuillages luxuriants.

Kingston adressa une prière de reconnaissance à tous les chaperons du monde qui avaient la fibre romantique.

D'autant plus que l'adorable jeune femme qui se promenait à son bras semblait aussi tentée que lui par *un peu plus*.

Le regard plongé dans le sien, elle entrouvrit les lèvres.

Était-il trop tôt pour l'embrasser ?

Oui. Ils venaient à peine de se rencontrer. Mais par le passé, cela n'avait jamais empêché Kingston de voler un baiser à une femme qui lui plaisait. Il ignorait peut-être comment interpréter le choix d'une robe, mais il savait reconnaître le désir dans les yeux d'une femme.

Le genre de regard qui évoquait les baisers et le bonheur.

Il était si fasciné qu'il faillit ne pas voir le groupe de cyclistes qui fonçait droit dans leur direction. D'instinct, il saisit la jeune femme par la taille et la serra contre lui pour la protéger de ces dangereuses machines.

Elle agrippa les revers de son veston. Ses lèvres étaient toutes proches des siennes.

La foule de cyclistes passa devant eux dans un bourdonnement de roues, soulevant de l'air et de la poussière. Kingston ne bougea pas d'un pouce. La jeune femme se cramponnait à lui et il ne la lâcha pas.

Il la dominait d'une tête et avait une conscience aiguë de ses seins lui effleurant le torse. Il aurait suffi qu'elle fasse un mouvement pour percevoir à travers sa jupe la force de son désir viril. Il la maintint, sa main posée dans un geste possessif sur sa taille.

Il flirtait intérieurement avec l'idée de l'embrasser.

Il était même si près de le faire qu'il crut sentir ses lèvres sur les siennes.

Un baiser doux et lent s'offrait spontanément à eux. Cependant, quelque chose l'arrêta. Le sentiment profond, instinctif, qu'une fois que ses lèvres auraient touché les siennes, il ne pourrait plus s'arrêter. Quand il embrasserait cette femme, il le ferait avec tant de ferveur et d'application qu'il lui faudrait toute une nuit, et même le lendemain pour être rassasié. Ils auraient besoin d'intimité.

Il était duc. Un homme d'honneur, bien élevé et raffiné. On ne séduisait pas les femmes au cours d'une promenade dans le parc l'après-midi, que diable !

Mais il y songeait.

Aussi fit-il à regret un pas en arrière, s'éloignant de cette femme ensorcelante.

Ils reprirent leur promenade en suivant le petit sentier qui donnait sur une allée plus large. Kingston remarqua que les gens les regardaient. Il avait l'habitude d'être le centre d'attention et il se réfugia derrière l'air d'indifférence dont il était coutumier.

La femme qui était à son bras ne se laissa pas troubler par les regards curieux. Elle garda la tête haute, les épaules rejetées en arrière, mettant son ensemble bleu en valeur sous les yeux admiratifs des femmes qu'ils croisaient.

Oui, il l'imaginait très bien faisant la conquête de Londres.

— Vous êtes donc venu à New York pour trouver une épouse. La plupart des gens y viennent pour chercher la fortune et la célébrité.

— Ces choses-là peuvent aller de pair, répondit-il avec prudence.

Kingston hésitait à révéler qu'il était duc. Elle ne semblait pas le savoir et il aimait bien ce moment suspendu où il était encore possible de faire connaissance, avant que les titres et l'argent n'interviennent dans la conversation.

— Je suis d'accord avec vous sur ce point. J'ai lu assez de romans à deux sous pour savoir que la célébrité, la fortune et le mariage vont généralement ensemble.

— Mes lectures se limitent surtout à des rapports du Parlement. Je ne suis pas familier des romans à deux sous.

— Ce sont des histoires d'aventures passionnantes destinées aux dames. L'héroïne est le plus souvent pauvre et orpheline, et elle doit affronter toutes sortes d'obstacles avant de découvrir qu'elle est en réalité l'héritière d'une fortune, et d'épouser un millionnaire aussi riche qu'elle. Vous savez, comme cela arrive parfois.

— J'adore les romans à deux sous, dit Miss Freeman, intervenant soudain dans la conversation. J'ai dû en lire une bonne centaine.

— Au moins, confirma son amie.

— Est-ce le genre de lectures que les dames préfèrent ?

— Oui, et vous devriez faire attention, reprit Miss Freeman. Car vous ressemblez beaucoup aux personnages qu'on y trouve. Mais ne croyez pas que j'aie écouté ce que vous disiez pendant que je vous chaperonnais.

— C'est pourtant vrai ! s'exclama Miss Burnett. Vous êtes grand, brun, beau, et enclin à vous comporter en héros…

Elle s'arrêta brusquement, s'abstenant avec tact de faire allusion à sa fortune, ou à l'état de ses finances, et il n'en dit pas davantage. Mais Seigneur, c'était un sujet délicat et cela lui déplaisait profondément. Il ne pensait pas avoir besoin d'être riche pour gagner son cœur, ou celui de n'importe quelle autre femme, mais un homme devait avoir les moyens d'entretenir son épouse. De lui payer des chapeaux à plumes et des habits à la dernière mode. C'était la moindre des choses.

— Je suppose que les dames lisent ces livres car elles n'ont pas de telles aventures dans la vie réelle, dit-il.

— Oh ! nous vivons toutes sortes d'aventures… du moins jusqu'au mariage, déclara Miss Freeman.

— Si mariage il y a…, précisa Miss Burnett.

— *Si ?* répéta-t-il, interloqué. Voulez-vous suggérer que vous pourriez ne pas vous marier ?

Kingston était choqué. Consterné, même, bien plus qu'il n'aurait su le dire.

Tomber amoureux d'une femme qui ne souhaitait pas se marier ne faisait pas partie de ses plans. Il n'avait jamais imaginé qu'une demoiselle refuserait de l'épouser… ou qu'elle repousserait d'emblée l'idée de se marier ! Il ne savait plus très bien si la jeune fille qui se trouvait à son bras n'était qu'une distraction, une complication, ou la femme de sa vie. Tout ce qu'il savait, c'était qu'il n'en avait pas fini avec elle. Elle le déconcertait et l'intriguait tout à la fois.

— Vous ne devriez pas avoir l'air aussi étonné. Nous sommes en 1895. Les temps ont changé.

— Oui, mais nous parlons du sacrement du mariage. De ce que font les gens en général.

Elle haussa les épaules avec désinvolture, exprimant son dédain pour une institution millénaire, et il se sentit soudain… démodé. Vieux jeu. Et même prude. Ce qui ne lui allait pas du tout. Car il était jeune, viril, puissant. L'homme dont rêvaient toutes les femmes.

— Les mariages que j'ai vus autour de moi n'étaient pas heureux, continua-t-elle, avec le regard lointain de ceux qui plongent dans leurs souvenirs. La femme travaille deux fois plus que l'homme, et doit renoncer à gérer ses biens, qui représentent sa sécurité.

Kingston aurait voulu protester, mais il savait que la raison et les faits n'étaient pas de son côté. Sa duchesse serait entièrement absorbée par la gestion de ses nombreuses maisons, et il aurait besoin d'avoir la fortune de celle-ci à sa disposition. Il pourrait faire toutes les promesses du monde sur les garanties qu'elle aurait de vivre décemment même une fois veuve, mais ce ne seraient que des promesses, ou au mieux des dispositions légales. Et donc, incapable de lui opposer un argument logique, il passa à un autre point, lui aussi vieux comme le monde.

— Mais ne désirez-vous point avoir d'enfants ?

— Ce sont d'adorables petites créatures, mais les enfants ne représentent pas l'aboutissement de la vie d'une femme. Même si en règle générale on s'efforce de se calquer sur ce modèle, ajouta-t-elle, pensive, en penchant la tête de côté.

— Je vois que les suffragettes ont fait une percée aussi dans ce domaine. Elles nous rendent la tâche plus difficile, à nous les hommes. À présent, le problème n'est plus de persuader ces dames de se marier avec nous, mais de se marier tout court.

C'était bien sa chance ! Un duc sans le sou comme lui trouvait une femme qui non seulement possédait une fortune, mais qu'il désirait et pouvait aimer.

Et celle-ci ne voulait pas se marier. Pas du tout.

Peut-être devrait-il lui dire qu'il était duc. À une certaine époque, cela aurait suffi. Cela et le fait qu'il ait de beaux cheveux, toutes ses dents, et qu'il sache faire plaisir à une femme. Il ne demandait pas mieux d'ailleurs que de le lui prouver.

— Nous venons à peine de faire connaissance, et vous me parlez encore une fois de mariage ! s'exclama-t-elle en riant.

— Je ne voulais pas…

— Je vous taquine, monsieur l'Anglais.

Elle leva vers lui des yeux rieurs. Ses lèvres esquissaient un sourire et il se dit qu'il allait être impossible de ne pas l'aimer. Personne ne le taquinait jamais, et personne n'aurait osé le faire sur un sujet aussi grave que le mariage, d'ailleurs.

Il allait sans dire qu'il ne s'était pas attendu un instant à devoir faire autre chose en arrivant à New York que d'annoncer qu'il était duc. Et ensuite, de choisir parmi la foule de jeunes femmes qui voudraient à tout prix devenir duchesses. Cependant, il avait suffi d'une promenade dans le parc avec la délicieuse et déroutante Miss Burnett pour qu'il soit prêt à se lancer tête baissée dans le trafic de Broadway si nécessaire, juste pour lui faire plaisir.

Il était choqué. Exalté. Excité par le défi qui se présentait.

Miss Freeman soupira de nouveau derrière lui. Il aurait aimé lui répondre : « Je sais, je sais ! » Mais les hommes ne soupiraient pas, même quand ils en avaient bigrement envie.

Il en conclut que si cette fille, la fille ensorcelante de l'ascenseur, pouvait faire aussi peu de cas des attentions d'un duc, elle devait être vraiment très riche. Cette femme était décidément de celles qui pouvaient devenir duchesses.

Quelle chance ! Kingston n'arrivait pas à le croire. Mais faire la cour à son héritière promettait d'être autrement plus difficile…

Chapitre 5

Les plumes d'autruche font fureur en ce moment. Stop. Tu sais que Clara et moi détestons ne pas être à la mode. Stop.

– Télégramme de Sa Grâce,
la duchesse douairière de Kingston

Quelques jours plus tard

On n'était rien ni personne à Manhattan tant qu'on n'avait pas été reçu par Mrs Astor. La fameuse Mrs Astor, dont la salle de bal pouvait contenir les Quatre Cents, c'est-à-dire les quatre cents personnes les plus importantes de la haute société. Pour le duc de Kingston, elle organisa un dîner particulièrement élégant afin de le présenter à ses amis les plus intimes, et elle ne regarda pas à la dépense.

Ce fut ainsi que Kingston commença son grand tour des salles de bal des demeures de la Cinquième Avenue et des palais de Park Avenue. Guidé par Freddie et son épouse Marian, qui étaient revenus s'installer à New York sur l'insistance de la jeune femme qui voulait se rapprocher de sa famille, Kingston s'embarqua dans un tourbillon de réceptions, rencontrant toutes les jeunes personnes susceptibles de devenir duchesses. Il passait ses jours et ses nuits au milieu d'un essaim de charmantes héritières.

Ce soir-là, il se frayait un chemin parmi les invitées de Mrs Fish, une des hôtesses les plus renommées de New York.

— As-tu fait la connaissance de Miss Gould et de ses sœurs ? s'enquit Freddie, avant de faire les présentations.

— Je ne crois pas avoir eu ce plaisir, répondit Kingston en embrassant la main d'une splendide créature aux cheveux de jais.

Sa sœur, plus petite, la poussa de côté et s'avança en souriant d'un air faussement timide.

— Comment allez-vous, Votre Grâce ? Nous sommes impatientes de faire votre connaissance. Les ducs que nous avons déjà rencontrés étaient si…

Pourvu qu'elle ne dise pas « pauvres ».

— Si vieux.

— Si ennuyeux, renchérit sa sœur.

— Mais un jeune duc…

Les sœurs Gould l'encerclèrent et Kingston craignit un instant d'être dévoré vivant. Ce qui n'aurait pas été la pire mort imaginable. Ces Américaines étaient tellement… audacieuses. Des siècles de réserve britannique et de bonne éducation le rendaient naturellement réfractaire à leurs manières engageantes. Ces femmes aux façons directes étaient une nouveauté pour lui, et il devait avouer qu'elles l'intriguaient. Néanmoins, elles n'avaient pas l'esprit vif et malicieux de l'incomparable Miss Burnett.

Jusqu'ici, toutes les femmes qu'il avait rencontrées ne lui arrivaient pas à la cheville.

— Parlez-moi de votre collection d'argenterie, dit-il à l'une des héritières.

Celle-ci ne se fit pas prier et se lança dans une longue description. Une autre dame aux cheveux d'un roux flamboyant lui apprit qu'elle suivait de très près les travaux d'assainissement public, une noble cause dont il n'avait aucune envie de discuter pendant le dîner. Du moins parvint-il à tenir la discussion, même si la dame avait plus à dire que lui. Une autre de ses nouvelles connaissances était trop intimidée pour prononcer des mots de plus de deux syllabes. Avec les autres, la conversation se poursuivit de façon assez agréable, mais l'effort qu'il dut fournir l'épuisa.

Il n'imaginait que trop la vie qui l'attendait s'il épousait une de ces femmes. Ce serait une suite de repas pris dans un silence poli et de nuits glaciales.

Partout où il allait, il cherchait la ravissante jeune fille de l'ascenseur. Plus on lui présentait de femmes, plus il la voulait, elle.

Où diable était-elle passée ?

Pourquoi était-il si difficile de retrouver l'héritière de la suite voisine ?

— Mon cher cousin, permets-moi de te présenter Miss Pennypacker. Sa famille a fait fortune dans le coton, et à présent ils sont armateurs.

Et donc, Kingston fut présenté à Miss Pennypacker. Ainsi qu'à Miss Watson, dont la fortune provenait des chemins de fer. Des douzaines de femmes furent enchantées de faire sa connaissance. Elles étaient honorées, et impatientes de lui faire découvrir la ville.

Et enfin, il la retrouva. Freddie prononça le nom qu'il brûlait d'entendre depuis des jours.

— Mon cher duc, je voudrais te présenter Miss Burnett, déclara Freddie en l'entraînant vers un nouveau groupe.

Miss Burnett.

Kingston marqua une pause avant de se retourner. Devait-il faire semblant de ne pas la connaître, afin qu'ils puissent bénéficier de présentations dignes de ce nom et avoir une relation parfaitement respectable ? La vraie question était plutôt de savoir s'il était capable d'agir comme s'il ne la connaissait pas. Déjà, son cœur battait la chamade et il comprenait enfin ce que les gens voulaient dire quand ils sentaient des papillons s'agiter au creux de leur estomac.

Il finit par se retourner.

Son cœur sombra. Les papillons moururent en un instant.

Une grande femme blonde aux yeux verts lui tendit la main.

— Comment allez-vous, Votre Grâce ?

— Miss Burnett ?

— La seule et unique.

— À vrai dire… Vous êtes la deuxième que je rencontre cette semaine.

— Oh ! vraiment ?

Elle sourit, et ses yeux pétillèrent d'un air espiègle. Kingston n'y comprenait rien.

— Burnett est-il un nom répandu en Amérique ?

— Eh bien, pas autant que Smith, ou Jones, mais il n'est pas aussi rare que… DeMilla Featherbottom, par exemple.

Kingston eut un sourire crispé. Il avait la distincte impression qu'elle se payait sa tête. Mais les femmes en âge de se marier, vêtues de robes de soirée somptueuses et qui se pavanaient dans de luxueuses salles de bal, ne se payaient généralement pas la tête d'un duc considéré comme le meilleur parti de Manhattan.

Il songea à *l'autre* Miss Burnett.

Elle aussi l'avait taquiné.

Mais là, c'était différent.

Il n'avait pas cessé de penser à celle-ci. Comme il ne voulait pas paraître trop empressé, il s'était obligé à garder la tête froide et à observer une certaine réserve. Il avait attendu cet après-midi pour lui adresser une nouvelle invitation qu'il lui avait fait parvenir par le personnel de l'hôtel.

— Comment trouvez-vous la ville ? s'enquit la jeune femme. Je suppose que vous prenez le temps de la visiter, en compagnie de ravissantes personnes.

Ravissantes. Pourquoi employait-elle ce mot ?

— En fait, oui, c'est ce que je fais.

— Vous vous êtes rendu à Central Park ?

— Comment l'avez-vous deviné ?

— C'était soit le parc soit le Ladies' Mile, répondit-elle en riant.

— Je n'apprécie guère les magasins pour dames.

— Ils disent tous cela.

Elle sourit de nouveau, un peu moqueuse, les yeux pétillants. Il ne pouvait se débarrasser de l'idée qu'elle riait à ses dépens. Cela ne le gênait pas vraiment. C'était mieux que de discuter avec des jeunes femmes qui osaient des sous-entendus ou des propos suggestifs.

Avant qu'il ait pu en dire davantage, une jeune femme fendit la foule et s'arrêta à côté de Miss Burnett.

— Ah, tu es là, Harriet !

— Harriet ? répéta Kingston.

— Je t'ai cherchée partout. La salle est bondée.

— J'avais une conversation très plaisante avec le duc.

— Vous êtes Miss *Harriet* Burnett ?

— Oui, c'est moi. La seule et unique, comme je vous le disais. Puis-je vous présenter mon amie, Miss Lumley ? ajouta-t-elle, en désignant la petite femme aux joues roses et rebondies.

— Comment allez-vous ? dit celle-ci d'un ton formel, avant de se tourner de nouveau vers son amie.

— Écoute Harriet, je veux absolument te présenter Mrs Belmont. Elle attend sa voiture.

— Oh ! nous devons donc y aller tout de suite.

— Attendez…, bredouilla Kingston.

Il avait quelques questions à poser. Et pour commencer, combien de Harriet Burnett y avait-il, dans cette ville ?

— As-tu apporté des cartes de visite ? demanda Miss Lumley.

Miss Burnett glissa une main entre les plis de sa jupe et en sortit des cartes, comme par un tour de magie.

— Oui, oui, j'en ai quelques-unes.

Alors seulement, elle se rappela qu'un duc se tenait là, essayant désespérément de retenir son attention, et impatient de lui poser une foule de questions.

— Votre Grâce, je suis enchantée d'avoir fait votre connaissance. Si vous voulez bien m'excuser…

Et elle s'éloigna dans un tourbillon de dentelles.

Non sans avoir laissé tomber une lettre de sa poche. Kingston la ramassa et reconnut le papier à en-tête de l'Hôtel de la Cinquième Avenue. Ainsi que le nom de la destinataire.

Miss Harriet B*URNETT*.

Il reconnut aussi l'écriture. C'était la sienne.

Chapitre 6

Le duc a fait le tour de toutes les salles de bal de la Cinquième Avenue, mais jusqu'à présent aucune héritière ne semble avoir capté son attention.

– The New York World

Le lendemain matin
Hôtel de la Cinquième Avenue

Voilà pourquoi une promenade au parc n'était pas une promenade ordinaire quand elle se faisait avec un duc. Surtout lorsque le duc, grand, brun aux yeux bleus, était enclin aux actes chevaleresques et romantiques. Sans parler des baisers qu'ils avaient été bien près d'échanger et qui auraient fait perdre la tête à n'importe quelle fille.

Parce que maintenant, alors qu'elle se trouvait à l'Hôtel de la Cinquième Avenue pour un nouvel essayage, ce qui constituait un succès professionnel sans précédent, elle ne pouvait penser qu'au duc.

Ils avaient failli s'embrasser.

Elle ne pouvait cesser de penser à ce qui aurait pu se passer.

Quel dommage que cette promenade ait eu lieu en plein jour, dans un espace public, et qu'ils aient été retenus par la pudeur et la bienséance. Cette pensée lui avait traversé l'esprit plus d'une fois depuis la veille.

Alors qu'elle aurait dû remercier le ciel que la raison et la bienséance aient eu le dessus.

Elle n'avait pas embrassé le duc. Ou bien il ne l'avait pas embrassée, suivant les points de vue. Bref, leurs lèvres ne s'étaient pas touchées.

Par conséquent, elle n'avait pas mis en danger sa réputation, son cœur, et son futur pour un homme qui ne l'épouserait jamais. Pour des raisons de fortune, de rang et de perspectives d'avenir.

Ce qui était aussi bien, car de toute façon, elle ne l'aurait pas épousé non plus.

Adeline ne souhaitait pas se marier, et encore moins avec un homme qui méprisait la mode féminine. Comment pourrait-elle partager avec lui ses aspirations et ses espoirs, tout en sachant qu'il les trouvait frivoles ? S'ils se mariaient, il insisterait pour qu'elle renonce à son rêve de devenir styliste. Il n'en était pas question.

Elle frappa à la porte.

Celle de la suite de Miss Burnett, pour être plus précise. Cette fois-ci, elles feraient un essayage final pour plusieurs robes d'après-midi, mais aussi d'équitation, quelques tenues de soirée, et d'autres ensembles auxquels elle avait apporté sa touche personnelle. Pour sa cliente, ce n'était peut-être qu'un essayage, mais pour Adeline c'était une occasion unique de voir ses créations portées par quelqu'un d'autre que ses amies de l'atelier.

C'était donc un jour mémorable.

Alors qu'elle toquait à la porte de Miss Burnett, elle

jeta un coup d'œil à la porte de la suite voisine. Le duc était là, probablement. Se reposant tranquillement, comme tous les hommes qui n'avaient pas le moindre souci en tête.

Le duc. Et non *son* duc, comme Rose s'obstinait à l'appeler. Sous prétexte de lui servir de chaperon, son amie en avait profité pour s'incruster.

Naturellement, Adeline n'avait pas revu le duc et n'avait pas entendu parler de lui après cette promenade dans le parc.

Honnêtement, elle ne s'attendait pas à avoir de ses nouvelles.

Un homme comme Kingston devait avoir de quoi occuper ses jours et ses nuits. Il avait sans doute des douzaines de demoiselles à marier à rencontrer et n'avait certainement pas de précieuses minutes à perdre avec une pauvre petite couturière.

Adeline ne s'était pas attendue à ce que cela la rende triste. Le monde avait repris son cours normal, et elle tenait une occasion professionnelle unique. Elle n'avait aucune raison d'être vexée qu'un homme l'ait courtisée, puis délaissée.

Mais il lui avait plu.

Elle lui avait parlé librement et il avait paru intéressé par ce qu'elle disait, même s'il n'était pas de son avis. Elle avait failli l'embrasser, et regrettait un peu qu'ils n'aient pas saisi l'occasion…

Elle se moquait bien du scandale !

Une servante vint lui ouvrir, mettant un terme à ses rêveries, et la fit entrer dans la chambre de Miss Burnett. Celle-ci écrivait une lettre et son amie Miss Lumley lisait, assise sur le canapé. Sur une petite table était posé le plateau du thé, avec un bol de raisins frais, des gâteaux, et une délicate théière en argent.

— Les robes ont été livrées ce matin, Miss Black, dit la servante. Je vais chercher la première.

Adeline hocha la tête.

— Je pense qu'elles iront parfaitement, excepté quelques petites retouches que je vais faire sur place.

— Très bien, dit Harriet en souriant. Je veux avoir une toilette originale pour le thé auquel je suis invitée.

— Oh ! les dames du club seront terriblement jalouses, s'exclama Miss Lumley. Tu vas passer ton temps à parler de tes nouvelles robes… comme s'il n'y avait pas de réels problèmes dans le monde !

— Pour la moitié de l'humanité, le fait de devoir porter des robes qui n'ont pas de poches fait partie de ces problèmes. Rends-toi compte. Une femme porte une toilette de trois kilos sur les épaules, mais elle n'a rien où glisser ses affaires ! Nous avons besoin de vêtements fonctionnels. De jupes plus courtes, de corsets moins serrés, et de poches. Alors, nous pourrons conquérir le monde.

— Mais comment pourras-tu mettre le grappin sur un duc, habillée de cette façon ?

Miss Burnett leva les yeux au ciel.

— Oh ! le duc !

Elle se tourna vers Adeline, qui s'était crispée en entendant parler de Kingston.

— Tout le monde dans la bonne société est obsédé par ce duc. Toutes les jeunes filles de New York espèrent devenir duchesses.

Adeline eut la sensation qu'une main se refermait sur son cœur et le serrait. C'était pour cette raison qu'elle ne devait pas penser au duc. Pas du tout. Quoi qu'il arrive. Cela ne pourrait que la briser.

— Mais comme je le disais, reprit Miss Burnett en lançant un coup d'œil à Miss Lumley, je ne suis pas tentée par le mariage.

Adeline murmura quelques paroles d'approbation. Une femme de chambre aida Miss Burnett à enfiler la première robe, et Adeline recula pour observer l'ensemble. Elle allait devoir remonter l'ourlet d'un demi-centimètre. Elles poursuivirent les essayages et apportèrent de très légères modifications aux autres tenues. Le temps passa rapidement, et la conversation s'orienta de nouveau vers le duc de Kingston.

— En parlant du duc, que pensez-vous de lui, Miss Black ? Avez-vous apprécié votre promenade dans le parc avec lui ?

Pendant quelques secondes, Adeline fut plongée dans une totale confusion.

— Comment savez-vous cela ?

— Il a envoyé un message dans ma suite, mais j'ai vite compris qu'il ne m'était pas destiné. Je ne me souvenais pas avoir enchanté qui que ce soit dans l'ascenseur. J'ai pensé que la lettre vous était destinée, aussi je l'ai envoyée à l'atelier.

— Je me demandais comment il m'avait retrouvée…, murmura Adeline. Cet incident a créé beaucoup d'émoi parmi mes camarades couturières.

— Les ducs ont tendance à faire cet effet.

— Pourquoi n'êtes-vous pas allée vous-même au rendez-vous, Miss Burnett ? Je n'en aurais rien su.

— Eh bien, pour commencer, le malentendu aurait été découvert dès la première seconde. J'aurais dû fournir une explication, et nous aurions passé un après-midi terriblement embarrassant dans le parc. Non, je ne tiens pas à m'exposer à ce genre d'humiliation. J'ai des affaires plus importantes à régler.

— Mais alors... Il doit me prendre pour vous, chuchota Adeline.

Les implications de ce quiproquo commençaient à lui apparaître. Tout se mit en place dans l'esprit d'Adeline. Le duc avait cru qu'elle était Miss Burnett. Il l'avait prise pour une héritière, une femme occupant un haut rang dans la société. Il avait sans doute dû découvrir son erreur depuis, et cela expliquait pourquoi elle n'avait plus entendu parler de lui.

Elle aurait dû s'y attendre.

Même s'ils avaient vécu ces instants magiques. Adeline chassa ces pensées d'un mouvement de tête et fit quelques retouches supplémentaires à la manche de la robe.

— J'ai porté une de vos robes au bal d'hier soir, Miss Black. Plusieurs personnes l'ont remarquée et m'ont demandé le nom de la créatrice. Où puis-je les envoyer, si elles désirent avoir un de vos modèles ?

— Chez Mme Chalfont, bien entendu.

— Vous n'envisagez pas d'ouvrir votre propre boutique ?

— J'en rêve !

— Qu'est-ce qui vous empêche de le faire ?

— Il faut de l'argent pour ouvrir un magasin, et je n'ai pas encore assez d'économies. Je ne suis même pas sûre de réunir un jour la somme nécessaire.

Avec son salaire, il faudrait qu'elle économise encore pendant vingt ou trente ans. Mais cela valait la peine d'attendre, n'est-ce pas ? Cependant, l'argent n'était pas la seule raison qui la poussait à travailler pour

Mme Chalfont. Adeline ne savait comment franchir le pas, pour passer de l'atelier actuel à sa propre boutique. Elle n'était qu'une fille anonyme, avec beaucoup de rêves et des doigts pleins de cals à force de pousser l'aiguille. Comment convaincre un propriétaire de lui louer un local, et des clientes de venir chez elle ?

Elle avait de l'ambition à revendre, mais il lui manquait un peu d'assurance et l'argent nécessaire pour mettre ses projets à exécution, voilà tout.

— Votre duc vous sauvera peut-être, suggéra Miss Lumley depuis le canapé. Les choses se passent toujours ainsi dans les romans.

— Ce n'est pas *mon* duc.

— Non ? Même après une promenade dans le parc ?

— Tout le monde sait que les lords et les ducs viennent en Amérique pour chercher des épouses fortunées.

Il y eut un bref silence. Elles savaient toutes trois que c'était la vérité. Elles savaient aussi que Miss Burnett avait de l'argent, alors qu'Adeline n'en avait pas.

— Je ne pense pas le revoir. Il découvrira forcément que je ne suis pas l'héritière dont il a besoin, et qu'il a été victime d'un malentendu. Il ne sera sans doute pas très content…

Un coup sec frappé à la porte l'interrompit.

Les trois femmes échangèrent des regards lourds de sens.

Les coups résonnèrent de nouveau, avec plus d'insistance.

Ce visiteur n'avait visiblement pas l'habitude d'être ignoré.

Le cœur d'Adeline se mit à battre un peu plus vite.

— Il semble que l'inévitable soit en train de se produire, dit Miss Lumley. Je t'avais bien dit, Harriet, que tes manigances ne marcheraient pas.

— Mais cela devrait être drôle, pourtant, s'exclama celle-ci en haussant les épaules.

Adeline inspira profondément, rassemblant tout son courage.

Une seconde plus tard, le duc apparut, emplissant tout l'espace. Elle eut soudain du mal à respirer. Tous ses sens étaient en alerte, son attention fixée sur lui. Elle ne voyait rien d'autre que ses larges épaules vêtues de cachemire, le gilet qui mettait en valeur son torse puissant et sa taille souple. Ses cheveux rejetés en arrière, soulignant la beauté de ses traits. Il y avait quelque chose de fascinant dans la façon dont il se tenait, grand, fier, le torse bombé. Il avait tellement d'assurance. Comme s'il était soutenu par des siècles de noblesse.

Quand il la vit, ses yeux lancèrent des éclairs, et il pinça les lèvres.

Il était décidément très beau quand il était en colère. Et bonté divine, il était furieux. Elle eut soudain envie de presser ses lèvres contre les siennes pour effacer sa rage. De faire glisser ses mains sur les muscles tendus de ses épaules, jusqu'à ce qu'elle les sente s'assouplir.

Mais c'était impossible.

Quoi qu'il se soit passé entre eux, cela venait de se terminer. En un instant. Maintenant. Au beau milieu d'un essayage. Craignant pour sa réputation professionnelle, elle espéra qu'il n'allait pas faire une scène. Cela aurait été terriblement embarrassant.

— Bonjour, mesdames, dit-il d'un ton sec et élégant.

Il parvenait à rester poli, même lorsqu'il était en colère. C'était bien un duc !

Elles répondirent toutes trois à voix basse, rendues presque muettes par un homme aussi imposant.

— Je souhaitais éclaircir une énigme, et il semble que j'y sois parvenu. Vous êtes deux personnes différentes.

Son regard accusateur passa d'Adeline à Miss Burnett, et revint se poser sur elle.

— Je pense qu'il est inutile de nier ! déclara joyeusement Miss Lumley.

— C'est moi, Harriet Burnett. La seule et unique, déclara celle-ci en souriant. Et voici Miss Adeline Black, ma styliste.

— Couturière.

Miss Burnett lui lança un coup de coude dans les côtes.

— Ne vous sous-estimez pas.

Pour un duc, cela ne faisait aucune différence. Qu'elle soit simple cousette ou styliste, Adeline n'était pas une héritière, et elle lui faisait perdre son temps.

Oh ! mais elle voyait bien qu'il éprouvait des sentiments confus. De toute évidence, il était accablé par toutes sortes d'émotions, alors que la vérité se faisait jour en lui. Elle n'était pas celle qu'il avait imaginée.

C'était un malentendu.

Et maintenant il allait penser le pire à son sujet, à cause des idées qu'il avait échafaudées. Il l'avait prise pour une femme fortunée, une réponse à tous ses espoirs. Mais elle n'y était pour rien !

Les mâchoires de Kingston se crispèrent.

Il était blessé. Pire, il était offensé.

Et comme un animal blessé, il passa à l'attaque.

— Cela explique votre présence ici, mais pas le fait que vous m'ayez fait croire que vous étiez une cliente de l'hôtel. Et en tant que telle, une femme que je pouvais envisager d'épouser.

Il l'insultait avec élégance et politesse.

Le coup n'en fut pas moins rude.

Voilà. Voilà pourquoi elle savait qu'elle ne devait pas badiner avec un duc. Un homme d'un rang tellement supérieur au sien. Cette terrible différence de statut social effaçait tout le reste.

Eh bien, elle n'était pas obligée d'endurer son mépris. C'était la raison pour laquelle elle insistait absolument pour être indépendante. Cela lui donnait droit à une certaine fierté. Elle ne voyait pas ce qu'elle avait à gagner en essayant de garder la faveur d'un duc irritable, et elle n'allait pas renoncer à son amour-propre en se laissant insulter.

— Très bien, dit-elle du ton distingué qu'elle avait acquis après des centaines de séances d'essayage avec les dames des Quatre Cents. Vous n'avez pas à vous soucier de mes sentiments. Je ne suis pas du tout offensée que vous n'ayez jamais cru bon d'avouer que vous étiez duc, et que vous m'ayez caché un aspect aussi important de votre identité.

Il haussa les épaules, l'air offusqué. Comme si ce n'était pas du tout la même chose. Comme si ce détail n'avait aucune importance.

— Ce n'est qu'un stupide malentendu ! s'exclama Miss Burnett. Il n'y a pas de quoi en faire toute une histoire. Vous devriez peut-être en discuter tranquillement ? Devant une tasse de thé, dans le salon de l'hôtel ? Miss Lumley et moi avons des rendez-vous très importants cet après-midi.

— J'ai quelques doutes sur ton sens des priorités, ma chère, fit remarquer son amie. Nous pouvons très bien être mises en retard par un drame romantique inattendu.

— Il n'y a pas de drame romantique, rectifia Adeline. C'est un stupide malentendu.

— Tant que cela ne tourne pas à la farce…, déclara Miss Burnett.

Adeline grimaça. Ce n'était pas le moment de plaisanter sur les sentiments du duc. Comme la plupart des hommes, il n'avait pas l'habitude d'être traité à la légère. Faire de l'humour sur la situation risquait d'être désastreux.

Elle décida que sa présence n'était plus nécessaire. L'essayage était terminé, et elle n'avait plus rien à dire au duc.

— Je suis désolée pour ce quiproquo. Veuillez m'excuser, mais je dois partir.

Elle ramassa ses affaires et gagna la porte. Alors qu'elle était sur le point de s'échapper, il lui agrippa le poignet au passage.

— Pas encore.

Chapitre 7

Non, je ne me contenterai pas d'une imitation. Stop. Je veux l'original. Stop.

– Télégramme de Sa Grâce,
la duchesse douairière de Kingston

Kingston avait fait l'impensable. Il était tombé amoureux d'une *couturière.* Une couturière ! Il était venu jusqu'à New York dans le but de trouver et d'épouser une héritière. Au lieu de quoi, il s'était laissé séduire par une femme qui non seulement ne possédait pas de fortune, mais de plus appartenait au corps de métier qui le dépouillait de la sienne ! Sa mère, avec son désir insatiable de robes à la dernière mode, avait fini de vider les coffres déjà peu fournis du domaine.

Et qui en profitait ? Ce genre de filles.

Cependant… Il lui avait agrippé le poignet.

Ne partez pas. Pas encore.

Une partie de son cerveau continuait de fonctionner malgré tout et l'informait que tout cela n'était qu'un simple malentendu, qui serait définitivement réglé par un rire. Il ne s'était pas investi dans une relation. Il ne s'agissait que d'une simple promenade dans le parc. Il n'avait plus rien à faire avec elle, en commençant par la toucher. Même si ce n'était que son poignet.

Il ne devait plus rien y avoir entre eux. *Rien.*

Le regard de la fausse Miss Burnett remonta lentement le long de son bras et se posa sur son visage. Elle le toisa avec froideur. Kingston la relâcha.

— Veuillez m'excuser, milord, je dois retourner à l'atelier. Miss Burnett, votre garde-robe sera prête dans la semaine.

Sur ces mots, elle sortit.

Et alors, *il la suivit.*

Kingston n'arrivait pas à croire qu'il faisait cela. Mais il ne pouvait pas s'en empêcher. Il était pair du royaume, un homme du plus haut rang dans un des pays les plus puissants du monde. Il était un *Kingston*, que diable ! Et elle n'était qu'une jeune femme ordinaire, une simple couturière. Pourtant il avançait d'un pas ferme et déterminé, sans bruit, sur la moquette du couloir. Fasciné par le balancement de ses hanches, captivé par le frou-frou de ses dentelles, alors qu'elle s'éloignait de lui.

Il avait des questions à lui poser, tout simplement.

Il ne la reverrait certainement jamais ensuite.

— Pourquoi ne m'avez-vous pas dit qui vous étiez ?

Elle laissa fuser un petit rire, tout en gagnant l'ascenseur. Cette cabine exiguë, où il avait naguère oublié que le monde existait, et où il était tombé amoureux d'elle.

— Inutile de dramatiser la situation. Honnêtement, ce n'était qu'un malentendu. Mais puisque vous soulevez la question, pourquoi n'avez-vous rien dit non plus ?

— Il me semblait que je n'avais pas à le faire.

— Vous aviez sans doute raison.

Donc, elle reconnaissait qu'elle savait. Elle avait su dès le début qui il était. Après tout, des douzaines d'aristocrates anglais avaient déjà débarqué à New York et logé dans cet hôtel, se lançant dans un tourbillon de réceptions jusqu'à ce qu'ils aient pris une héritière dans leurs filets, et qu'ils soient retournés en Angleterre avec elle.

Comme l'avait fait son cousin Freddie, par exemple.

Ils gardèrent le silence dans l'ascenseur. L'atmosphère était oppressante.

Quand les portes s'ouvrirent, ils furent assaillis par le brouhaha qui régnait dans le hall. Adeline Black sortit et fendit la foule. Pas une seule fois, elle ne regarda derrière elle pour savoir s'il la suivait. Pour quelle raison un homme comme lui aurait-il suivi une femme comme elle ?

Cependant, il lui emboîta le pas.

Il avait des questions à lui poser, voilà pourquoi. Le genre de questions urgentes qui vous tenaient éveillé la nuit et vous privaient d'un sommeil réparateur. Logiquement, il ne devrait jamais la revoir. C'était donc le moment ou jamais de l'interroger sur ce qui le taraudait.

Parvenue à la porte de l'hôtel, elle fit une pause. Kingston la rattrapa.

Ils allaient donc se dire au revoir. Certainement pour toujours.

À cette idée, il éprouva une sensation fort désagréable dans la poitrine. Comme si son cœur se rebellait violemment. Il en avait la respiration coupée.

— Vous est-il venu à l'esprit que je ne tiens peut-être pas à être convoité pour ma position sociale ? déclara-t-il, articulant pour la première fois à haute voix une crainte qui l'avait poursuivi toute sa vie.

— Et moi, je ne tiens peut-être pas à me sentir en position d'infériorité.

Elle tourna à droite et s'engagea dans la Cinquième Avenue. Kingston marcha à côté d'elle, savourant ces dernières minutes en sa compagnie. Car c'était la fin de leur relation, bien entendu. Forcément. Dans le monde où il évoluait, un homme comme lui ne pouvait épouser une fille comme elle.

— Vous saviez qui j'étais.

— Je m'en doutais. Il suffisait de lire les journaux, ou d'avoir un peu de jugeote, pour le deviner. Un bel Anglais élégant apparaît soudain à l'Hôtel de la Cinquième Avenue ? Vraiment, il n'y a qu'une seule explication. Il ne peut s'agir que d'un aristocrate, cherchant une épouse parmi les Princesses Dollar de New York. Je ne suis peut-être qu'une ouvrière, mais je ne suis pas sotte.

— Vous êtes blessante.

Adeline haussa les épaules.

— Vous êtes là pour épouser une jeune fille fortunée, et moi je ne suis pas intéressée par le mariage. J'ai des projets et des rêves qui ne consistent pas à organiser des réceptions, placer des invités à table, et vivre comme une duchesse. Suis-je seule à penser qu'une promenade dans le parc avec un duc n'est rien d'autre qu'une promenade dans le parc ?

La remarque était assassine. Miss Black était probablement la seule femme au monde à voir les choses sous cet angle. Une fois de plus, une main invisible serra le cœur de Kingston. Il l'avait trouvée. La seule femme au monde qui se moquait des titres de noblesse et de leur prestige. Sans doute la seule qui aurait pu l'aimer pour lui-même.

Malheureusement, il ne pouvait pas se permettre d'aimer une femme comme elle. Ni même d'être séduit.

Sans doute n'était-elle même pas flattée qu'il se soit mis en tête de la suivre dans les rues de Manhattan, comme un amoureux transi. Ce qu'il n'était pas, soit dit en passant. Il était un gentleman, furieux d'avoir été trompé par une fille sans importance, et bien décidé à aller une fois pour toutes au fond des choses. Voilà tout.

— Je ne suis pas que duc, précisa-t-il, ressentant le besoin de l'impressionner.

Il fallait qu'elle comprenne à quel point ses attentions étaient importantes. Qu'elle sache quelle était l'ampleur du malentendu. Cela expliquerait qu'il soit aussi furieux. Du moins l'espérait-il.

— Je suis aussi marquis de Westlake, comte d'Eastland, et vicomte de Blackwood. Voulez-vous que je continue ? J'ai d'autres titres de moindre importance que je n'utilise jamais.

— Je ne vois pas la nécessité de cette explication.

— Parce que rien n'est jamais simple, entre une femme et un duc. Ou un marquis, un comte, un vicomte.

Il y eut un bref silence.

— Est-ce à ce moment de la conversation que je suis censée m'évanouir ? Dois-je demander aux personnes que nous croisons si elles ont un flacon de sels ?

Elle se tordit le cou, regardant autour d'elle comme pour décider si quelqu'un, parmi les passants, était susceptible d'avoir le nécessaire dans sa poche. Peut-être un vendeur de rues ? À moins qu'il n'y ait une boutique d'apothicaire dans les environs ? Mais pas une seule âme dans la rue ne semblait s'intéresser à eux.

Elle prenait la situation à la légère. Elle ne comprenait pas.

Un duc qui tombait amoureux d'une couturière, après une banale promenade dans le parc. À cause d'elle, un noble Anglais tel que lui éprouvait des sentiments intenses et romantiques. Il avait suffi d'une rencontre de hasard dans un ascenseur et d'un après-midi ensemble pour qu'elle le prenne habilement dans ses filets, sans faire le moindre effort. Kingston était perplexe.

— Vous êtes censée être impressionnée, dit-il, tout en s'engageant avec elle dans une rue plus petite. Vous êtes censée savoir que mes devoirs de duc m'imposent d'épouser une jeune fille possédant certaines qualités.

— Qualités que je ne possède pas, d'après ce que je comprends.

— Ce qui pour moi rend la situation peu commode… et même perturbante.

— Je trouve très amusant de vous voir chercher à dire poliment ce que je ne peux prendre que comme une insulte. Mais je vais cependant vous faciliter la tâche. Je saisis parfaitement la situation. Vous avez besoin d'une épouse fortunée. Je ne suis pas riche. Je ne fréquente pas les cercles mondains dans lesquels vos titres font sensation. Je ne suis qu'une jeune Américaine qui aime les longues promenades au parc en charmante compagnie, et qui s'efforce de réussir dans la vie sans prendre au piège un duc, un marquis, un comte, ou un vicomte.

Kingston se figea.

Elle lui faisait une faveur.

Elle le repoussait.

Dans quel monde ce genre de choses arrivait-il ?

— Donc, je ne vois vraiment pas pourquoi vous faites

toute une histoire, poursuivit-elle. Vous ne pouvez pas m'épouser, et je ne tiens pas à passer ma vie avec vous. Du reste, vous ne m'avez pas demandé ma main.

Ils s'étaient arrêtés devant la devanture d'une boutique. Kingston leva la tête et remarqua l'enseigne. *Mme Chalfont, Couture.* Miss Black posait sur lui le regard impatient qu'il réservait généralement à ses notaires et à ses régisseurs quand il avait envie de leur échapper. *Avez-vous fini ? J'ai d'autres affaires à traiter.*

Mais il n'en avait pas fini avec elle. Pas encore.

Même s'il n'aurait pas très bien su expliquer pourquoi.

— Vous ne ressemblez pas du tout aux autres femmes de ma connaissance.

— Je prends cela comme un compliment.

— Je vous trouve ravissante.

— C'est ce que vous avez dit, lors de notre première rencontre.

Kingston remarqua qu'elle lançait des regards en coin à la boutique, l'air anxieux. Comme si elle n'avait pas envie d'être vue avec lui. Cela ne lui était jamais arrivé. Jusqu'à maintenant.

— Vous comprenez pourquoi je ne peux poursuivre cette relation, reprit-il en s'éclaircissant la gorge. Bien que j'en aie envie.

Voilà, c'était ce qu'il essayait de lui dire. *Je vous aime bien, mais…*

Elle lui sourit avec douceur. Il sentit sa gorge se nouer.

— J'ai apprécié les moments que nous avons passés ensemble, reconnut-elle. Même si ce n'était qu'une minute dans un ascenseur, et une promenade dans le parc. Au revoir, monsieur le duc, le marquis, le comte, le vicomte, et tous vos autres titres. Et bonne chance.

Elle se tourna pour entrer dans le magasin, mais une femme, aussi petite que large, et impeccablement vêtue, surgit devant la porte pour lui en interdire l'entrée. Ses cheveux gris formaient un chignon très haut, et un mètre ruban de couturière rose était posé sur ses épaules.

— Que signifie ceci ? lança-t-elle, avec un geste de la main qui englobait Miss Black et lui, et tout ce qui avait pu se passer entre eux.

— Rien du tout, madame Chalfont. Je reviens de l'essayage de Miss Burnett, à l'Hôtel de la Cinquième Avenue. Elle a passé une commande très importante et elle a insisté pour que ce soit moi qui me rende chez elle pour l'essayage.

Kingston trouva qu'elle donnait beaucoup de détails pour expliquer ses allées et venues. Mme Chalfont fronça les sourcils.

— Est-ce tout ?

— Oui, c'est tout.

— Alors, pourquoi ce gentleman est-il accroché à vos jupes ?

Une telle accusation n'était pas tolérable. Surtout lorsqu'elle était lancée par une vieille femme corpulente qui imitait aussi mal l'accent français.

Kingston se redressa de toute sa hauteur.

— Je vous prie de ne point proférer d'accusations infondées au sujet de cette dame et de moi-même, déclara-t-il d'un ton hautain.

Il était duc, que diable ! Il ne s'abaissait pas à s'accrocher aux jupes d'une femme.

Mais la matrone faisait partie de ces gens qui ne se laissaient pas impressionner par un aristocrate.

— Oh ! quelle galanterie. Et pourquoi est-il aussi

galant, mademoiselle Black ? Hum ? Vous vous êtes absentée assez longtemps. Qu'est-ce qui vous a retenue ?

De toute évidence, cette femme en était déjà arrivée à une certaine conclusion, et aucun duc sur terre ne pourrait la faire changer d'avis.

— Je vous l'ai dit, madame Chalfont, répondit Miss Black avec une patience admirable. J'apportais les dernières retouches à la garde-robe de Miss Burnett. Je suis revenue directement à l'atelier, en prenant le chemin le plus court.

— Avec un homme. En plein jour. Petite dévergondée.

Miss Black lança un coup d'œil en coin à Kingston.

Il était temps qu'il fasse une démonstration de son côté chevaleresque et de son pouvoir de duc. Il était né et avait été élevé pour déployer son autorité.

— *Madame*… J'hésite à employer ce mot, car vous ne faites preuve d'aucune des qualités vous donnant droit à une telle appellation. Je vous prie de ne pas mettre en doute le caractère vertueux de cette charmante jeune femme. Je l'ai simplement escortée de l'Hôtel de la Cinquième Avenue jusqu'à votre établissement.

En Angleterre, une telle déclaration aurait suffi. En Angleterre, Mme Chalfont aurait déjà été en train de lui demander pardon pour ce malentendu. En Angleterre, la parole d'un duc avait presque autant de valeur que la parole de Dieu, et personne n'osait le contredire. S'il déclarait que le feu était froid, eh bien le feu était froid.

Mais il n'était *pas* en Angleterre.

Il était à New York. Son attitude dédaigneuse n'eut pas l'effet désiré. Mme Chalfont l'ignora et se tourna vers Miss Black.

— Vous êtes renvoyée. Sur-le-champ.

— Madame Chalfont, je vous en prie !

— Vous m'avez entendue ! Vous êtes licenciée. Vous me fatiguez, avec vos idées ridicules de robes nouvelles. Je suis horrifiée que vous n'ayez pas acquis plus de bon sens, après tous les efforts que j'ai faits pour vous inculquer l'importance de la vertu. Prenez tous vos modèles ridicules et emportez-les chez une autre couturière. À moins que… votre *ami* ne décide de vous payer une petite boutique bien à vous ? suggéra-t-elle en ricanant. Quoi qu'il en soit, je m'en moque. Vous êtes congédiée, mademoiselle Black. Au revoir.

— Mais madame…

Miss Black fit un pas en avant, mais la couturière lui claqua la porte au nez. Aussitôt, elle se mit à tambouriner contre le battant de ses petits poings gantés. En vain. Le vacarme de la ville étouffait le bruit.

— Permettez-moi…

Kingston passa devant elle et abattit le poing contre la porte. *Il devait se montrer à la hauteur.* La vie de Miss Black venait de basculer à cause de lui, et un sentiment de noblesse le poussait à lui venir en aide.

Mais la porte demeura fermée.

Adeline Black se tourna vers lui. Ses yeux lançaient des éclairs.

— Vous voyez ce que vous avez fait !

Tout était gâché. Tout !

La porte resta obstinément fermée. Mme Chalfont avait probablement donné des ordres, interdisant aux autres couturières de venir lui ouvrir. Elle était perdue. Finie. Elle n'avait plus de travail et toutes ses chances de réussite s'envolaient.

Le duc… Ce maudit imbécile restait là, les bras ballants. Choqué par les dégâts qu'il venait de causer.

Adeline avait toujours su que sa patronne ne l'aimait pas. Elle méprisait toujours ses suggestions, quand elle voulait améliorer un modèle. « Je vous ai engagée pour coudre », répétait-elle. Adeline aurait dû se douter qu'elle saisirait la première occasion pour se débarrasser d'elle.

Et elle tenait là une excuse parfaite.

Un bel aristocrate britannique, pendu à ses basques. Les hommes dans son genre ne courtisaient les femmes comme elle que pour une seule et unique raison. Et cela ne s'accordait pas avec les standards moraux qu'un employeur exigeait de son personnel féminin.

Naturellement, Mme Chalfont s'était basée sur des suppositions déplaisantes sans chercher à voir plus loin.

— Partez. Je vous en prie, partez, ordonna Adeline à voix basse.

Elle aurait dû lui donner cet ordre un peu plus tôt. Mais non. Elle avait éprouvé un plaisir pervers à voir le meilleur parti de la ville la suivre tout le long de la Cinquième Avenue. L'espace d'un moment elle avait été charmée par ce spectacle, et s'était imaginé qu'elle faisait partie de ces femmes pour qui les hommes perdaient la tête.

Ce moment était terminé.

— Miss Black…

— Vous en avez assez dit. Prenez vos titres de noblesse et disparaissez.

— Je vais tout arranger. Si vous vouliez seulement…

Elle lui coula un regard en coin. Il était pâle, suppliant.

De toute évidence, dévoré par la culpabilité et le regret. *Bien.*

Adeline tourna les talons... des talons qui lui avaient coûté une semaine de salaire. Était-ce bien raisonnable ? Elle se dirigea vers la pension de la 14e Rue, dans laquelle elle louait une chambre minuscule. Elle allait devoir économiser pour payer son prochain loyer. Peut-être pourrait-elle tenir avec un seul repas par jour ?

En chemin, elle s'arrêterait dans chaque boutique pour demander s'il y avait un emploi pour elle. Elle ne pouvait se permettre de perdre un seul jour, ni même une heure, ou une minute. Chaque penny était précieux, essentiel à sa survie.

Elle essaya de se concentrer sur des problèmes d'ordre pratique. Et non sur le fait qu'elle avait progressé dans son métier, au point de ne plus être simplement une fille des quartiers pauvres capable de faufiler une manche. Elle avait obtenu un bon emploi chez Mme Chalfont. Sa place lui avait permis d'avoir une chambre à elle, et son indépendance. Et puis il y avait eu cette opportunité avec Miss Burnett. Quel dommage ! Elle ne verrait pas celle-ci porter ses robes, maintenant.

Et elle avait toujours un duc accroché à ses basques.

— Miss Black, attendez. Je me dois de vous présenter des excuses.

— Certes, mais je n'ai pas le temps.

— Je vous en prie, pardonnez-moi.

— Vous pardonner ? Vous croyez que vos idées chevaleresques et votre mauvaise conscience sont au centre de mes préoccupations, en ce moment ?

Il pinça les lèvres et ne dit rien. Oui, oui, c'était bien ce qu'il pensait.

Adeline imaginait déjà les titres de journaux : « *UNE FEMME ÉTRANGLE UN DUC PRÉTENTIEUX.* » Ou encore : « *UN DUC MEURT ÉTOUFFÉ PAR SA PROPRE VANITÉ.* »

— Attendez…

— Je ne peux pas attendre. Je dois trouver un nouvel emploi.

— Tout de suite ? Vous ne pouvez pas prendre votre journée ? Ou au moins une heure ?

Elle eut un sourire indulgent, du genre que l'on réservait aux enfants et aux imbéciles.

— Vous ne connaissez *rien* à la vie des femmes qui travaillent. Non, je ne peux pas prendre ma journée. Du moins, pas si je veux pouvoir payer mon loyer, manger, et vivre dans une certaine dignité. Vous croyez être fauché parce que votre club vous réclame votre cotisation, ou parce qu'un marchand vous présente sa facture, ou encore parce qu'une de vos maisons a grand besoin d'être rénovée. Alors que moi, je n'aurai peut-être pas assez d'argent pour garder ma chambre et m'acheter du pain. Et alors, je n'aurai plus le choix, il faudra bien que je devienne ce que Mme Chalfont pense que je suis.

— Je vais tout arranger.

Il fit cette déclaration de cet air gonflé d'importance, comme s'il lui suffisait de parler pour que sa volonté soit exécutée ! Malheureusement, le monde ne fonctionnait pas comme cela.

— Je suis responsable de cette catastrophe, et je vais tout réparer. Je vais échanger quelques mots avec…

À ce point de son discours, il s'interrompit. À qui pouvait-il dire un mot de la situation dramatique d'une couturière sans emploi qu'il n'était même pas censé connaître ?

— Je vous trouverai un nouvel emploi. En attendant, je vous procurerai des fonds pour vous dépanner.

Furieuse, Adeline imagina d'autres gros titres : « *UN HOMME DÉCHIQUETÉ À COUPS DE CISEAUX PAR UNE COUTURIÈRE.* » « *UN DUC MEURT, LE CŒUR TRANSPERCÉ PAR UNE ÉPINGLE À CHAPEAU.* »

Elle sentit ses joues s'empourprer de colère.

— Et que vous devrai-je, alors ?

— Rien, naturellement. L'honneur m'oblige à vous faire cette offre.

— Comment expliquerai-je cela à mes amies ? Que penseront-elles de moi ? Que répondrai-je, quand d'éventuels employeurs mettront en doute ma vertu, sous prétexte que j'ai été entretenue par un duc ?

— Mais que puis-je faire pour vous ? Je dois sûrement pouvoir faire quelque chose.

— Changez le monde, monsieur le duc.

Adeline était trop furieuse pour mettre de l'ordre dans les idées qui tourbillonnaient dans sa tête. Kingston ne pouvait pas jeter l'argent par les fenêtres et résoudre tous ses problèmes. Il pouvait le faire aujourd'hui, peut-être, mais pas toujours, pas pour toutes les filles. Il aurait fallu que son emploi ne dépende pas de sa vertu. Qu'elle gagne un salaire décent, suffisant pour épargner en cas de problème, comme aujourd'hui. Qu'elle ait plus de choix, plus d'opportunités.

Cela faisait beaucoup de conditions.

Kingston haussa les épaules en levant les mains devant lui, l'air vaincu.

— Je ne suis qu'un homme, je ne peux pas changer le monde.

— Désolée, rétorqua-t-elle avec un rire amer. Mais je n'ai ni le temps ni l'envie d'écouter un grand de ce monde se lamenter sur son manque de pouvoir. Partez à la recherche de votre héritière, monsieur le duc.

Chapitre 8

Avez-vous besoin que l'on vous présente Emma Goldman ? Vous avez vu de prétendues photos d'elle. Vous avez pu lire qu'elle était une agitatrice opposée à la propriété et au capitalisme, une meneuse d'émeutes. Vous imaginez une grande créature osseuse, avec des cheveux courts et des bloomers, brandissant un drapeau rouge dans une main et une torche dans l'autre…

– Nellie Bly, The New York World

Union Square
Quelques jours plus tard

En l'espace d'une semaine, le duc avait détruit sa vie. La semaine passée, Adeline avait été si proche du succès qu'elle avait cru le sentir, telle la soie la plus fine, la dentelle la plus délicate, sous ses doigts. À présent elle était revenue à la case départ, tout en bas de l'échelle. Elle sautait des repas et s'abaissait à quémander des emplois indignes de son talent. Tout cela parce que Mme Chalfont l'avait renvoyée sans lui accorder la moindre lettre de recommandation.

Ce qui la désolait le plus, c'était qu'elle ne pourrait même pas terminer la commande de Miss Burnett. Jusqu'à son renvoi, elle avait travaillé tard le soir, mettant tout son cœur dans la fabrication de ces robes. Et maintenant, elle ne verrait jamais le résultat de son labeur.

Elle trouvait cruel et injuste que le simple fait d'avoir été vue en plein jour avec un homme marchant à ses côtés ait suffi à détruire non seulement sa réputation, mais aussi ses projets professionnels.

Quand Rachel et Rose lui proposèrent de sortir un soir en ville avec elles, Adeline accepta sans hésitation. Elle avait besoin de distractions. Quelles qu'elles soient.

— Où allons-nous ? s'enquit-elle, quand elles se retrouvèrent à Broadway.

— À Union Square. Emma Goldman vient de sortir de prison et elle va faire un discours, expliqua Rachel. Il y aura foule, c'est certain.

— J'ignore qui est cette femme, mais si elle peut m'aider à surmonter le naufrage de ma vie, je veux bien aller l'écouter.

— C'est une de ces réformatrices, dit Rose.

En fait, elles étaient nombreuses en ville, et même en Amérique, à s'adresser aux ouvrières et aux travailleuses, à réclamer le droit de vote pour les femmes, à les pousser à choisir une autre voie que le mariage. Certaines luttaient même pour les droits des oiseaux !

Dire qu'il y avait foule eût été en dessous de la vérité. L'émeute n'était pas loin. Union Square était plein de gens de toutes les couches de la société qui s'étaient regroupés pour entendre le discours anarchiste de Goldman. Des dames et des gentlemen côtoyaient les parieurs professionnels et les prostituées. Il y avait de riches banquiers, des politiciens véreux, des travailleurs ordinaires, et des couturières comme elle. Il y avait des sportifs et des suffragettes. Adeline n'avait jamais vu un tel mélange, elle n'aurait même pas pu imaginer cela possible. Ils étaient pourtant tous là, une masse humaine venue écouter parler *une femme*.

Elle se demanda ce qu'aurait pensé le duc d'un tel spectacle.

— Reviens chez Mme Chalfont. Tu nous manques terriblement, dit Rachel d'une voix assez forte pour dominer le vacarme, tandis qu'elles attendaient l'arrivée de l'intervenante.

— Tu oublies que j'ai été mise à la porte ?

— À cause de ce maudit duc ! s'exclama Rose, les yeux brillants de colère. Si j'avais su qu'il te ferait renvoyer, je ne t'aurais jamais encouragée à te promener dans le parc avec lui.

Ce maudit duc, en effet. Pas un jour ne passait sans qu'elle pense à lui… et sans trop de tendresse. Bien sûr, il avait une beauté à vous faire perdre la tête. Et il avait cet accent, cette voix qui évoquait les rois, la richesse, le pouvoir, la sécurité… Le fait de flirter avec lui vous transportait. Et, oui, il s'était intéressé à elle, l'avait écoutée parler de ses projets, même si ceux-ci étaient en contradiction avec les siens. Cela lui donnait un pouvoir de séduction très spécial.

Mais tout cela ne compensait pas le fait qu'il venait de détruire sa vie.

Il aurait dû savoir ce que les gens pensaient quand un homme de son rang s'approchait d'une femme comme elle. Il aurait dû garder ses distances. Cependant, le prestige de son statut social les avait aveuglés tous les deux.

Adeline ne savait pas si elle était en colère contre lui ou contre la société et ses préjugés.

— Il est responsable, déclara Rachel. Il devrait au moins te donner de l'argent pour te dépanner, jusqu'à ce que tu aies trouvé un nouvel emploi. C'est le moins qu'il puisse faire.

— Elle ne veut pas de son argent, protesta Rose.

— Il m'en a proposé, et j'ai refusé. Je ne voulais pas prendre son argent pour atténuer sa culpabilité.

Était-ce judicieux ? La nuit, quand elle ne parvenait pas à s'endormir et guettait tous les bruits de l'immeuble, elle se disait qu'elle aurait dû accepter. Surtout quand elle pensait aux somptueuses suites de l'Hôtel de la Cinquième Avenue. Quelques dollars pour la dépanner n'auraient pas été de trop, n'est-ce pas ? Peut-être devrait-elle exiger qu'il lui vienne en aide. Elle n'avait qu'à se rendre en ville et demander à le voir.

Il la recevrait. Elle le savait.

L'idée qu'un homme aussi puissant que lui laisserait tout tomber pour la voir, elle, était assez intéressante. Il ébaucherait un léger sourire et son regard la ferait vibrer. Elle serait peut-être tentée.

Non, elle n'irait pas lui réclamer ce qu'il lui devait. Elle ne souhaitait pas avoir à lutter contre son propre désir.

Elle tenait plus à sa fierté qu'à l'argent du duc.

— Je pense qu'il a une dette envers elle, dit Rachel.

— Tout le monde est d'accord avec toi sur ce point, répondit Adeline.

À ce moment, une femme monta sur scène. Seule. Une femme menue, vêtue d'un costume en serge bleu, avec un chemisier de mousseline, et des bottines à petits talons que sa jupe laissait entrevoir. Le silence s'abattit sur la foule.

— C'est elle ! chuchota quelqu'un à côté d'Adeline, d'un air d'adoration.

Les visages étaient tournés vers l'estrade, captivés. Adeline écouta cette femme, seule sur scène, parler… d'amour.

Elle leur parla d'amour, de désir, et… du fait qu'il ne fallait pas se marier.

— Le mariage et l'amour n'ont rien en commun. Ils sont aussi opposés que le pôle Nord et le pôle Sud. En fait, ils sont antagonistes.

Adeline dressa l'oreille. Elle savait que c'était vrai. Sa propre mère lui en avait donné la preuve. Mariée trois fois, elle n'avait pas reçu la moindre affection de ses maris successifs. Elle n'avait connu que le désespoir. Adeline se demanda si le duc était différent des autres hommes. Elle éprouvait presque de la pitié pour lui quand elle pensait aux nuits glaciales qui l'attendaient s'il se mariait pour une autre raison qu'un amour profond et sincère.

À cette pensée, une spirale de chaleur se déploya en elle, de ses joues jusqu'au bout de ses pieds chaussés de bottines à talons français qui lui pinçaient les orteils. Quelle idée scandaleuse ! Encore plus scandaleuse lorsqu'elle était exprimée à haute voix devant cette foule disparate. Qu'une femme puisse éprouver de tels sentiments, et qu'elle puisse vouloir les vivre en dehors du mariage, sans aucune censure ! Adeline était choquée, mais… Dieu lui pardonne, elle ne put s'empêcher de penser au duc. Était-il possible que son désir ne soit pas répréhensible ? Pourraient-ils satisfaire leurs cœurs et leurs corps, sans que l'argent et le mariage entrent en jeu ? Elle devait admettre qu'elle ne ressentait pas pour lui que de la colère.

— L'amour, l'élément le plus fort et le plus puissant de notre vie, celui qui fait naître l'espoir, la joie, l'extase. L'amour, qui défie les lois et les conventions. L'amour, qui façonne la destinée humaine. Comment une telle force peut-elle être associée à ce misérable lien dispensé par l'État et par l'Église : le mariage ?

Allez dire cela au duc ! songea Adeline. Allez dire cela à un homme décidé à se marier pour l'argent, et non par amour. Plus elle écoutait Miss Goldman, plus elle pensait qu'elle ne renoncerait pas à l'amour et à la passion, mais qu'elle ne se marierait jamais.

Quand la foule quitta la place, Adeline fut séparée de Rachel et de Rose. Elle les attendit donc sur le trottoir, dans la lueur d'un réverbère. C'est alors qu'elle entendit quelqu'un l'appeler par son nom.

— Miss Black !

Elle pivota et vit Miss Burnett venir vers elle. La jeune femme portait une des robes qu'Adeline avait créées pour elle. Sa gorge se serra. Enfin, elle voyait une de ses tenues sur une femme, et pas seulement dans son imagination. Cette expérience la bouleversa plus qu'elle ne l'aurait cru.

C'était le modèle de taffetas bleu nuit. De face, la jupe était d'une simplicité apparente. Mais de dos, des volants de dentelle tombaient en cascade jusqu'au sol. Sur la poitrine, le tissu était froncé, afin d'accorder plus de liberté de mouvement, et des boutons de nacre blancs descendaient du cou jusqu'à la taille pour attirer le regard.

— Miss Burnett, quelle surprise de vous voir ici ! Vous êtes ravissante dans cette tenue.

— Merci. Toutes mes amies sont jalouses de ma nouvelle garde-robe.

Adeline n'avait pas remarqué les trois jeunes femmes qui accompagnaient Miss Burnett. Celle-ci lui présenta Mrs Dean et Mrs Bergen. Miss Lumley se tenait tout près de son amie.

— Nous la harcelons pour qu'elle nous donne le nom de sa couturière, depuis que nous l'avons vue dans cette splendide robe verte, lors de notre dernière réunion, déclara Mrs Dean.

— Nous nous sommes rendues chez Mme Chalfont, mais celle-ci nous a dit que vous ne travailliez plus chez elle, ajouta Mrs Bergen.

— Elle serait bien avisée de vous reprendre chez elle, car vous avez un réel talent, remarqua Miss Lumley.

— Eh bien… Merci, répondit Adeline, en proie à un profond embarras.

Elle ne voulait pas révéler sa triste situation à ces grandes dames.

— Où pouvons-nous vous trouver ? demanda Mrs Dean. J'aimerais vous commander quelques toilettes pour mes filles et moi.

Adeline ne souhaitait pas leur donner l'adresse de son petit logement miteux, fréquenté par des gens sinistres et misérables.

— Je ne suis plus employée par un établissement de couture, avoua-t-elle.

Les dames firent alors ce que seules des femmes peuvent faire. Elles s'entre-regardèrent, échangeant leurs opinions sans articuler un mot. Leurs regards en disaient long. Quand cette conversation silencieuse fut terminée, Miss Burnett glissa sa main gantée dans une des poches qu'Adeline avait cousues à l'intérieur de sa robe. Elle en sortit une carte, qu'elle lui pressa au creux de la main.

— Nous recevons les visiteurs le mardi.

— Surtout, venez seule.

— N'en parlez à personne.

Adeline posa les yeux sur la carte. Le papier était blanc, mais d'une qualité exceptionnelle. Les mots étaient imprimés à l'encre noire.

Club des Dames de la Liberté
25, 10e Rue Ouest
New York

Quand elle releva la tête, les quatre amies étaient déjà reparties en se frayant un passage dans la foule. Rose et Rachel arrivèrent en sens inverse et leur lancèrent un coup d'œil par-dessus l'épaule.

— Qui étaient ces femmes ? s'enquit Rachel.

— Elles ont l'air chics, ajouta Rose.

— Ce sont des dames qui aiment bien mes robes, répondit Adeline.

Que pouvait-elle dire d'autre ? Étaient-elles de futures clientes ? Des fées bienveillantes qui se penchaient sur elle ? Ou bien juste le fruit de son imagination ?

— Avez-vous déjà entendu parler du Club des Dames de la Liberté ?

Rose et Rachel haussèrent les épaules.

— Non, jamais.

Adeline glissa la carte dans sa poche. Peut-être n'avait-elle pas besoin de Mme Chalfont, après tout. Ni du duc et de son argent.

Chapitre 9

Nora menace de fuguer avec un amoureux. Stop. Clara refuse riche prétendant, exige mariage d'amour. Stop. Notaire prétend que réparations à Lyon House sont inévitables. Stop. Dis-lui qu'il est impératif que la duchesse de Kingston soit à la pointe de la mode. Stop. Cape d'hermine indispensable. Stop.

– Télégramme de Sa Grâce,
la duchesse douairière de Kingston

Pendant ce temps, en ville…
Metropolitan Club
1, 16ᵉ Rue Est

Bien que récent, le Metropolitan Club était aux yeux de Kingston l'équivalent du White's, à Manhattan. Un refuge feutré pour les hommes riches, puissants et privilégiés. Un lieu où ils ne pouvaient avoir à subir les problèmes du monde, ou les femmes. Et encore moins les problèmes du monde causés par les femmes.

Un lieu où les télégrammes de sa mère ne pouvaient l'atteindre pour lui relater les dernières nouvelles de la famille et les tragédies se rapportant à la mode. Cependant, le plus dur était de ne plus penser aux messages de celle-ci qu'il avait *déjà* reçus. Un verre au club l'aiderait probablement à les oublier.

C'était l'endroit idéal pour faire une pause dans sa quête d'une héritière. Il n'y trouverait pas de matrones avec leurs filles faisant tout leur possible pour le prendre dans leurs filets. Ces personnes avaient des fortunes considérables, mais elles n'avaient pas ses titres de noblesse… et elles n'étaient pas habituées à ne pas obtenir ce qu'elles désiraient.

Ici, il pouvait s'asseoir, se détendre, déguster un excellent whisky, et se demander en toute tranquillité si Miss Olivia Watson, la blonde héritière des chemins de fer, était l'élue. Ou bien si Miss Elsie Pennypacker, la fille brune du magnat de la navigation, était sa future duchesse. Après une série étourdissante de soirées, de concerts et de réceptions, Kingston avait fini par limiter son choix à ces deux jeunes femmes. Il y avait certainement d'autres partis plus intéressants à rencontrer, mais il faudrait choisir entre ces deux-là, car le temps pressait.

Sa mère avait besoin d'une cape d'hermine.

Ces idées qui tournaient autour du mariage, de l'argent et des capes d'hermine, ramenèrent ses pensées vers Miss Adeline Black. De qui se moquait-il ? Il ne pouvait cesser de penser à elle. C'était une jeune femme seule, à la merci d'un monde cruel. Il se souciait simplement de son bien-être matériel.

Mais les flèches cinglantes qu'elle lui avait lancées le poursuivaient sans relâche.

« Vous croyez être fauché parce que votre club vous

réclame votre cotisation, ou parce que vous devez faire des travaux de rénovation dans une de vos maisons. »

Miss Black ne comprenait pas dans quelle situation il se trouvait, protesta-t-il, dans une conversation intérieure avec lui-même. Étant une jeune femme seule au monde, elle ne pouvait savoir combien de personnes comptaient sur lui pour qu'il les protège et subvienne à leurs besoins.

Ses sœurs.

Sa mère. Et toutes ses couturières. Sans parler des modistes.

Ses domestiques, qui vivaient et travaillaient dans ses maisons, et aimeraient continuer de le faire sans que le toit leur tombe sur la tête. Certains avaient servi sur le domaine de Kingston toute leur vie. Il aurait eu l'impression de commettre la pire trahison en les laissant partir.

Ses fermiers avaient de plus en plus de mal à vivre du produit de leur travail, surtout depuis que son père avait refusé de laisser construire une gare de chemin de fer sur leurs terres. Les Smythe, les Blackwood, les Harrison, étaient de grands travailleurs qui cultivaient leurs champs depuis des générations. Ces familles devraient affronter la pauvreté et la séparation s'il ne trouvait pas de solution aux problèmes de plus en plus pressants du domaine.

Le monde avait changé. Kingston luttait contre ce changement en s'accrochant aux traditions. Après tout, cela avait réussi à des générations de ducs de Kingston avant lui.

Épouser une héritière. C'était aussi simple que cela.

Beaucoup plus simple que de changer le monde, comme Miss Black lui avait conseillé de le faire.

Avec cette fortune, il pourrait remettre *son* monde d'aplomb. Il pourrait être le duc et le gentleman qu'il avait de tout temps été destiné à être. Il pourrait être sûr que tous ceux qui dépendaient de lui auraient ce qu'ils désiraient.

Ce mariage de raison, sans amour, était la solution la plus honorable. Aussi, c'était ce qu'il allait faire.

« Que répondrai-je, quand d'éventuels employeurs mettront en doute ma vertu ? »

Tout en sirotant son whisky, Kingston lança un regard dur aux hommes qui se trouvaient autour de lui. Personne ne mettait en doute leur vertu, alors qu'ils manigançaient pour obtenir des fortunes par des méthodes plus ou moins avouables. Qui se souciait de leur moralité, quand ils racontaient des histoires grivoises sur les maîtresses qu'ils entretenaient en ville, tout en buvant du champagne et en allumant leurs cigares avec des billets de cent dollars ?

Alors qu'à cause de lui, Adeline n'avait peut-être même plus de quoi manger.

Son estomac se noua. Le whisky, sans doute. C'était un excellent whisky, de dix-huit ans d'âge, qui coûtait un prix faramineux. Il ne savait même pas combien de salaires hebdomadaires représentait un seul verre de ce breuvage.

Non, ce n'était pas le whisky. Ni le champagne, ni le caviar, ni les gâteaux.

C'était la culpabilité. Une culpabilité dévorante. Kingston commençait à se rendre compte qu'alors qu'il était sans doute un sauveur pour certains, il avait le rôle du scélérat dans l'histoire de Miss Black. Par sa seule présence, il avait fait renvoyer une pauvre petite couturière. Parce qu'il lui avait tourné autour et s'était accroché à ses jupons.

Le fait qu'il ait développé des sentiments pour cette jeune femme n'arrangeait rien. Cette jeune femme à l'esprit vif, aux yeux de biche et aux lèvres pulpeuses. Elle le narguait, le provoquait, l'obligeait à remettre en question les bases mêmes de son existence.

Ce n'était pas tous les jours qu'un homme avait le plaisir de rencontrer une femme comme elle.

Et ce n'était pas tous les jours qu'il finissait par la perdre.

Tout cela parce qu'il s'était laissé aveugler par la colère. Il n'avait jamais vraiment cru qu'elle l'avait berné intentionnellement. Simplement, il avait entraperçu un futur qui lui aurait permis de satisfaire tout le monde. Il aurait fait son devoir pour le duché, et trouvé une épouse qui lui plaisait vraiment. Cette perspective lui avait été arrachée.

Il ne pensait pas pouvoir tomber amoureux de Miss Pennypacker, ou de Miss Watson.

— Pourquoi as-tu l'air aussi morose ? lança Freddie en venant s'asseoir en face de lui. Laisse-moi deviner… Une histoire de femme.

— On pourrait dire cela.

— Tu es au bon endroit. Le club est le lieu idéal pour oublier ce genre de soucis. D'où ma présence ici. Si tu vois ma chère épouse, dis-lui que je suis désolé d'avoir manqué l'anniversaire de sa mère, mais que je ne pouvais pas rater les courses aujourd'hui. Alors, tu hésites toujours entre tes deux charmantes héritières ?

— Oui. Je ne sais toujours pas si je préfère les brunes ou les blondes. Si je préfère l'argent des chemins de fer ou celui du transport maritime. Ce sont les problèmes que rencontre un homme de mon rang.

— Tu sais, mon cher duc, que certaines personnes travaillent dans les mines de charbon ?

— Oui ? C'est ce que feront mes fermiers quand je ne pourrai plus maintenir le domaine à flot. Où veux-tu en venir ?

— Je veux dire qu'il y a des gens qui ont de vrais problèmes, tandis que toi tu es là, à te demander quelle héritière tu as envie d'épouser. Certains hommes sont même obligés d'épouser la seule héritière qui accepte de leur accorder sa main.

Freddie poussa un profond soupir. Pauvre Marian.

— Toi, au moins, tu as un titre. Tandis que moi, je ne pouvais compter que sur ma bonne mine, mon accent anglais et mes pauvres perspectives en tant que fils cadet. Par chance, cela a suffi à charmer Marian. Enfin, bref, je ne vois vraiment pas pourquoi tu as autant de mal à trouver une héritière.

Kingston n'avait aucun mal à trouver. La blonde ou la brune lui dirait oui sans hésiter une seconde. Son problème, c'était qu'il était obsédé par une femme qui était tout le contraire d'une héritière.

— Comme tu l'as fait remarquer, certaines personnes ont de vrais problèmes. Des problèmes à côté desquels les nôtres paraissent dérisoires. Miss Black, par exemple.

Freddie arqua les sourcils.

— Je ne connais pas cette personne.

— Je me suis entiché d'une femme que je prenais pour Miss Harriet Burnett, l'héritière. En réalité, elle s'appelle Miss Adeline Black.

Kingston avala une gorgée de whisky, et décida qu'il était temps de tout avouer.

— Une couturière.

— Une couturière ? répéta Freddie, en manquant s'étouffer.

— Ou plutôt, une *ancienne* couturière.

— Tu as dû être aveuglé par son charme.

— On peut dire cela.

Elle était ravissante. Ce sourire. Ces yeux pétillants, cette démarche ondoyante. La façon dont elle le taquinait, le défiait, et lui faisait voir la ville sous un jour différent. Avec elle il avait découvert un autre monde, une autre vie…

Il aurait voulu être en colère contre elle. Mais maintenant qu'il avait eu le temps de réfléchir, il se rendait compte qu'il ne pouvait lui en vouloir. Il avait revécu cent fois en pensée leurs différentes rencontres, cherchant quels mensonges elle avait proférés. Il n'avait rien trouvé.

Il avait tellement voulu croire qu'elle était une héritière de la haute société, qu'il avait ignoré tous les détails qui auraient dû lui mettre la puce à l'oreille.

Car si elle avait été une héritière, il aurait pu faire un mariage d'amour.

Il aurait eu une épouse qu'il aurait ramenée dans un de ses nombreux vieux châteaux pleins de courants d'air, pour la câliner et l'aimer.

Ces pensées faisaient surgir trop de sentiments, qui refusaient de s'effacer. Il était horrifié. Il était impératif que ces élans disparaissent aussi vite qu'ils avaient surgi. Il avait un devoir à accomplir. Le devoir sacré de maintenir la tradition. Il ne pouvait s'abandonner aux émotions à cause d'une femme qu'il ne pourrait jamais épouser.

Il devait penser à Miss Olivia Watson (la blonde) ou à Miss Elsie Pennypacker (la brune).

Ou bien boire un peu plus de whisky.

Il ne devait surtout pas penser à Miss Adeline Black, la couturière dont il avait détruit la vie. Ce qu'il ne pouvait réparer.

Du whisky. Il lui fallait plus de whisky.

— Je suis sans doute responsable du fait qu'elle ait perdu son emploi.

— Quoi ? Qu'as-tu fait ?

Kingston rapporta à son cousin leur confrontation dans la suite de Miss Burnett, la traversée de la Cinquième Avenue aux côtés de Miss Black, l'altercation ridicule avec la patronne de l'atelier de couture. La façon dont Adeline l'avait congédié, avant de disparaître dans la foule. Il ne pouvait faire moins que disparaître à son tour, sortir de sa vie. De toute évidence il ne lui avait pas porté chance, et il ne voulait pas s'imposer. Mais maintenant, il aurait aimé la revoir et il n'avait aucun moyen de la retrouver. Ce qui était probablement pour le mieux.

— Tu es un crétin, déclara Freddie.

— Je sais. Il faut que je répare ce gâchis, mais j'ignore comment faire.

— Crois-tu ? Rien ne t'y oblige. Personne n'attend d'un homme de ton rang qu'il en fasse autant.

— C'est pourtant la seule attitude honorable. Je ne peux supporter l'idée qu'elle soit à la rue, ou pire encore, à cause de moi.

— Refile-lui quelques pièces, suggéra Freddie en haussant les épaules. Je sais que tu te crois fauché, mais tu as tout de même de quoi dépanner une couturière au chômage. La valeur d'un de ces verres de whisky lui permettrait de payer plusieurs nuits de pension. Qui sait, elle aimerait peut-être envisager une nouvelle carrière et devenir ta maîtresse ?

— C'est impossible.

— Pourquoi ?

Mais Kingston ne savait comment répéter à son cousin ce que Miss Black avait essayé de lui expliquer. Ce n'était pas simplement le fait d'avoir quelques pièces en poche ou non. Ce n'était même pas une question d'amour ou de désir, mais de différence de statut. Il découvrait, un peu choqué, un peu horrifié, et pour tout dire un peu perplexe, qu'il voulait suivre son conseil.

« Changez le monde, monsieur le duc. »

Qu'est-ce que cela signifiait ? Par où fallait-il commencer ?

Ce n'était pas Freddie qui le lui dirait. Son cousin ne voyait pas d'inconvénient à laisser son épouse à la maison, pendant qu'il dépensait sa dot avec d'autres femmes en ville. Tant qu'il supportait les gloussements stupides de Marian, il estimait que ces escapades lui étaient dues. Pour la première fois, Kingston s'interrogea sur la vie de ces autres femmes. Il savait que Freddie ne se posait pas de questions. Pour la première fois, une brèche apparut dans leur relation entre cousins. Kingston en eut conscience, et décida de garder certains détails de son existence pour lui.

— Je ne sais pas comment la retrouver, dit-il cependant.

Cloué sur le trottoir, il avait vu la foule absorber la jeune femme. Elle se trouvait à côté de lui, et l'instant d'après un essaim de piétons l'avait entourée, cachée, emportée. Il ne servait à rien d'arpenter les rues de New York à la recherche d'une petite couturière aux cheveux noirs et aux yeux bruns, au regard pétillant et à la bouche qui ne demandait qu'à être embrassée.

Il n'avait pas le temps. Les dettes s'accumulaient à toute vitesse et ne lui laissaient plus de répit.

En outre, il n'avait pas de raison vraiment valable de le faire.

Pas maintenant, alors que les toitures prenaient l'eau, que les marchands lui présentaient des factures, que ses fermiers luttaient pour survivre, et que ses sœurs menaçaient de s'enfuir avec leur amoureux. Non, il lui fallait une héritière, et le plus tôt serait le mieux. Et tant pis pour ce qu'il ressentait.

— Très bien, reprit Freddie. Je répète ma question : quelle héritière vas-tu choisir ? La blonde ou la brune ? Si tu hésites vraiment, je te suggère de le jouer à pile ou face.

Chapitre 10

De nos jours, les dames respectables de la ville consacrent leurs journées à la création de clubs, dans le but de faire avancer leur façon de penser et leurs actions. C'est un phénomène curieux, que l'on est disposé à tolérer, à condition toutefois qu'elles ne négligent pas leur foyer, ni leurs devoirs d'épouses.

– The New York World

Mardi
25, 10ᵉ Rue Ouest

Adeline s'arrêta devant le numéro 25 de la 10ᵉ Rue Ouest. Une élégante et imposante demeure de brique rouge, semblable à toutes celles de cette belle avenue bordée d'arbres. Son cœur battait la chamade.

« Nous recevons les visiteurs le mardi », avaient-elles dit.

« N'en parlez à personne. »

« Venez seule. »

Pourquoi ? Elles ne l'avaient pas précisé. La peur, la nervosité lui faisaient battre le cœur, mais elle se disait que cette appréhension était ridicule. Cette rue était charmante, bien fréquentée. Ce n'était pas le genre d'endroit où le danger vous guettait.

Elle se détendit et poussa un petit soupir de soulagement.

D'autre part, quel danger pouvait représenter un groupe de dames ?

Elles n'allaient tout de même pas la transpercer avec leurs épingles à chapeau ! Ni lui serrer son corset à l'étouffer. Ses craintes étaient absurdes.

Adeline monta les marches du perron et fit une pause devant la porte. De quoi avait-elle peur, en fait ? De l'inconnu, bien entendu. Miss Burnett ne lui avait pas communiqué le but de cette visite, et ne lui avait pas dit qui elle allait rencontrer. Elle pouvait se trouver face à n'importe qui. Ces personnes avaient-elles de mauvaises intentions ?

Elles pouvaient empoisonner son thé. Méthode élégante, polie, propre et… mortelle. C'était ainsi que des dames s'y prendraient si elles voulaient la tuer, non ?

Adeline avait revêtu son plus bel ensemble pour l'occasion, celui qu'elle portait lorsqu'elle avait rencontré le duc. Si les circonstances étaient favorables, elle souhaitait faire bonne impression. Et si elle devait rencontrer son Créateur aujourd'hui même, elle aimait autant être bien habillée !

Maintenant qu'elle avait fait tout ce chemin, elle ne pouvait plus reculer.

De plus, elle n'avait pas le choix. Dans chaque boutique où elle était entrée pour demander un emploi, on lui avait répondu qu'on n'engageait personne sans lettre de recommandation. Ce que Mme Chalfont avait obstinément refusé de lui donner, en dépit des supplications de Rose et de Rachel. Bientôt, elle n'aurait plus d'autre solution que de ravaler sa fierté et retourner dans les bas quartiers d'où elle venait, pour faufiler des manches, ou exécuter un quelconque autre travail ennuyeux et mal payé.

Elle finit par soulever le heurtoir en forme de tête de femme, encadrée par un enchevêtrement de boucles qui en y regardant de plus près étaient en fait des serpents. Elle toqua à la porte, qui fut presque aussitôt ouverte par une personne dont elle n'aurait su dire s'il s'agissait d'un homme ou d'une femme, mais qui portait le costume traditionnel des majordomes. Son expression était bienveillante.

— Entrez, ma chère.

Adeline pénétra dans un hall récemment rénové, qui sentait encore la peinture fraîche. La décoration était simple, mais les matériaux et le mobilier luxueux laissaient entrevoir une grande et vieille fortune new-yorkaise. Elle ne vit pas les éléments clinquants typiques des fortunes récentes, destinés à impressionner et à faire oublier que l'argent n'avait pas été transmis par les anciennes générations.

Ce luxe discret lui fit penser au duc, et elle se demanda à quoi ressemblaient ses demeures. C'étaient probablement de vieux châteaux monstrueux, dans lesquels on aurait pu faire tenir tout entier le quartier dans lequel elle avait grandi.

Le majordome ouvrit des portes donnant sur un salon et s'effaça pour laisser entrer Adeline. La scène qui s'offrit à ses yeux n'avait rien pour inspirer la peur ou causer la moindre inquiétude. En fait, elle était tout à fait… banale.

Un groupe de femmes prenant le thé. Comme le font toutes les femmes depuis des siècles.

Adeline fut un peu déconcertée, et presque déçue. Pas d'épingles à chapeau, ni de fioles de poison. Quoi ? Avait-elle fait tout ce chemin simplement pour prendre le thé ? Même si celui-ci promettait d'être de première qualité, elle était un peu surprise.

— Miss Black ! s'exclama Miss Burnett en souriant. Quel plaisir de vous revoir enfin !

Puis elle enchaîna en faisant les présentations.

— Miss Black est la couturière dont je vous ai parlé. Celle qui fait de si belles robes, avec des poches !

Cette annonce fut accueillie avec des *Oh* et des *Ah* admiratifs. Soudain, les visages se firent plus amicaux. Bizarrement, ce détail rendait son travail plus intéressant pour ces personnes. Ce qui constituait un grand mystère pour Adeline.

— Quel ravissant ensemble, fit remarquer une dame portant une robe à fines rayures.

— Est-ce un de vos modèles ? s'enquit une autre.

— Oui, je vous remercie. Je trouve ennuyeux de refaire toujours des vêtements dans le même style, et j'aime être plus inventive pour mes propres habits.

Les dames semblèrent intéressées, et Adeline poursuivit :

— J'aime les vêtements confortables, mais naturellement je ne souhaite pas sacrifier l'élégance. Je crois que la vie des femmes serait plus facile, si elles ne devaient pas porter des corsets de trois kilos et plusieurs jupons, ou si elles pouvaient garder leurs affaires sur elles sans se demander où elles ont posé leur réticule.

— Nous sommes entièrement d'accord avec vous, déclara une certaine Miss Parks. Plusieurs d'entre nous se consacrent au mouvement en faveur de vêtements plus fonctionnels. Nous pensons que si les femmes sont libérées de leurs jupes encombrantes, elles pourront se déplacer plus facilement.

— Qui sait ce qui se passera lorsque nous pourrons respirer normalement, sans nos corsets ?

— Plus rien ne pourra nous arrêter !

Les dames se mirent à pousser des hourras. Elles le firent avec beaucoup de classe, mais elles n'en poussèrent pas moins de joyeuses exclamations à l'idée de conquérir le monde, tout en continuant de prendre le thé.

Adeline trouva cela vraiment curieux.

Elle dut admettre en elle-même qu'elle était intriguée.

— Miss Black, bienvenue dans notre cercle des Dames de la Liberté, dit Miss Burnett.

Ses yeux verts pétillaient et elle avait l'air amusé. Comme si elle gardait pour elle un secret magique.

— Je suis la fondatrice de ce mouvement. Notre but est de faire progresser les femmes dans le monde du travail.

— Je suis désolée, je n'avais jamais entendu parler de votre groupe.

Elle se rappelait avoir entendu Miss Burnett faire allusion à des réunions importantes l'après-midi, pour le thé. Mais celle-ci n'en avait pas révélé davantage, et Adeline n'y avait plus pensé. Ces jeunes femmes de la haute société étaient toujours occupées par des actions charitables ou autres fondations. Elles donnaient des conférences sur l'hygiène, les dangers de la boisson et elles aidaient les pauvres jeunes filles des quartiers défavorisés. Elles distribuaient des bibles et des moufles, ce qu'Adeline trouvait très bien. Mais elle aurait été terriblement vexée si elle avait revêtu sa plus belle tenue et fait tout ce chemin pour se voir remettre une bible.

— Ne vous excusez pas. Vous n'avez jamais entendu parler de notre travail, car il se fait dans la plus totale discrétion. En fait, les membres du cercle jurent de garder le secret. Il ne faut pas que tout le monde ait vent de nos activités.

— Oui… Bien sûr, murmura Adeline, perplexe.

Miss Burnett poursuivit :

— Pendant que nos sœurs réclament le droit de vote, avec juste raison d'ailleurs, et nous les soutenons, nous nous consacrons à des actes plus directs, mais discrets. Nous ne voulons pas attendre que les lois et la société changent. Nous ne demanderons pas de permission. Nous donnons simplement aux dames des situations leur permettant de faire un travail honnête, pour un bon salaire. Nous pensons que plus il y aura de femmes employées ainsi, plus elles représenteront une force importante. Et les hommes devront alors accepter nos revendications d'égalité.

Adeline n'aurait su dire si elle trouvait cette idée absurde ou audacieuse. Ou les deux. Mais du moins, elles ne semblaient pas vouloir se mettre à distribuer des bibles ou des mitaines. En apparence, elles semblaient être des femmes traditionnelles et respectables. Cependant, elle avait malgré tout l'impression d'être tombée entre les griffes de révolutionnaires.

— Parfois, des jeunes filles dans l'embarras viennent nous trouver, expliqua Miss Lumley. Nous les aidons à reprendre pied et leur offrons des opportunités d'emploi qui préservent leur sécurité et leur dignité.

— Par exemple, certaines obtiennent un poste de vendeuse dans mes salons.

— Vos salons ?

— Je suis Mrs C.J. Walker, ravie de vous rencontrer.

Une femme au teint couleur chocolat sourit à Adeline. Celle-ci la reconnut brusquement et, bouche bée, serra la main qu'elle lui tendait. Mrs C.J. Walker était une remarquable femme d'affaires. Elle avait créé une ligne de soins pour les cheveux destinée aux femmes très brunes comme elle, et était devenue millionnaire. Rose adorait ces produits, et il lui arrivait de se priver de romans pour en acheter.

— Celles qui sont attirées par la littérature et le journalisme ont des postes dans les journaux de suffragettes, tels que *Le Journal des femmes*, ou *La Révolution*. Vous en avez entendu parler ?

Adeline fit non de la tête. Le seul magazine qu'elle lisait régulièrement était le *Demorest Illustrated*, un mensuel de mode qui comprenait des patrons et des idées de modèles.

— Nous avons des contacts dans tous les journaux. De nombreuses militantes font partie de notre cercle, et nous avons même une physicienne parmi nous, précisa une femme en robe bleue. Nous soutenons les femmes dans tous les domaines, mais nous les aidons surtout à trouver de bons emplois.

— Les autres personnes présentes ici ont des professions, ou sont mariées à des hommes à l'esprit suffisamment ouvert pour accepter d'engager des femmes dans leurs bureaux, dit Miss Lumley. Nous sommes en position de faire évoluer le statut des femmes, et nous ne prenons pas cette responsabilité à la légère.

— En bref, nous pourrions dire que nous sommes une sorte d'agence de placement, dont le but est noble et révolutionnaire, déclara Miss Burnett. Comment pouvons-nous vous aider ?

Adeline retint les mots *agence de placement.* Il n'y aurait pas de bible ni de mitaines, ces dames n'allaient pas lui faire la charité. Elle pouvait obtenir un emploi, une opportunité de se relever et de donner la preuve de son talent. Elle ne commettrait plus jamais, *jamais*, l'erreur de se laisser éblouir par un homme et de lui permettre de l'accompagner où que ce soit.

— J'aimerais avoir un emploi dans le commerce des vêtements.

— Je serais enchantée de vous recommander à ma couturière. Elle est toujours à la recherche de quelqu'un pour la seconder, et la qualité de votre travail, Miss Black, est remarquable, proposa une des dames.

L'offre était généreuse. C'était la référence dont Adeline avait absolument besoin pour trouver une bonne place, digne de son talent. Le miracle que tout le monde espérait se produisait pour elle. C'était un coup de chance inattendu.

Mais Adeline remarqua qu'une des dames, Miss Parks, portait une robe de chez Worth. Elle était si riche qu'elle portait une robe de grand couturier parisien pour aller prendre le thé l'après-midi avec ses amies ! La dame en robe à fines rayures arborait un chapeau garni de plumes d'aigrette blanche. Toutes ces femmes, en fait, portaient des toilettes exquises et raffinées. Même celles qui ne faisaient pas étalage de leur richesse avaient des chapeaux et des robes de grande valeur.

Adeline savait reconnaître ces choses-là.

Ces femmes avaient de l'influence, certes. Mais elles avaient aussi de l'argent. Mieux, elles avaient de l'ambition. Après tout, elles étaient toutes là, à conspirer, pour lui venir en aide.

L'esprit hardi d'Adeline, qui la poussait à saisir au vol toutes les occasions qui se présentaient, l'avait toujours bien servie. C'était ce qui l'avait aidée à sortir des quartiers pauvres, à aller travailler chez Mme Chalfont, et c'était aussi ce qui l'avait conduite jusqu'ici. Maintenant, elle allait voir jusqu'où il pouvait la mener.

— Je suis couturière et je suis à la recherche d'un emploi, de préférence dans un bel établissement. Je suis très qualifiée.

Elle marqua une pause, pour donner plus de poids à ce qu'elle allait dire, et se lança :

— Ou bien, vous pourriez m'aider à ouvrir ma propre boutique.

Elle avait toujours eu ce rêve et en parlait à qui voulait l'entendre. Sa mère, sa famille, ses voisins. Mais les gens se moquaient d'elle. Rose et Rachel souriaient poliment, mais prenaient un air distant chaque fois qu'Adeline prononçait ces mots : « Si j'avais ma propre boutique… »

Elle se prépara à entendre fuser les rires moqueurs. Ou à voir s'afficher les sourires polis. À entendre renouveler les propositions pour un bon poste dans un atelier. Quelque chose de plus simple, de moins risqué.

Il y eut des murmures choqués, mais les dames considérèrent la suggestion d'un air grave. Adeline retint son souffle.

— Mais le coût !

— Cela ne s'est jamais fait !

— Mais comment ?

— Est-ce nécessaire ?

— C'est trop, c'est trop…

Adeline rassembla son courage, et reprit la parole :

— Vous pourriez me faire employer chez une autre couturière, mais je serais la seule à qui vous auriez fourni un emploi. En revanche, si j'avais mon propre atelier de couture, dans lequel je ferais des robes confortables, donnant aux femmes l'impression qu'elles peuvent conquérir le monde, alors je pourrais créer des emplois pour d'autres filles.

Miss Burnett la regardait fixement, et Adeline ne parvenait pas à déchiffrer son expression. Était-elle allée trop loin ? Peut-être bien. Les dames parlaient entre elles, évaluant les avantages et les dangers que représentait le fait d'aider une couturière à se lancer dans une telle entreprise.

Finalement, Miss Lumley se mit à parler, et le calme revint.

— Miss Black n'a pas tort. Nous pourrions aider plus de femmes si nous créions de nouvelles affaires, au lieu de nous limiter aux affaires déjà existantes et de cajoler les patrons en les suppliant de faire de la place pour une fille, ici ou là.

— Oui. Mais nous ne saurons pas gérer une affaire ! Nous n'y connaissons rien.

— Je ne suis pas de cet avis. Nous dirigeons déjà des maisons et du personnel. Cela devrait nous aider.

— Tout à fait. Je serai heureuse de donner des conseils, dit l'une d'elles. J'ai découvert que j'avais un don pour les finances en tenant les registres de comptes de la maison. Depuis, je me charge aussi de la comptabilité de la société de mon mari.

— Mais avez-vous songé à la dépense ? Il doit falloir une somme rondelette pour ouvrir une boutique, fit remarquer une autre.

— À quoi servent nos cotisations ? Pourquoi donnons-nous toutes une partie de notre argent de poche, si ce n'est pour de tels projets ?

— Nous utilisons ces fonds pour dépanner les femmes, expliqua Miss Lumley à Adeline. Nous nous servons de nos pensions, et piochons parfois dans les caisses de nos maisons. C'est pourquoi les hommes doivent ignorer ce que nous faisons.

— Dès l'instant où ils s'apercevront que nous prenons leur argent pour donner de l'autonomie aux femmes, ils nous couperont les vivres, ajouta Miss Parks.

— J'espère que nous pouvons compter sur votre discrétion, dit Miss Burnett avec un regard entendu.

« Venez seule. Ne le dites à personne. » Tout cela prenait du sens, à présent. Adeline n'avait absolument rien à craindre.

— Mes espoirs et mes intérêts sont semblables aux vôtres, dit-elle d'un ton solennel. Je vous promets de ne jamais révéler à quiconque l'existence de ce club et la nature de vos activités.

Qu'elles lui viennent en aide ou non, que leurs efforts soient ou non couronnés de succès, Adeline reconnaissait que l'action de ces femmes était louable. La vie de sa mère aurait été entièrement différente, si elle avait pu se tourner vers une association de ce genre pour obtenir de l'aide, au lieu d'épouser des misérables. Elle ferait n'importe quoi pour épargner aux autres femmes ce que sa mère avait connu. Aussi, lorsqu'elle leur promit le secret, elle le fit avec une totale sincérité.

— Le fait d'ouvrir un atelier de couture est en accord avec l'esprit et la mission de notre club, déclara pensivement Miss Burnett. Miss Black a eu raison de souligner le fait qu'elle pourrait aider de nombreuses femmes. Cela nous permettrait d'engager des couturières et des vendeuses. Sans parler de la nouvelle mode que nous lancerons grâce à elle, et qui encouragera la liberté des femmes. J'approuve ce projet, et je propose de le soutenir.

Adeline crut que son cœur allait s'arrêter.

Les gens s'étaient si souvent moqués d'elle, quand elle parlait de son rêve. Et maintenant ? Le profond silence qui régnait dans la pièce était une vraie torture. Était-ce de l'approbation, ou un refus, qui allait en sortir ?

Finalement, une des femmes se mit à parler. Elle avait gardé le silence jusqu'à présent, et ne semblait pas à l'aise pour prendre la parole. Elle crispait les doigts sur un petit mouchoir de dentelle.

— Comme vous le savez, mon mari possède de nombreux bâtiments, avec des locaux commerciaux à louer, dit-elle doucement. L'autre soir, pendant le dîner, il était furieux car un des futurs locataires l'avait laissé tomber au dernier moment, alors que le local était prêt. Les parquets sont neufs, et il y a l'électricité. Je me dis que nous pourrions peut-être… le louer pour Miss Black ?

— C'est une merveilleuse suggestion, Mrs Harris.

Et ainsi, l'affaire fut réglée. Il avait suffi qu'une femme douce et timide trouve le courage de s'exprimer pour que toute la vie d'Adeline soit changée.

— Qu'en pensez-vous, Miss Black ?

— J'ai souvent rêvé qu'un tel monde existe, mais je

n'aurais jamais cru qu'il puisse m'arriver quelque chose d'aussi merveilleux.

« Changez le monde », avait-elle dit au duc. Mais en fait, ces dames et elle allaient s'en charger elles-mêmes.

Chapitre 11

Marchands à notre porte. Stop. Présentent factures. Stop. Prière régler le problème au plus vite. Stop.

– Télégramme de Sa Grâce, la duchesse douairière de Kingston

Deux semaines plus tard
Dans l'après-midi

La brune. C'était décidé, ce serait la brune. Miss Elsie Pennypacker, unique héritière de la fortune acquise par son père dans les transports maritimes. Descendante par sa mère d'une vieille famille de Knickerbockers, l'équivalent à Manhattan d'une lignée prestigieuse[1], même si elle ne remontait qu'à deux cents ans ou presque, alors que le titre de Kingston datait de 1066.

Elle serait la future duchesse de Kingston.

1. Le terme « Knickerbockers » désigne les premiers colons hollandais qui se sont installés au début du XVIIe siècle dans ce qui allait devenir New York. Ils doivent leur nom aux pantalons courts et bouffants qu'ils portaient.

Probablement.

Il subissait une énorme pression. Il fallait qu'il se marie au plus vite avec une héritière, n'importe laquelle. Entre les télégrammes de sa mère et les lettres de son secrétaire, il voyait bien que la situation du domaine était désastreuse. Les récoltes étaient mauvaises. Il fallait payer les traites et les factures des commerçants.

De toutes les femmes qu'il avait rencontrées jusqu'ici, Miss Pennypacker était celle qui correspondait le plus à ses attentes. Elle était d'une nature aimable, sa voix ne lui portait pas sur les nerfs, et elle souhaitait avoir des enfants.

Depuis deux semaines, il ne courtisait plus qu'elle. Non contente de posséder la fortune adéquate, elle avait aussi des cheveux de jais, des yeux de velours, et une bouche bien dessinée qui lui rappelait… celle d'Adeline.

Une Adeline qui ne se risquait pas à le taquiner sur le mariage ou l'importance d'un corsage. Il aimait bien être traité simplement comme un homme, et non comme un aristocrate au titre ronflant. Miss Pennypacker ne le mettait pas au défi de changer le monde, ou de s'interroger sur la place qu'il occupait dans celui-ci. Elle lui parlait de sa passion pour les arrangements floraux, et de sa stratégie pour avoir les meilleures places à table dans les dîners mondains.

Avec elle, il n'avait pas l'impression que son cœur allait exploser, comme avec Adeline.

Mais l'habileté de Miss Pennypacker à établir une liste d'invités était légendaire.

C'était tout ce qu'il demandait à une duchesse.

Probablement.

— Alors, tu vas faire ta demande à Miss Pennypacker ?

s'enquit Freddie, alors qu'ils parcouraient les rues de Manhattan.

— Oui, affirma-t-il avec une résolution qu'il était loin de ressentir.

— Parfait. Marian sera contente, car elles sont amies. Elles pourront prendre le thé ensemble et se plaindre en chœur de nos escapades.

— À moins qu'il n'y ait pas d'escapades, répliqua Kingston.

Ils avaient profité de leurs années à l'université pour prendre du bon temps, mais avec l'âge, Kingston s'était calmé. Le sens du devoir et les responsabilités avaient tendance à vous faire passer le goût pour ce genre de « distractions ».

— Je te suggère de faire en sorte qu'elles n'aient pas à se plaindre de nous. Tu sais que je tiens à me comporter en gentleman.

Freddie accueillit ces paroles avec un grand rire.

— Tu parles comme un homme qui ne connaît rien de la vie conjugale. Laisse-moi te peindre le tableau de ton avenir. Tu vas regagner une froide et sinistre Angleterre avec ton épouse. Tu seras alors complètement absorbé par tous les travaux à mener dans le domaine, grâce à son argent, tandis qu'elle s'ennuiera, seule à mourir, dans tes affreux châteaux. Tu finiras par trouver ses jérémiades diablement assommantes. Par conséquent, tu auras des aventures. Elle sera blessée. Et tu te retrouveras à arpenter les magasins, à la recherche d'une babiole pour te faire pardonner.

Ils étaient en ce moment même en train d'arpenter le Ladies' Mile, à la recherche d'une babiole pour Marian… Apparemment, celle-ci avait pris ombrage des trop nombreuses absences de Freddie, et sans doute s'inquiétait-elle aussi des personnes qu'il voyait pendant les longues heures qu'il passait en dehors du foyer.

— Je ne peux imaginer que ce que tu prédis se réalisera. Pour commencer, j'ai l'intention d'être fidèle.

— Oh ! formidable. Mais ce n'est qu'une intention. Et ce serait bien naturel, si tu te mariais par amour. Mais si tu te maries pour l'argent ? ajouta Freddie en haussant les épaules. Elle s'intéresse à ton titre, et toi à sa fortune. Ce n'est pas avec cela qu'on fait les grandes passions.

— Venant de toi, je trouve cette conclusion d'une justesse étonnante.

— Je parle par expérience. Et j'ai aussi appris à prendre mon plaisir où je peux.

La conversation fut brusquement interrompue lorsque Kingston se figea au beau milieu du trottoir, les yeux fixés sur une enseigne flambant neuve, au-dessus d'une devanture de la 19e Rue.

La Maison D'adeline

Était-ce elle ? Combien pouvait-il y avoir d'Adeline à New York ?

Kingston se remit à avancer, attiré malgré lui par le nom de la boutique et par la possibilité de revoir celle qui occupait son esprit. Il s'approcha suffisamment pour examiner une large vitrine, dans laquelle était exposée une robe rose vif. Il distingua des perles et des volants, mais ne connaissant rien aux robes que les femmes affectionnaient, sauf quand il s'agissait de les leur ôter, il manquait de vocabulaire pour la décrire. Cependant, il sut instinctivement que celle-ci était différente de celles que les dames portaient d'ordinaire.

C'était forcément elle. Combien de New-Yorkaises, portant le nom d'Adeline, étaient capables de créer des tenues aussi fantastiques ?

Il fallait qu'il sache avec certitude s'il s'agissait vraiment de *son* Adeline, l'objet de ses pensées et de ses désirs. Si elle était propriétaire de cet établissement, cela allégerait son sentiment de culpabilité. Car apparemment, sa situation s'était grandement améliorée. Il cesserait de passer ses nuits à se tourmenter en se demandant ce qu'elle était devenue, comment la retrouver, et comment réparer les dégâts qu'il avait causés.

Combien y avait-il de femmes à New York qui se nommaient Adeline et qui avaient volé son cœur ? Une seule.

— Puis-je savoir pourquoi nous entrons dans une boutique pour dames ? s'enquit Freddie, tandis que Kingston ouvrait la porte du magasin.

C'était une très jolie boutique, qui visait une clientèle fortunée. Le parquet était recouvert d'un épais tapis de laine pourpre. Les murs d'un blanc éclatant mettaient en valeur le superbe assortiment de robes exposées. D'énormes lustres de cristal répandaient une lumière chaude et flatteuse.

Mais le magasin était vide. À l'exception d'une jeune fille, qui n'était pas celle qu'il cherchait.

— Bonjour. Que puis-je pour vous, messieurs ?

La vendeuse qui se tenait derrière le comptoir d'acajou avait des cheveux et des yeux très bruns, comme Adeline, et un air sérieux suggérant qu'elle savait diriger une affaire.

— Nous sommes bien à La Maison d'Adeline ? demanda Kingston.

— C'est ce qui est écrit sur l'enseigne.

— Miss Adeline Black, précédemment employée chez Mme Chalfont ?

La jeune femme plissa les yeux, comme si elle devinait qui il était. Car on avait dû parler de lui. Longuement. Et pas forcément en bien.

— Oui, c'est bien elle.

Dans sa tête, Kingston se mit à assembler les morceaux du puzzle. Cette femme était vraisemblablement une amie d'Adeline, et elle savait à coup sûr que celle-ci avait perdu son emploi à cause de lui. Elle nourrissait sans doute des sentiments peu charitables à son égard. Et surtout, elle s'interposait entre elle et lui.

— Comment la connaissez-vous ? demanda-t-elle, comme pour confirmer les soupçons de Kingston.

— Oui, monsieur le duc, comment la connais-tu ? railla Freddie.

La vendeuse sourit – ce qui n'avait rien de rassurant. Kingston poussa un grognement sourd.

— Nous nous sommes rencontrés un jour, par hasard.

— C'est tellement romantique, dit-elle d'un ton plat.

— C'était très romantique, en effet.

— Arrêtez, je risque de défaillir.

— Je vous rattraperai. Je suis connu pour mon comportement chevaleresque.

— Gardez votre numéro de charme pour Miss Black. Je suppose que vous voulez la voir ?

— Eh bien, il n'est pas entré pour acheter une robe, répondit Freddie avec un sourire ravageur.

En même temps, il se pencha au-dessus du comptoir, sans se laisser décourager par l'attitude distante de la jeune femme.

— Je vais voir si elle est libre.

La vendeuse disparut derrière un rideau de velours, et ils entendirent deux femmes discuter à mi-voix.

Elle était là. La femme qui hantait ses jours et ses nuits était là. Les battements de son cœur s'accélérèrent. Kingston ne fit rien pour les calmer.

Il allait enfin avoir une opportunité de voir ces yeux bruns et pétillants, de respirer son parfum, de savoir comment elle avait pu ouvrir sa propre boutique en moins d'un mois, après avoir perdu son emploi.

D'autre part, il lui devait de plates excuses.

Mais la vendeuse revint, porteuse d'une nouvelle déprimante.

— Miss Black est occupée.

En général, les gens n'étaient jamais trop occupés pour recevoir un homme de son rang. Il n'avait pas l'habitude d'essuyer un refus. Pendant quelques secondes, il fut abasourdi.

Puis il se ressaisit.

Kingston balaya du regard le magasin vide.

— Occupée ? Vraiment ?

— Elle a dit que vous deviez prendre rendez-vous, répliqua la jeune femme d'un ton autoritaire.

Elle s'empara d'un agenda, qu'elle se mit à feuilleter. Kingston remarqua que rien n'était inscrit sur les pages.

— Disons… Le 1er du mois de jamais, en l'an de grâce 1899 ?

Bien. Il était temps d'avoir recours au numéro de charme.

Kingston sourit. Abandonnant sa posture hautaine de duc tout-puissant, il s'accouda nonchalamment au comptoir.

— Quel est votre prénom, miss ?

— Rachel. Mais pour vous, ce sera Miss Abrams.

— Très bien, Miss Abrams. J'aimerais prendre rendez-vous.

De l'autre côté de la boutique, il entendit Freddie pouffer bruyamment. Son cousin examinait le corsage d'une robe, tout en écoutant d'une oreille la conversation.

— Certainement, monsieur. À quel moment ? Peut-être en décembre ? suggéra-t-elle en souriant.

On était au mois de juin.

Oui, elle entrait bien dans la catégorie des « femmes décidées à venger les offenses subies par leur meilleure amie ». Curieusement, cela la rendit sympathique aux yeux de Kingston. On devait toujours soutenir ses amis. Le sourire qu'il lui adressa était parfaitement sincère.

— J'espérais en obtenir un en juin. Le 7, par exemple.

— C'est aujourd'hui.

— Je sais. Vers 3 heures.

— Vous voulez dire tout de suite ?

Kingston se pencha en avant et baissa la voix.

— Je souhaite désespérément la voir.

Miss Abrams se pencha également et répondit sur le même ton :

— Afin de la faire renvoyer encore une fois ?

— Ah, vous voulez parler de cela ?

— Exactement.

— Seriez-vous plus indulgente, si je vous disais que mon but est de me jeter à ses pieds pour lui demander pardon ?

— Je préférerais que vous achetiez une robe.

— Je peux *aussi* acheter une robe.

Miss Abrams eut un sourire sardonique.

— Nous ne faisons que du sur mesure. Il vous faudra un essayage.

Kingston observa une pause et songea à toutes les choses que les hommes faisaient par amour. Il n'hésita pas longtemps.

— Dans ce cas, je souhaite prendre rendez-vous pour un essayage. Immédiatement.

Chapitre 12

Les partisans des robes fonctionnelles voudraient savoir : pourquoi les vêtements pour femmes n'offrent-ils pas le même confort et la même liberté de mouvement que les vêtements pour hommes ?

– The New York World

Une rencontre inattendue avec Kingston. Ce fut hélas la seule chose intéressante qui arriva à Adeline ce jour-là. Elle espérait qu'une des reines de la société new-yorkaise franchirait la porte de sa boutique. Ou n'importe quelle femme souhaitant acheter une robe, à vrai dire. Mais apparemment, elle devrait se contenter du duc.

Ce duc qui parlait de demande en mariage et avait un comportement chevaleresque. Ainsi que des bras puissants, et un délicieux accent anglais.

Cela faillit lui faire oublier sa rancune envers lui – il avait tout de même failli détruire sa carrière. Oh ! oui, il l'avait presque ruinée. Mais son cœur, refusant d'entendre raison, se mit à battre plus fort. Ses mains d'ordinaire si habiles se mirent à trembler.

Comment l'avait-il retrouvée ?

Qu'est-ce qui pouvait bien l'amener dans sa boutique ?

Après la première vague de commandes provenant des membres du Club des Dames de la Liberté, qui étaient toutes en train d'être réalisées par l'équipe de couturières d'Adeline, les clientes s'étaient faites assez rares. Il fallait s'y attendre. Elle n'avait pas encore les moyens de faire de la publicité dans les journaux, et personne n'avait vu ses modèles portés dans le monde. Aussi, personne ne venait prendre de rendez-vous pour ses nouvelles tenues. Pas encore.

Pas encore, mais ça viendra, se répétait-elle, refusant d'abandonner tout espoir.

Dès que les premières robes seraient terminées et livrées, elles seraient portées en ville. Alors, les clientes se présenteraient. Il le fallait. Les dames du club avaient misé sur elle, elle ne pouvait pas les décevoir.

En attendant…

Le duc était là. Il l'avait retrouvée.

D'après Rachel, il souhaitait parler avec elle. Il était même entré dans le jeu, en prenant rendez-vous pour *un essayage* ! Adeline n'aurait pas cru que le duc se prêterait à une telle mascarade. Mais puisqu'il l'avait fait, elle devait le recevoir.

Adeline poussa résolument les lourdes tentures de velours qui donnaient dans le petit salon d'essayage. Personne ne pourrait les voir, mais une atmosphère aussi feutrée et intime pouvait aussi être dangereuse.

Le duc de Kingston était bel et bien là.

Ce diable d'homme était aussi beau que dans son souvenir. Cependant, Adeline était plus décidée que jamais à résister à la tentation. Cet homme était dangereux. Elle avait pu le vérifier par deux fois. Tout d'abord lors de la promenade dans le parc, lorsqu'elle avait perdu son cœur. Et ensuite lorsqu'il l'avait raccompagnée jusqu'à la boutique de Mme Chalfont. Lorsqu'elle avait perdu son emploi.

Adeline avait des projets, et ceux-ci ne comprenaient pas l'intervention dans sa vie d'un duc, d'un marquis, ou d'un comte. Elle ne comptait pas perdre la tête, ou quoi que ce soit d'autre, pour un homme.

Il sourit en la voyant. Un mouvement des lèvres, une lueur brûlante dans ses yeux bleus. Quand il murmura son nom, elle sentit son cœur tressauter.

— Adeline...

Oh ! non. Non, pas question.

Pas de sourires séduisants qui entraînaient le flirt, puis les baisers. Tout le monde savait que cela menait à la catastrophe. Ce n'était pas possible. Pas maintenant, alors que des femmes l'aidaient, comptaient sur elle pour être à la hauteur de leur investissement et révolutionner la mode féminine.

Le cœur d'Adeline battait à tout rompre. Elle étouffait. Elle dut faire appel à toute sa volonté pour garder son sang-froid.

— J'ai cru comprendre que vous étiez là pour un essayage ?

Arborant un petit sourire, elle fit claquer l'extrémité de son mètre de couturière, comme si c'était un fouet. Elle devait absolument avoir l'air de contrôler parfaitement ses émotions. Alors que la tête lui tournait, et qu'elle avait l'impression de manquer d'air.

Il posa le regard sur ses mains. Celles-ci tremblaient légèrement. Il écarquilla les yeux en constatant qu'elle s'apprêtait à prendre ses mesures.

— Adeline, il fallait que je vous voie.

Le ton suppliant faillit avoir raison de sa résistance. Elle sut, en entendant sa voix, qu'il avait pensé à elle. Probablement avec des sentiments mélangés et contradictoires. De la culpabilité, du désir, de l'étonnement. S'ils discutaient franchement, ils découvriraient qu'ils s'aimaient bien, qu'elle n'avait jamais cherché à le tromper, et qu'il n'avait pas voulu la faire renvoyer.

Et ensuite ?

Elle avait besoin de se sentir en colère contre lui. Sinon, elle devrait admettre qu'elle éprouvait un mélange de désir et d'amour pour Kingston. Une combinaison fatale. Il y avait trop d'intérêts en jeu pour qu'elle prenne le risque de l'embrasser, ou d'avoir une liaison avec lui.

Des femmes qu'elle admirait et respectait avaient misé sur sa réussite.

Il fallait qu'elle s'occupe les mains.

Puisqu'il était là pour un essayage, soit ! Elle allait lui préparer une robe.

Elle devait se concentrer sur ce travail.

— Il faut que vous enleviez votre veste.

— Adeline, vous ne songez pas sérieusement à prendre mes mensurations ? Mon tailleur londonien les a toutes notées dans ses registres. En fait, je ne souhaite pas vraiment acheter une robe.

— Dans ce cas, cette entrevue est terminée.

— Très bien…

Il ôta sa veste.

Vêtu de sa chemise et de son gilet, il eut un sourire narquois, laissant entendre que lui aussi pouvait jouer à ce petit jeu.

Adeline reconnut en elle-même qu'elle commettait

sans doute une erreur, mais pour rien au monde elle ne l'aurait admis à voix haute.

La même hardiesse qui l'avait aidée autrefois à sortir de son quartier pauvre la poussa à continuer.

Elle commença par lui mesurer le torse, étendant le mètre ruban le long de sa poitrine musclée vêtue de lin et de soie. Ses souvenirs étaient encore vivaces. Elle se rappelait très bien ce qu'elle avait ressenti en posant la joue contre lui, juste au-dessus du cœur. Elle n'avait toujours pas recouvré son équilibre. Pire, elle rêvait d'accomplir encore une fois ce geste follement intime.

— Quarante-deux pouces.

Elle inscrivit la mesure dans un petit carnet réservé à cet usage, et le remit dans sa poche.

— Je n'ai cessé de penser à vous, Adeline. J'étais inquiet.

— Comme vous le voyez, je me porte très bien.

Elle étendit le mètre ruban de son épaule à son coude, puis du coude au poignet. Vingt-trois pouces au total. *Concentre-toi sur les nombres.* Vingt-trois pouces de muscles durs et fermes. Vingt-trois pouces pour un bras puissant qui pouvait retenir une fille toute la nuit.

Finalement, il valait peut-être mieux éviter les nombres.

— J'espère que vous me pardonnerez cette intrusion, mais quand j'ai vu l'enseigne, il a fallu que je sache si c'était bien vous. La dernière fois que nous nous sommes vus, votre situation semblait…

Sa phrase demeura en suspens, il ne trouvait plus les mots.

— Désastreuse ? Sans espoir ?

— Je dois vous demander pardon pour le rôle que j'ai joué dans ces événements, ce jour-là. Ma fierté en avait pris un coup, je pensais avoir été dupé. Je voulais tellement croire que vous étiez…

— Une héritière qui résoudrait tous vos problèmes ? J'imagine que je devrais être flattée ?

Elle était assez proche de lui pour percevoir le rire sourd qu'il s'efforçait de contenir.

— J'ai pris mes désirs pour des réalités, murmura-t-il, alors qu'elle se tournait pour mesurer l'autre bras.

— Il ne faut pas que cela vous empêche de dormir. Comme vous le voyez, j'ai ma propre boutique, à présent.

— C'est remarquable.

Il posa sur elle un regard perplexe. *Comment ?* semblait-il dire. Comment une pauvre couturière au bord de la ruine était-elle brusquement devenue propriétaire d'un si bel établissement ? Il ne pourrait jamais deviner que les Dames de la Liberté avaient investi dans ce magasin en prélevant la somme nécessaire sur leur argent de poche ou leur fortune personnelle, car aucune banque n'aurait accordé de prêt à une femme. Surtout une femme comme elle, sans mari, ni famille, ni relations.

Le duc n'imaginerait jamais une chose pareille. Et elle avait juré solennellement de ne pas en souffler mot.

— J'avoue que je suis curieux de savoir comment vous avez accompli cela.

Elle décela dans sa voix une subtile nuance d'accusation. Il pensait probablement qu'elle avait pris un amant, un homme riche qui avait offert à sa maîtresse une jolie boutique pour occuper ses journées, tandis qu'il se chargeait d'occuper ses nuits.

— Monsieur le duc, vous semblez jaloux.

— C'est possible.

— Vous n'avez pas le droit de l'être.

— J'en suis bien conscient.

Elle aurait pu le détromper et affirmer qu'elle n'avait pas d'amant, mais, songea-t-elle en continuant de prendre ses mesures, à quoi bon ? Pourquoi ne pas le laisser croire qu'elle était entretenue par quelqu'un ? Cela mettrait un peu de distance entre eux. Elle en avait bien besoin.

Par ailleurs, elle ne pourrait jamais lui révéler la vérité, puisque les Dames de la Liberté lui avaient imposé le secret.

— Cela ne vous concerne pas, dit-elle.

— Je vous avais proposé de vous aider.

Elle perçut le sous-entendu : *Qui est cet homme ? Pourquoi pas moi ?*

Adeline pivota sur elle-même et prit une longue inspiration pour calmer les battements de son cœur. Elle avait atteint son but en ouvrant cette boutique, et il voulait savoir qui l'avait aidée. Il était jaloux, parce que ce n'était pas lui. Il était froissé, blessé dans sa fierté d'homme. Adeline ne savait si elle devait être en colère contre lui, ou contre la façon dont tournait le monde.

Elle fit passer le mètre autour de la taille de Kingston. Le ventre était ferme. Tour de taille : trente-trois pouces. Fatuité : extrême.

Cette idée de prendre ses mesures était un échec retentissant.

Car pour faire cela, elle devait s'approcher de lui. Suffisamment pour inspirer l'odeur fraîche de ses vêtements et de sa peau. Elle devait aussi le toucher, savourer le contact du lin et de la laine réchauffés par son corps. Ce qui lui donnait envie de sentir sa peau nue sous ses paumes. Et sa bouche ! Si proche, qu'il aurait suffi qu'elle lève la tête pour que ses lèvres soient là, quémandant un baiser.

Sauf qu'ils ne s'en seraient pas tenus à un baiser.

Le désir courait dans ses veines tel le courant électrique dans la ville. Chaud, puissant, nouveau. Ce désir combiné à la colère qui couvait toujours en elle constituait un cocktail dangereux.

— Montez sur le coffre, s'il vous plaît.

Il s'exécuta.

Elle n'aurait pas dû lui demander cela.

Elle avait voulu éviter de s'agenouiller devant lui. Mais son nombril se trouvait maintenant au niveau de ses yeux. Et donc, une *autre* partie de son anatomie n'était pas très loin. L'air dans la cabine d'essayage était de plus en plus lourd. Réconfortée par la pensée qu'il subissait la même torture qu'elle, elle s'empressa de prendre la mesure de son entrejambe.

Soit il était excité à l'idée d'avoir une robe neuve, soit il la désirait toujours… Quand la main d'Adeline effleura son pantalon par inadvertance, elle l'entendit inspirer violemment. C'était le désir. Il la voulait. Ce sentiment était réciproque, ce qui était encore plus excitant.

Bigre.

— Descendez, s'il vous plaît.

— Comme vous voudrez.

Adeline se retourna pour noter les mesures, comme si cet essayage n'était pas une mascarade. En réalité, elle avait besoin d'un moment pour se ressaisir.

Le duc semblait occuper tout l'espace dans cette petite cabine, et elle ne parvenait pas à garder la tête sur les épaules. Impossible d'avoir des idées décentes. Des images lui traversaient l'esprit, de vêtements épars, de baisers fiévreux, de corps nus se pressant l'un contre l'autre. À en juger par la façon dont le duc la regardait, il s'égarait sur le même terrain dangereux.

— Avez-vous enfin trouvé votre héritière ? demanda-t-elle, cherchant un sujet qui les aiderait à reprendre leurs esprits. Hésitez-vous encore entre Miss Watson et Miss Pennypacker ?

— Ces satanés journaux ! Que faut-il faire pour obtenir un peu de discrétion dans cette ville ?

— Être anonyme.

— N'importe laquelle des deux ferait une parfaite duchesse. Mais…

Il laissa la phrase en suspens. Les mots semblèrent flotter entre eux un instant. Il plongea le regard dans le sien, et elle craignit de deviner ce qu'il avait sur le bout de la langue. De jolis mots comme : « Mais elles ne sont pas comme vous. C'est vous que je veux. » Ou encore un constat plus amer : « Mais je ne suis pas amoureux. »

Adeline se dit que s'il ne se mariait pas par amour, alors il devait se marier pour une immense fortune. Aussi finit-elle la phrase à sa place :

— Mais une seule des deux est réellement une héritière.

Une seule vraie héritière…

Et l'autre ne le serait donc pas ?

Première nouvelle. Si c'était vrai, ce renseignement valait bien cette curieuse séance d'essayage, à mi-chemin entre l'érotisme et la torture. Cette annonce le refroidit instantanément, lui permettant de se remettre à réfléchir avec son cerveau, et non avec *autre chose*.

— Ce n'était pas ainsi que j'allais finir cette phrase, mais j'avoue que vous m'intriguez. L'une d'elles ne serait pas une héritière ? Expliquez-vous, Miss Black, avant que tout mon avenir ne soit anéanti.

Adeline eut un sourire malicieux.

— Comme vous avez anéanti le mien ?

— De toute évidence. La preuve étant que vous êtes à présent propriétaire de cette jolie boutique, dans un quartier à la mode. Visiblement, votre cas était dramatique et sans espoir. Dites-moi ce que je dois savoir. Je vous en prie.

— Il se trouve que Miss Pennypacker, ou plutôt son père, paye souvent ses factures en retard. Si tant est qu'il les paye. Toutefois, les journaux accordent une telle attention à ce que porte cette demoiselle que les couturières acceptent toujours de lui fournir ses toilettes. Et je ne vous parle que des dettes contractées auprès des maisons de couture. Ce qui laisse supposer que de nombreuses autres factures ne sont jamais honorées.

— Si ce que vous dites est vrai, j'en déduis que si je l'épousais ma situation en serait aggravée, puisque je devrais aussi endosser ses dettes. À ce compte-là, je ferais aussi bien de vous épouser, Miss Black.

— Vous recommencez, avec vos demandes en mariage.

Leurs regards se croisèrent. Leurs lèvres s'entrouvrirent. Le cœur d'Adeline fit un bond.

— Dans ce cas, je suppose que la prochaine duchesse de Kingston sera Miss Watson, dit-il d'un ton morose.

— Je n'y compterais pas trop, à votre place. Elle vient de passer une commande chez Mme Chalfont : rien que des robes de voyage et des tenues basiques pour porter en journée. Une amie qui travaille toujours chez elle l'a dit à Rachel, qui me l'a répété.

— Et alors ? Quel est l'intérêt de ce renseignement ?

— Cela suggère un futur style de vie simple, qui ne correspond pas à sa vie actuelle de princesse de Park Avenue. Ou de future duchesse.

— C'est donc une femme qui a des goûts simples, et qui ne m'inondera pas de factures de couturières et de modistes. Splendide. Elle me plaît de plus en plus.

— D'après moi, elle projette de fuguer. Sans doute avec quelqu'un dont ses parents ne voudront jamais, surtout maintenant qu'un duc lui tourne autour. Si vous voulez demander sa main, vous devriez vous dépêcher. Cependant, elle risque de s'enfuir encore plus vite, car sa famille ne l'autorisera jamais à refuser votre demande.

— Diable !

Frustré, Kingston se passa les mains dans les cheveux. Cela faisait des semaines qu'il occupait ses soirées à arpenter les salles de bal, qu'il assistait à des spectacles interminables à l'Opéra, qu'il allait prendre le thé l'après-midi et faisait de longues promenades dans le parc. Tout cela pour *rien* ?

Tout ce temps et ces efforts étaient perdus.

L'horloge tournait.

Il croyait Adeline sur parole, puisqu'elle le repoussait. Visiblement, elle n'avait pas besoin de lui, cette boutique en était la preuve. Il était terriblement désolé de ne pas l'avoir aidée. Il préférait ne pas savoir quels « arrangements » elle avait conclus pour obtenir ce magasin. Honnêtement, il ne savait pas ce qui le faisait le plus souffrir. La jalousie qu'il éprouvait à l'idée de la savoir avec un autre, ou bien le fait de ne pas avoir été capable de la sortir de l'ornière.

À moins que ce ne soit le fait qu'elle n'ait pas besoin de lui ?

Il ferait mieux de se concentrer sur sa propre situation, qui était catastrophique. Néanmoins, si Adeline disait vrai, elle venait de lui sauver la mise.

— Je me demande quels journaux vous lisez. Ce ne sont certainement pas les mêmes que moi. Personne ne m'a communiqué de tels renseignements au club. On me donne tous les tuyaux du monde, et je peux vous indiquer tous les lieux où trouver des femmes disposées à négocier leur compagnie, mais je n'ai rien entendu de ce que vous venez de me confier. J'ignorais tout.

Adeline se mit à rire.

— Oh ! vous ne trouverez pas ce genre de renseignements dans les journaux. Non, ces choses-là s'échangent exclusivement entre femmes. Elles en parlent avec leurs meilleures amies et leurs femmes de chambre pendant les essayages. Car les couturières ne sont rien de plus que des domestiques. Nous sommes invisibles, mais nous savons tout de la vie secrète de ces dames.

— Je n'y avais jamais pensé.

— Bien entendu. Songez à ce que vous confiez sans le vouloir à votre valet. À ce que les domestiques qui font votre chambre ont pu observer.

Bien qu'ils n'aient jamais eu de conversation à ce sujet, le valet de Kingston s'assurait toujours que ce dernier ne manquait pas de préservatifs, par exemple. Cela signifiait qu'il devait examiner le stock et décider qu'il fallait le renouveler. Kingston n'avait jamais pris le temps de penser à l'attention que son domestique portait à ses habitudes personnelles.

Donc, il voulait bien croire Adeline. Parce qu'elle était la seule personne de sa connaissance à ne pas être impressionnée par son titre. Parce que ses ambitions étaient incompatibles avec le titre de duchesse. Par conséquent, il ne pouvait la soupçonner de vouloir saboter la compétition. Il avait confiance en elle, car il pensait qu'elle l'aimait bien. Même si de tels sentiments n'étaient pas très convenables entre eux.

Il soupira.

— Vous avez anéanti mes projets en moins de temps qu'il n'en faut pour le dire.

— Nous sommes quittes, à présent.

— Diable. Je dois tout recommencer depuis le début… Les présentations, flirter, courtiser.

Il se massa le menton d'un air las, comme si cela représentait une épreuve. Ce qui n'était pas le cas. Il aimait bien faire usage de son charme, passer du temps en compagnie de jolies jeunes femmes. Mais il était conscient du temps qui passait. Il n'était pas près de régler les problèmes du domaine et de faire honneur à son héritage. Les plaisirs mondains avaient tendance à perdre de leur charme, sous une telle pression.

— Il me tarde de retourner à Londres. Mes sœurs ont besoin d'être guidées, et ma mère… d'être raisonnée. Sans parler de l'état de mes domaines.

— Vous finirez par rencontrer quelqu'un, dit-elle pour le rassurer. Il ne doit pas être bien difficile pour un duc de trouver une épouse à New York.

Adeline tint un morceau de tissu bleu lavande à la hauteur de son visage.

— À vrai dire, elle devrait même vous tomber dans les bras, ajouta-t-elle d'un air espiègle.

Kingston ne put s'empêcher de rire.

— C'est plus difficile que je ne m'y attendais. Quand je pense que je croyais l'avoir rencontrée le premier jour.

Adeline soutint son regard un instant, puis détourna les yeux.

— Le bleu lavande ne vous va pas.

— Essayez un vrai bleu, assorti à mes yeux.

Adeline se mit à fouiller dans une boîte d'échantillons. Pourquoi prolongeaient-ils cette comédie ?

— Et maintenant, reprit-il, les deux candidates que j'avais sélectionnées ne font plus l'affaire.

— Vous avez des problèmes, monsieur le duc. De vrais problèmes.

— Oui, affirma-t-il en la regardant.

Il espéra que quand il retrouverait les rivages froids et humides d'Angleterre, sa duchesse à son bras, il oublierait Adeline. Peut-être penserait-il à elle comme il pensait à la serveuse de bar qui l'avait déniaisé. Avec un mélange d'affection et de reconnaissance qui n'avait aucune incidence sur sa vie actuelle.

Mais en attendant...

Il lui semblait impossible de l'oublier, maintenant qu'il savait où la trouver. Comment la faire sortir de son esprit, alors qu'il pouvait à tout instant tomber sur elle, au coin de la rue ? Après tout, Manhattan n'était qu'une très petite île. Les bals de la Cinquième Avenue seraient peuplés de femmes portant ses créations. Elle avait du talent, et elle réussirait, cela ne faisait aucun doute. Et rien n'était fini entre eux, cela non plus ne faisait aucun doute.

Cependant, ils n'auraient aucune raison de se revoir, après cette comédie d'essayage. À moins que...

— Je sais de quelle façon vous pourriez résoudre tous mes problèmes, dit-il à l'instant où l'idée lui traversa l'esprit.

— Oh ? Dites-moi. J'ai toujours eu envie d'avoir un hobby. Résoudre les problèmes des ducs, c'est exactement ce que j'aimerais faire pour passer le temps.

Il poussa un soupir, l'air faussement agacé, et elle sourit.

— Visiblement, je dois continuer de chercher l'épouse parfaite. Une héritière aux manières impeccables et à l'excellente réputation. Une femme qui rendra au domaine de Kingston le lustre qui lui revient. J'ai besoin que vous m'aidiez, avec votre réseau de connaissances, à choisir ma future épouse.

— Je ne peux révéler tous les secrets de mes clientes. Il ne serait pas professionnel de trahir leur confiance, je risquerais de perdre toute chance d'habiller les dames de la haute société. Non, non. Cela violerait le principe sacré de la confiance entre femmes, et ne rendrait service à personne.

Elle leva le menton d'un air résolu. Et adorable.

— Vous avez raison. Vous ne pouvez pas trahir les secrets de vos clientes.

Il marqua une pause, sur le point de dire quelque chose qui pouvait être blessant. Mais ses intentions étaient nobles.

— Toutefois, je ne vois pas de clientes ici. Je n'ai pas entendu tinter la sonnette de l'entrée. Je n'ai pas vu beaucoup de rendez-vous dans l'agenda de Miss Abrams. En fait, je n'en ai pas vu du tout.

— Il me semble que vous étiez là pour un essayage ? répliqua-t-elle, glaciale.

— Ce qui nous amène à un autre problème, que nous pourrions résoudre ensemble. Vous avez besoin de clientes. De personnes chics et élégantes. Pour cela, je peux vous aider. Accompagnez-moi à l'Opéra, vêtue d'une de vos superbes créations. Vous ferez sensation. Les dames viendront en foule, et votre agenda se remplira.

Elle était tentée d'accepter. Il le vit dans ses yeux.

— Et ensuite, vous voudrez que je vous révèle leurs secrets ? Non.

— Inutile de dévoiler leurs secrets. Vous n'aurez qu'à me faire un signe de tête, si je manifeste de l'intérêt pour une femme qui ne ferait pas une duchesse acceptable. Ou mieux encore, m'indiquer quelles sont celles que je peux courtiser. Je vous en prie. Je dois faire cela pour ma famille. Je suis prêt à me sacrifier en renonçant à un mariage d'amour, mais je ne peux exiger de mes sœurs qu'elles en fassent autant.

Adeline était vraiment tentée, à présent. Elle avait cessé d'examiner ses échantillons, et réfléchissait. Kingston poursuivit :

— Ma sœur Nora est amoureuse d'un universitaire sans fortune, et je voudrais qu'elle puisse mener une vie correspondant à son rang. Mon autre sœur, Clara, s'est disputée avec ma mère car elle vient de refuser un très bon parti, un homme riche dont elle n'est pas amoureuse. Et comment le lui reprocher ? Il est assez vieux pour être son père. Si je veux trouver une héritière, ce n'est pas seulement pour rénover mes châteaux, c'est aussi pour permettre à mes sœurs de faire un mariage d'amour.

Sans parler des toits qui fuyaient, des fermiers, des vertes collines qu'il ne voulait pas détruire avec l'ouverture de mines et de gares de chemins de fer.

— Votre proposition est très intéressante, monsieur le duc.

— Elle présente des avantages pour nous deux. Et pour mes sœurs.

Adeline pinça les lèvres.

— Ce ne serait qu'un soir à l'Opéra.

— Une sorte de publicité gratuite, n'est-ce pas ? murmura-t-elle, pensive.

Elle était à deux doigts d'accepter, il le sentait.

— La dernière fois que nous avons été vus ensemble, pas moins de trois journaux en ont parlé. Si ma mémoire est bonne, votre robe était décrite en détail dans l'article de Jennie Jones.

Kingston voulait vraiment qu'elle accepte. Cela lui donnerait le plaisir de sa compagnie, ce qui lui tenait encore plus à cœur que les renseignements qu'elle lui fournirait.

En outre, c'était l'occasion d'utiliser le prestige de son rang et son influence pour encourager la réussite d'Adeline. Ce qui était bien plus précieux que l'argent qu'il lui avait proposé auparavant. L'attention dont il bénéficiait rejaillirait simplement sur elle.

Kingston ne savait comment changer le monde. Mais il savait comment se servir de sa position dans la société pour améliorer la situation d'Adeline.

— Il faut bien que ce vieux titre serve à quelque chose.

— Vous savez, ce n'est pas seulement votre titre. Vous serez le cavalier parfait pour mettre en valeur mes créations.

Le regard d'Adeline glissa lentement de ses épaules jusqu'au bout de ses pieds, et il s'enflamma sous cette œillade possessive et terriblement excitante.

Après la délicieuse torture qu'elle venait de lui faire subir, et ce regard de braise, son désir était exacerbé. S'il lui faisait l'amour un jour, il mourrait sans doute de plaisir.

Et elle ne pensait qu'à la meilleure façon de mettre ses robes en valeur !

Qui aurait cru qu'une séance d'essayage pouvait être aussi sensuelle et dévastatrice ?

— Tout ce que vous voulez, c'est savoir qui paye leurs factures, ou laquelle risque de provoquer un scandale ?

— C'est tout.

Cela, et le plaisir de sa compagnie. La proximité de son corps, l'opportunité de la toucher, même de la façon la plus convenable et la plus chaste.

— Juste un soir à l'Opéra ?

— Juste un soir.

Il aurait voulu des milliers de soirées, mais il se contenterait d'une seule. Ses lèvres adorables formèrent un sourire.

— Très bien, monsieur le duc. Marché conclu.

Chapitre 13

Depuis l'invention des poches, aucune personne dont les vêtements ne possèdent pas de telles commodités n'a connu de succès professionnel. Tant qu'elles n'auront pas de poches, les femmes ne pourront rivaliser avec les hommes.

– The New York Times

Metropolitan Opera
39e Rue, Broadway

Une soirée à l'Opéra en compagnie d'un duc. C'était de loin la chose la plus extraordinaire qui lui soit arrivée.

Adeline n'avait jamais vu de spectacle plus raffiné, dans un lieu aussi luxueux, parmi des gens aussi prestigieux. Il allait sans dire qu'elle était très nerveuse. Comment se comporter ? Comment éviter de se ridiculiser devant le gratin de Manhattan et ce duc diablement fringant ?

Elle tenta d'oublier son appréhension en se concentrant sur sa tenue vestimentaire.

Sa robe devint une obsession.

Sa robe... Celle qui la désignerait comme la créatrice du moment.

Elle avait choisi un satin rose pâle. Un rose qui rappelait les joues d'une femme après un délicieux premier baiser. La jupe était agrémentée de volants de mousseline blanche sur lesquels étaient accrochées de minuscules perles de nacre. Elle avait passé de longues heures, le soir, à exécuter ce travail. Elle voulait être étincelante.

Le corsage ajusté révélait la rondeur de ses seins, suffisamment pour attirer le regard sans être indécente. Les manches de mousseline et de satin découvraient largement ses épaules et semblaient sur le point de glisser, entraînant avec elles tout le reste de la robe. Elle voulait être remarquée.

Ses cheveux étaient relevés. Ses lèvres très légèrement soulignées de rouge.

Des gants, avait-elle décidé, après avoir longuement réfléchi. Des gants de satin noir, recouvrant ses avant-bras jusqu'aux coudes.

— Ne levez pas les yeux tout de suite, mais tout le monde nous regarde, murmura Kingston, alors que des centaines de visages se tournaient vers eux au moment où ils pénétraient dans la loge.

Ils se tinrent un moment debout, immobiles, offerts aux regards.

— Oh ! vraiment ? Je n'avais pas remarqué.

— Le rang que j'occupe fait souvent cet effet-là. Les gens ont tendance à me dévisager.

— Ne soyez pas idiot. Ils regardent ma robe.

En vérité, leur couple avait capté l'attention de tous. Même sans son titre, le duc était le genre d'homme sur lequel les femmes se retournaient. La robe avait de quoi attirer les regards des hommes comme des femmes, pour des raisons différentes. Les femmes auraient aimé la porter, les hommes la lui enlever.

Le fait qu'Adeline soit inconnue dans la haute société piqua leur curiosité. Qui était cette beauté brune, aux yeux de biche, au bras du meilleur parti de la Saison ? Était-elle la femme mystérieuse avec laquelle le duc avait été aperçu quelque temps plus tôt ? Si c'était bien elle, cette soirée constituait leur troisième apparition en public. Ce qui laissait deviner quelque chose de sérieux.

Pour les mères et leurs filles intéressées par un mariage, cela laissait augurer une compétition.

Adeline eut conscience d'être dans le viseur d'un bon nombre de jumelles de théâtre. Elle se demanda s'il ne serait pas judicieux de se tourner légèrement, afin de montrer le dos de sa robe. Elle était assez fière de la façon dont le tissu retombait sur les hanches, dans une cascade de dentelles, de tulle, et de soie.

Comme s'il avait voulu déchaîner encore plus les commérages, Kingston se pencha pour lui murmurer à l'oreille :

— Votre robe est ravissante.

Adeline sourit. Il n'avait encore rien vu.

— Elle a des poches.

Elle glissa sa main gantée dans la petite poche cousue à l'intérieur de la jupe de satin rose pâle. Dans la salle, toutes les femmes se penchèrent en avant, certaines étouffant une exclamation. Les plus guindées froncèrent les sourcils d'un air franchement désapprobateur en voyant une main de femme glisser dans les plis de la jupe volumineuse. Le geste était mystérieux et suggestif. Ce n'était pas convenable du tout.

La mode était aux robes larges, composées de plusieurs pans de tissu. Il était donc très facile de créer une sorte de petite enveloppe où les femmes pouvaient ranger de menus objets. Cependant, la plupart des couturières dédaignaient cette possibilité.

Ayant fait une entrée remarquée, Adeline s'assit en arrangeant ses jupes autour d'elle, comme si elle n'avait pas conscience des regards curieux. Le duc prit place à ses côtés. Tout près.

— Pourquoi une femme aurait-elle besoin de poches ?

— Pour la même raison que les hommes. Pour y mettre de l'argent, par exemple.

— Une femme n'a pas besoin d'avoir de l'argent sur elle. Elle a un compte dans toutes les boutiques. Et si elle est accompagnée d'un gentleman, celui-ci se chargera de garder l'argent.

Adeline imagina une foule de femmes suivies par des hommes dont la seule utilité était de garder des objets pour elles. Des porteurs, en fait. Comme les chevaux, ils devaient avoir besoin d'être nourris, abreuvés, et de se reposer. Une femme avait déjà suffisamment d'hommes dans sa vie sur lesquels veiller. Coudre des poches dans leurs jupes était une solution beaucoup plus simple.

— Et si elle n'a pas de compte ouvert dans une boutique ? S'il n'y a pas d'homme avec elle pour compter la monnaie ?

— Alors, elle doit rester à la maison.

— C'est absurde. Imaginez qu'elle soit seule chez elle et qu'elle ait besoin de pain.

— Elle n'a qu'à envoyer…

Sur le point de dire « envoyer un domestique », le duc se ravisa. Il aurait dû savoir que le reste du monde ne vivait pas comme lui, songea Adeline. Malheureusement, sa naïveté le rendait encore plus séduisant. Elle aurait voulu ne penser à lui que comme un accessoire pour mettre ses robes en valeur. Mais cet homme l'écoutait, réfléchissait à ce qu'elle disait, et appréciait les défis qu'elle lui lançait. Aussi avait-elle de plus en plus de mal à lui garder rancune de son ignorance.

— Des lettres d'amour, déclara-t-elle. Une femme doit pouvoir garder sur elle des billets doux.

— Des lettres ! s'exclama-t-il, amusé. Je suppose qu'un homme peut envoyer un message romantique lorsqu'il courtise une femme. Mais en dehors de cela…

Le duc n'était donc pas le genre d'homme à écrire une lettre d'amour. C'était noté.

— Un mari et sa femme ne peuvent-ils échanger des messages ?

— Un billet doux signifie qu'ils ont fait un mariage d'amour, n'est-ce pas ? Or, nous savons tous les deux que les mariages d'amour sont rares, même à notre époque.

— Au cas où, comme je le pressens, vous seriez trop obtus pour le voir, l'expression de mon visage traduit le choc, l'horreur et la pitié. Votre manque de sentimentalité est terriblement décevant, et j'espère pour vous qu'aucune héritière ne vous a entendu.

— Un homme de mon rang n'est pas libre de se marier par amour. Elles le savent aussi bien que moi. C'est tout simplement la façon dont marche le monde.

Elle lui lança un regard apitoyé.

— Parlez-moi encore des choses que les hommes de votre rang ne peuvent pas faire.

— C'est pourtant la stricte vérité. Il y a certains aspects que ma position m'oblige à prendre en considération. La gestion de mes domaines et des fermiers qui vivent sur mes terres, ma famille, tout particulièrement ma mère et mes sœurs. Je dois m'assurer qu'ils ont tous de quoi vivre confortablement. Je dois songer à l'héritage familial. C'est mon devoir. Mon honneur. Il m'est impossible de concilier tout cela avec des affaires de cœur.

Adeline l'observa. Il parlait sérieusement. Elle ne pouvait lui reprocher de prendre ses devoirs familiaux au sérieux. En fait, elle trouvait admirable qu'il fasse passer les soucis des autres avant les siens. Néanmoins, il ne lui semblait pas normal qu'on exige de lui qu'il renonce à l'amour et au bonheur. La seule solution aurait été qu'il tombe amoureux d'une héritière.

À moins de changer le monde.

Adeline songea aux Dames de la Liberté, et au cri de ralliement des suffragettes.

— Accomplir votre devoir et maintenir les traditions est donc un choix.

— C'est le choix que j'ai fait, déclara le duc d'un ton ferme.

Sa décision était prise, et il ne reviendrait pas là-dessus.

— Du rouge à lèvres, dit-elle. Une femme peut aussi garder sur elle du rouge à lèvres.

— Seules certaines femmes utilisent ce maquillage, et je ne pense pas qu'elles fassent partie de celles qui porteront vos robes.

— Peut-être pas pour le moment. Mais la mode change.

— Des billets doux. Du rouge à lèvres. Des pièces de monnaie. Il me semble que des poches dans les robes de femmes mènent à toutes sortes de conduites scandaleuses.

— C'est justement l'idée, déclara-t-elle avec un sourire de triomphe. Les femmes bouleverseront l'ordre des choses grâce aux poches dans leurs vêtements. Un jour, nous porteront peut-être des pantalons, nous boirons du brandy et nous dirigerons le monde.

Kingston rit doucement.

— Ce serait un monde sans queue ni tête.

— D'après moi, si une femme portait le pantalon, les choses seraient plus claires.

— Arrêtez, vous allez me faire rougir.

— Ai-je heurté votre idée de la supériorité masculine ?

— J'essaye de me comporter en gentleman. Mais entre vos idées scandaleuses et cette robe extravagante, vous ne me facilitez pas la tâche.

Leurs regards se croisèrent. Un sourire flotta sur les lèvres d'Adeline. Elle jouait avec le feu, mais cela l'amusait.

— Je me serais bien excusée, monsieur le duc, mais je n'en ai pas du tout envie.

Les lumières s'éteignirent, l'Opéra commença, et pour Kingston la torture s'intensifia. Freddie et Marian n'étaient toujours pas arrivés. Il était seul dans la loge avec Adeline, tous deux chaperonnés par des centaines de spectateurs à la curiosité insatiable.

Adeline était belle, il émanait d'elle un délicieux parfum de lavande, et elle était à côté de lui. Elle parlait de poches dans les robes, de mariages d'amour, et de femmes portant le pantalon. Il était surpris de ne pas être plus troublé par l'image du monde qu'elle décrivait. Des femmes circulant librement, les poches pleines d'argent, de billets doux, et de rouge à lèvres, n'acceptant de se marier que par amour, ou à défaut préférant rester célibataires.

Tout cela était radicalement différent du monde dans lequel il avait été élevé, et qu'il avait toujours connu. Il était bigrement déstabilisant de découvrir, parvenu à l'âge respectable de trente et un ans, qu'il était vieux jeu et manquait de romantisme.

— Maintenant, revenons-en à votre future épouse, dit Adeline.

Il fut soulagé de parler affaires. La situation était extrêmement urgente, et il avait l'impression d'avoir déjà rencontré tous les bons partis de Manhattan.

— Dites-moi. En dehors de sa fortune, qu'est-ce qui rend une femme digne de devenir duchesse ?

— Mon épouse devra me donner des enfants.

— Un héritier, et un cadet pour plus de sûreté, dit Adeline en hochant la tête.

— Il faut aussi qu'elle soit une hôtesse accomplie, ajouta-t-il en songeant à sa mère et aux autres nobles dames de sa connaissance. Un homme de mon rang reçoit souvent. Des dîners réservés aux intimes, des réceptions, des bals. Elle devra savoir diriger mes différentes demeures.

— Cela ressemble plus à un emploi qu'à un mariage. Moi qui pensais que les duchesses passaient leur temps à choisir leurs toilettes et à boire du champagne…

— Certaines ne font que cela, en effet.

— Vous imaginez cela ? répondit-elle en soupirant. Je ne tiendrais pas plus d'une semaine. Je m'ennuierais à mourir.

— Quand les duchesses s'ennuient, elles vont faire des achats. Elles font le tour de la ville en carrosse, elles déposent leur carte de visite chez des amies, et vont prendre le thé. Elles organisent des réceptions. Échangent des ragots. Refont la décoration de leur maison. Collectionnent des montagnes de factures chez les couturières et les modistes, et achètent toutes les babioles qu'elles croient indispensables.

Il avait vu ce scénario se répéter à l'infini.

— Je suis certaine que ce soir vous trouverez beaucoup de femmes susceptibles de faire une bonne épouse pour un duc. Vous êtes au bon endroit.

Il la vit faire du regard le tour des différentes loges occupées par les familles abonnées à l'Opéra. Quelques visages étaient familiers, mais la plupart lui étaient inconnus. Elle finit par s'arrêter sur une jeune femme.

— Miss Edith LaRoche, à droite, dans la robe de taffetas vert. Je l'ai vue chez Mme Chalfont. Son père a fait fortune dans l'industrie de l'acier, et elle organise des déjeuners de bienfaisance. Sa famille est nouvelle en ville.

Kingston vit une très jolie jeune femme, qui semblait suivre le spectacle avec attention, ce qui suggérait un niveau de culture et de raffinement qui manquait à nombre de spectateurs, qui continuaient de le dévisager bouche bée. À cette distance, et sans avoir encore été présenté, il ne lui trouvait aucun défaut. Cependant, elle n'éveillait aucun intérêt non plus chez lui. Sans doute parce qu'elle n'était pas la femme scandaleuse, choquante et terriblement tentante assise à ses côtés.

— Peut-être quelqu'un d'un peu plus... jeune, dit-il, cherchant une raison, n'importe laquelle, pour repousser la suggestion d'Adeline.

— Bien sûr, répondit sèchement celle-ci. Une poulinière doit être jeune.

Au bout d'un moment, elle désigna une autre candidate potentielle.

— Miss Cooper. À trois loges d'ici sur la gauche, dans une robe lilas. Elle n'a pas plus de vingt ans, je crois.

— J'ai déjà fait sa connaissance. Elle ne sait pas prononcer une phrase sans avoir l'air de poser une question. Cela doit devenir éprouvant, au bout de quelque temps.

— Que pensez-vous de Miss Elena Howe, dans la robe de soie moirée bleu pâle ?

Adeline inclina la tête vers la gauche. Kingston hocha la tête, et s'abstint de demander la signification du mot *moiré*. Son regard se posa sur une jeune fille au physique agréable, qui parlait à voix basse avec une amie.

— Je l'habillais aussi chez Mme Chalfont. Ce n'est pas l'héritière la plus riche, mais sa famille est l'une des plus anciennes et des plus respectées de Manhattan. En fait, c'est une des premières familles à s'être établie ici au XVIIe siècle. Sa mère en parle tout le temps.

— Vous considérez que le XVIIe siècle est ancien ? C'est bizarre. Même les granges de mes propriétés ont plus de cinq cents ans.

— Vous prétendez que Miss LaRoche est trop vieille pour vous. En revanche, plus une famille est ancienne, plus elle a de prestige à vos yeux. Vous ne trouvez pas cela intéressant ? Quand une femme tente de se réaliser par elle-même, cela perd tout son intérêt, ne croyez-vous pas ?

— Les choses sont ainsi.

Adeline fit la moue. Il savait ce qu'elle pensait. Il était vieux jeu. Il n'était pas sentimental.

Non ! protesta-t-il en lui-même. Il n'aimait pas la vision qu'elle avait de lui. Il n'était pas cet homme guindé, aux idées dépassées. Pas encore. Il avait été élevé de façon à voir le monde dessiné en noir et blanc, avec des rôles et des devoirs clairement définis. Il avait tout simplement accepté cette conception et l'absence d'alternative. *Les choses étaient ainsi.*

Puis Adeline était entrée dans sa vie de sa démarche ondulante. Elle avait peint le monde en couleurs, effacé les lignes qui délimitaient les rôles. Elle lui avait donné l'idée d'écrire des billets doux, qu'elle garderait peut-être dans ses poches.

Aussi, tandis qu'elle lui désignait des héritières les unes après les autres, il leur trouvait à toutes des défauts. Il en avait déjà rencontré certaines dans des réceptions, et les avait écartées en raison de caractéristiques déplaisantes. Un rire bruyant, une tendance à l'agitation, un parfum trop lourd. D'autres n'avaient pas les bonnes relations, leur fortune n'était pas suffisante, ou encore elles n'avaient pas l'allure d'une duchesse.

Peut-être ne tenait-il pas à trouver une duchesse, en réalité ? Peut-être souhaitait-il une femme capable de susciter de l'enthousiasme dans son cœur, dans sa tête – et ailleurs ? Kingston ne trouvait pas les mots pour définir ces pensées rebelles qui prenaient naissance dans son cœur.

— Je ne pense pas qu'elle fera l'affaire, dit-il à chaque fois, repoussant les suggestions d'Adeline.

Celle-ci finit par pousser un soupir d'exaspération.

— C'est ridicule. *Vous* êtes ridicule ! Je vous ai désigné un bon nombre de duchesses potentielles, et vous les refusez toutes.

Kingston fut un peu déconcerté. Personne n'osait jamais lui dire qu'il était ridicule.

C'est parce qu'elles ne sont pas vous, Adeline, aurait-il voulu lui expliquer.

S'il avait pu se marier sans se soucier de l'argent, il lui aurait demandé sa main sur-le-champ. Il ne se serait jamais ennuyé, avec cette femme qui ne craignait pas de lui dire qu'il était ridicule, et saisissait toutes les occasions de le mettre au défi. Sans parler de ses lèvres qui appelaient les baisers, de la promesse de ses seins ronds dévoilés par son décolleté, du désir dévorant qui le poussait à lui enlever cette robe merveilleuse pour lui faire l'amour.

Mais il vivait dans le monde réel, avec des lois, des attentes, des dettes. Il aurait fallu qu'il soit infiniment égoïste, pour ne penser qu'à son propre plaisir.

La haute société n'admettrait pas qu'il élève une simple couturière au rang de duchesse. Ils lui battraient froid, ce qui gâcherait les chances de ses sœurs de faire un beau mariage. Les toitures continueraient de prendre l'eau. Ses fermiers n'auraient toujours pas de quoi manger. Et Adeline détesterait être duchesse, surtout si cela l'obligeait à renoncer à son métier.

— Vous vous comportez comme si vous n'aviez pas vraiment envie de vous marier.

— Ce que je veux, c'est faire mon devoir pour ceux qui dépendent de moi, et faire honneur à l'héritage familial, déclara-t-il, surpris lui-même par la gravité de cette déclaration.

C'était ce que le monde exigeait d'un homme de son rang, pour le meilleur et pour le pire. Et il tenait à observer cette règle. Il était dans sa nature de se comporter en gentleman, de faire ce qu'on attendait de lui. Et il le ferait, en épousant une héritière. C'était la seule solution.

— Si vous y tenez vraiment, alors vous devez épouser Miss Alice Van Allen.

Adeline inclina la tête vers la droite, désignant discrètement une jeune femme aux cheveux blonds, vêtue d'une robe jaune doré qui évoquait irrésistiblement le plumage d'un canari.

— Sa famille est établie ici depuis les premières colonies, et a été assez prévoyante pour acheter de nombreux immeubles de Manhattan. Il paraît que leur maison de Newport est à voir. Elle est équipée de tout le confort moderne. Et je ne vous parle pas de leur palais dans la Cinquième Avenue.

— Elle est belle, constata-t-il sans la moindre émotion.

De fait, la jeune fille était superbe avec son chignon de boucles couleur miel, son teint crémeux, ses joues roses. Elle était tel un rayon de soleil dans l'obscurité de la salle.

— Comme vous vous en doutez, elle a des dizaines de prétendants. Vous pourriez même avoir de la concurrence.

Il n'avait aucune raison de refuser de lui être présenté dès ce soir. Il semblait même absurde qu'ils n'aient pas déjà dansé ensemble, n'aient pas été remarqués par les journaux.

La seule raison, c'était qu'elle n'était pas Adeline. Et il ne pouvait pas le dire à haute voix.

Le rideau tomba à la fin du premier acte. D'un commun accord, Adeline et le duc allèrent s'asseoir au fond de la loge. Kingston avait suggéré une coupe de champagne, et elle avait besoin de se soustraire un moment aux regards. De lourdes tentures de velours créaient une petite alcôve à la lumière tamisée, entre les fauteuils et l'entrée de la loge.

Adeline n'avait pas l'habitude d'être la cible des attentions. Dans la rue, on se retournait fréquemment sur elle, mais cela n'avait rien à voir avec les regards insistants que la haute société de Manhattan dardait sur elle ce soir.

Elle espéra que ces regards étaient plus concentrés sur sa robe que sur sa personne.

Le duc la rejoignit à l'arrière. Le lieu était exigu et obscur, il était presque inévitable qu'il marche accidentellement sur la traîne de sa robe. Lorsque cela se produisit, elle bascula en arrière – et se retrouva dans ses bras.

Elle poussa un cri étouffé en heurtant son torse. Les bras virils de Kingston se refermèrent sur elle. L'instinct, probablement. Rien de plus.

Dieu lui pardonne, mais elle ne put s'empêcher d'inspirer profondément le parfum qui émanait de lui. Elle n'aurait su définir le mélange d'odeurs fraîches et boisées, mais cela lui fit un drôle d'effet. Elle eut envie d'en respirer davantage, de le tenir contre elle.

— Désolé, murmura-t-il. Tout va bien ?

Il la tenait serrée contre sa poitrine, mais elle ne s'en plaignait pas. La sensation de son souffle sur sa nuque, tandis qu'il lui murmurait des mots qu'elle seule pouvait entendre, était très érotique. Ses doigts virils étaient plaqués sur son ventre et sur sa taille.

— J'espère que ma robe n'est pas abîmée ?

— Cela n'a pas d'importance. Vous avez déjà fait sensation.

— Je pourrais donc rentrer tout de suite chez moi ? suggéra-t-elle.

Mais elle s'abandonna contre lui, savourant l'espace d'une seconde le fait d'être soutenue par un homme. Il la tenait, fort et immobile. Dans peu de temps, le désir augmenterait, avec l'espoir que quelque chose allait se produire.

Adeline attendit qu'il fasse une remarque désinvolte, pour dissiper cette attente. Au lieu de cela, il murmura :

— Ne bougez pas.

Vaincue. Elle était totalement vaincue par la douceur de cette demande. Une spirale de feu se déroula en elle. Elle voulait qu'il continue de la toucher.

Le duc, en parfait gentleman, lui fit plaisir.

Ses mains remontèrent un peu plus. Mais pas assez haut.

Puis elles redescendirent. Mais pas assez bas.

C'était une caresse. Une exploration, comme s'il voulait se rappeler cette sensation plus tard.

Il aurait pu lui relever ses jupes sans même qu'elle essaye de l'en empêcher.

Le désir était si puissant qu'il chassait la moindre pensée cohérente. Adeline s'y abandonna. Elle ne voulait pas étouffer cet élan si intense. Elle était une femme pleine de vie et de passion, en compagnie d'un homme terriblement séduisant, qui voulait lui donner du plaisir. Ils le voulaient tous les deux. Ils en avaient besoin. Tout de suite.

Elle renversa la tête en arrière et tourna le visage vers lui, dans une attitude qui voulait dire : *Embrassez-moi.* Il approcha ses lèvres des siennes.

Elle aurait été folle de lui refuser cela.

Un baiser, un seul.

La porte de la loge s'ouvrit à la volée. Le duc fit un bond en arrière, jurant à mi-voix. Adeline aurait voulu en faire autant.

— Freddie, Marian, dit-il pour accueillir les deux intrus. Quelle bonne idée de venir… maintenant. Vous n'avez manqué que la première partie du spectacle.

Le regard de Lord Hewitt passa de Kingston à Adeline, puis revint se poser sur son cousin.

— J'ai manqué quelque chose d'autre ?

— Non. Rien, répondit Kingston d'un ton crispé.

Mais moi, oui ! songea-t-elle. *J'ai manqué un baiser, dont je mourais d'envie.*

— Il me semble que le meilleur spectacle est ici, dit Freddie.

La femme qui était à son bras gloussa. Elle ne vit pas le sourire coquin que son mari adressa à Adeline. Comme s'il avait tout compris. Comme s'il croyait qu'elle aurait laissé n'importe qui froisser ses jupes et lui voler un baiser.

— Toute la salle ne parle que de la femme mystérieuse qui t'accompagne ce soir.

— Miss Black, je vous présente mon cousin, Lord Hewitt. Il a le chic pour arriver au moment où on l'attend le moins. Freddie, voici Miss Black.

— La couturière !

— La *styliste*, corrigea Adeline.

— Celle de la boutique. Je m'en souviens, dit Freddie en souriant. Ce n'est pas tous les jours que le duc m'entraîne dans un atelier de couture pour un essayage. Ou pour toute autre raison. Je sais tout sur vous.

— Vraiment ?

Adeline jeta un coup d'œil à Kingston, intriguée à l'idée qu'il avait parlé d'elle. Il sourit, mais son regard demeura lointain.

— À peu de chose près ! confirma Freddie en riant. Cependant, comme Kingston est anglais, il n'est pas très enclin à faire connaître ses pensées et ses sentiments les plus profonds. Surtout s'ils ont trait aux femmes. Mais les morceaux du puzzle se mettent en place. Vous devez être la couturière qui l'a complètement fasciné…

— *Freddie.*

— Qui s'est reconvertie en styliste, et qui est en train de le séduire avec cette robe dont tout le monde parle.

— J'aime beaucoup votre robe, roucoula Marian. Freddie, ajouta-t-elle d'un air boudeur, je veux la même robe qu'elle !

— Je sais où aller pour t'en commander une douzaine, ma chérie, répondit celui-ci en lui tapotant le bras. Je t'emmènerai demain.

Adeline sourit. Cette soirée était décidément très, très intéressante. Le duc, en revanche, se rembrunit.

— Oh ! regardez, voilà Miss Pennypacker ! s'exclama Marian. Je dois aller la saluer. Vous voulez venir, Kingston ? Elle se demande pourquoi vous ne lui avez pas rendu visite ces jours-ci, alors que vous lui faisiez une cour pressante auparavant.

— Je dois tenir compagnie à Miss Black.

— Très bien ! dit-elle en riant. À tout à l'heure.

— Alors, qu'allez-vous raconter ? demanda Freddie, quand sa femme fut sortie.

Il s'adossa à la porte et sourit à Adeline, comme s'il était l'homme dont toutes les femmes rêvaient. La plupart ne devaient pas le détromper. Comme le duc, Lord Hewitt était beau, brun et élégant. Il avait un accent anglais cultivé très séduisant. Et un titre.

— Vous allez devoir fournir aux gens une explication, reprit-il. De toute évidence, vous ne pouvez dire la vérité.

— Je dois malheureusement admettre que Freddie a raison, déclara Kingston. Nous devons inventer une histoire.

Il retourna vers les fauteuils, au premier rang de la loge, suivi par Adeline et Lord Hewitt. La main de ce dernier effleura fugitivement la sienne. Par inadvertance, certainement, songea-t-elle. Lord Hewitt était marié. Rachel avait remarqué que l'ami du duc avait « les mains baladeuses » quand ils étaient venus à la boutique… Mais Adeline n'y avait plus pensé, elle avait trop de choses en tête. Cependant, la remarque lui revenait à l'esprit, à présent.

— Eh bien, Miss Black, qu'allons-nous leur dire, à tous ? Que peut bien faire un duc à l'Opéra avec une femme comme vous, alors qu'il est à la recherche d'une héritière ?

— Une femme comme moi ?

Adeline vit Kingston se rembrunir. Elle jeta un coup d'œil à Lord Hewitt. Il ne pouvait tout de même pas penser ce qu'elle craignait qu'il pense ? Le regard de ce dernier se posa sur ses lèvres, sur sa poitrine, puis plus bas. La façon qu'il avait de la regarder… ne lui faisait pas *du tout* le même effet que lorsqu'il s'agissait de Kingston.

Peut-être parce qu'il avait une épouse ?

Peut-être réagissait-elle ainsi parce qu'elle ne voulait pas de ses attentions, tout simplement.

— Vous n'êtes pas exactement le genre de femme qui peut devenir duchesse, répondit Lord Hewitt.

Adeline reporta son attention sur le duc, et vit qu'il avait le même sourire crispé et poli qu'elle-même.

— L'histoire que nous raconterons doit absolument confirmer que je suis une personne respectable, dit-elle d'un ton ferme. Les dames que je souhaite avoir dans ma clientèle n'iront pas chez une couturière à la mauvaise réputation. Je prends un risque en me montrant avec le duc.

— Nous dirons à tout le monde qu'elle est la veuve

d'un camarade d'école, déclara Kingston. Quelqu'un avec qui nous étions à Eton, ou à Oxford.

— Et toi, en parfait gentleman, tu veux t'assurer que tout va bien pour elle, qu'elle ne se trouve pas trop seule dans cette grande ville, et ce genre de choses, ajouta Lord Hewitt. En tant que veuve, miss, vous aurez plus de liberté.

Adeline eut un sourire sans joie.

— En tant que veuve, je m'efforcerai de rester respectable.

Beaucoup de veuves, obligées de trouver un moyen de subsistance, s'établissaient en ville comme couturières, après avoir perdu leur mari. D'autres se prétendaient veuves simplement pour être protégées par ce statut, alors qu'elles étaient célibataires.

— J'emmènerai Marian demain à la boutique. Mon épouse adore acheter des robes.

Il poussa un long soupir, tel un mari accablé, mais Adeline n'y prêta pas attention. Habiller Lady Hewitt serait une éblouissante réussite.

Malheureusement, elle craignait de rencontrer un petit souci avec son époux.

Chapitre 14

Le duc de Kingston a été aperçu au Metropolitan Opera avec une inconnue. Tout le monde ne parle plus que de sa ravissante robe de soirée équipée de poches !

– The New York World

Boutique « La Maison d'Adeline »

Mme Chalfont était bien la dernière personne qu'Adeline s'attendait à voir débouler le lendemain matin dans son magasin. Mais celle-ci fit une entrée fracassante, en brandissant un article de journal. Après une brève pause pour balayer la boutique du regard, examiner les lustres et les luxueuses robes exposées en vitrine, elle sourit. Un sourire narquois, amer, laissant sous-entendre qu'elle « s'en doutait ».

— Bonjour, madame Chalfont. C'est gentil de nous rendre visite.

Adeline contourna le comptoir. Son ancienne patronne marcha droit sur elle et ne s'arrêta que lorsqu'elles furent nez à nez. La veille, Adeline s'était sentie séduisante et admirée. À présent, elle avait l'impression d'être une écolière sur le point d'avoir des ennuis.

De *gros* ennuis.

— Dès que j'ai lu cet article sur les poches, j'ai su que c'était vous, dit Mme Chalfont en agitant l'article sous le nez d'Adeline.

Elle en avait complètement oublié son accent français, et s'exprimait d'une voix rude.

— Je savais que ce n'était pas « juste un ami », comme vous avez essayé de me le faire croire le jour où je vous ai renvoyée. Je savais que vous aviez en tête une idée abominable.

— Je ne vois pas de quoi vous parlez, répondit Adeline en reculant d'un pas.

— Une soirée à l'Opéra avec un duc ? s'exclama son ancienne patronne avec un rire narquois. Pour une fille dans votre situation, cela ne peut signifier qu'une chose. Et ce n'est pas flatteur pour vous.

Les joues d'Adeline s'enflammèrent. Certes, ils avaient inventé une histoire de veuvage pour protéger sa réputation, mais cela ne passerait pas avec les gens qui la connaissaient vraiment. Comme Mme Chalfont.

— Ce n'est pas ce que vous croyez.

— Ne faites pas l'innocente avec moi. Je vous connais, Adeline. Je vous ai donné votre chance, à vous, une pauvre fille des bas quartiers, seule au monde. Personne n'en aurait fait autant. Je vous ai formée, j'ai passé des heures à vous apprendre à coudre, à couper, à assembler. Et qu'est-ce que vous faites ? Vous ouvrez votre boutique. De plus vous m'avez volé Rose et Rachel, mes deux meilleures ouvrières. Ingrate ! s'écria-t-elle en levant les mains devant elle. Vous êtes impardonnable !

— Puis-je vous rappeler que vous m'avez chassée de votre atelier, madame ?

— Parce que vous vous promeniez dans les rues avec un homme, en plein jour, aux yeux de tous !

C'était la vérité, mais déformée. Son ancienne patronne laissait entendre qu'elle avait commis le pire péché imaginable.

— Je vous prie de ne pas faire de telles allusions sur ma conduite, répliqua Adeline, en imitant le ton glacial et impérieux du duc.

Ce qui ne fut d'aucun effet sur Mme Chalfont.

— Dans ce cas, ne vous comportez pas de façon à vous attirer des remarques. Je vois que je n'ai pas réussi à vous faire comprendre l'importance pour une couturière d'avoir une réputation impeccable. Ce n'est pourtant pas faute d'avoir essayé.

Adeline n'essaya même pas de discuter. Elle avait déjà entendu les sermons de Mme Chalfont et elle savait qu'ils contenaient une part de vérité. Mais elle trouvait injuste que les femmes travaillant honnêtement en dehors de chez elles soient toujours soupçonnées du pire. Leur seule défense était d'être parfaitement vertueuses et de ne donner aucune prise aux soupçons.

Mais comment pouvait-elle se faire connaître, si elle restait enfermée dans sa boutique et ne montrait jamais ses créations ? En vérité, Adeline était d'une vertu irréprochable. Mais cela ne suffirait pas à la protéger des médisances.

Mme Chalfont lui tourna le dos et fit un tour dans la boutique, prenant note de chaque détail, depuis le tapis rouge jusqu'à l'éclairage dispensé par les lustres de cristal. Tout était flambant neuf, pimpant et plein de promesses, alors que l'atelier de son ancienne patronne était… bien établi. Quand l'examen de celle-ci fut terminé, elle se tourna vers Adeline, les yeux brillants de fureur et de jalousie.

— Vous m'avez aussi enlevé mes clientes. Miss Burnett, par exemple. Et d'autres l'ont suivie quand elles ont su qu'elle avait trouvé une nouvelle couturière.

Ce devaient être les Dames de la Liberté, car les membres de ce club secret avaient été les premières clientes d'Adeline.

— Vous m'en voyez désolée.

Il était plus facile de s'excuser, plutôt que de faire remarquer à son ancienne patronne que si celle-ci l'avait écoutée, si elle avait eu confiance en elle, Adeline serait toujours chez elle et ferait le bonheur de ses clientes.

— Les faits sont les suivants, ma chère petite. Votre commerce constitue une menace pour le mien, déclara Mme Chalfont d'un ton plein de menace. Et tant que vous serez associée à ce duc, soulevant des questions quant à votre moralité, votre affaire sera une menace pour toutes les couturières.

Adeline savait reconnaître un avertissement. De toute façon, Mme Chalfont avait raison. Conserver des liens avec le duc serait dangereux pour son affaire. Sans parler de son cœur.

Adeline était encore bouleversée par la visite de Mme Chalfont quand Lord Hewitt arriva avec son épouse, un moment plus tard. Elle éprouva des sentiments mitigés en les voyant. D'une part, Lady Hewitt était considérée comme une lanceuse de mode parmi les Quatre Cents. Adeline réaliserait un beau coup en l'habillant, car les autres femmes voudraient imiter son style et sa réussite serait assurée.

D'un autre côté, Lord Hewitt l'avait mise mal à l'aise à l'Opéra, avec ses œillades et ses insinuations. Elle accordait sans doute trop d'importance à des détails… N'était-ce pas le summum de la vanité, de croire qu'un lord avait des vues sur elle, une pauvre petite couturière orpheline ?

Elle aurait dû se réjouir sans arrière-pensée de la visite de ce jeune couple chic et séduisant dans sa boutique. Elle n'était pas arrivée jusque-là pour avoir soudain des doutes et des inquiétudes, alors que tant de gentilles personnes comptaient sur elle. Non. Tous les clients qui se présentaient étaient bons à prendre. Surtout si Mme Chalfont s'était mis en tête de ruiner son affaire.

Adeline les accueillit donc avec un sourire chaleureux.

— Bonjour, Lord Hewitt. Lady Hewitt. Quel plaisir de vous revoir. Bienvenue dans La Maison d'Adeline.

— Bonjour, Mrs Black, dit Lady Marian, abandonnant aussitôt le « Miss » comme Freddie l'avait suggéré afin de la protéger. La robe que vous portiez hier soir m'a tellement plu que j'ai décidé de vous en commander quelques-unes pour moi. Avec des poches, bien entendu. J'égare toujours mes affaires, ajouta-t-elle avec un gloussement.

Son époux fit la grimace.

— Dans ce cas, nous vous ferons quelques jolies robes munies de poches. Vous serez resplendissante, et vous ne perdrez plus rien.

— C'est parfait, dit Lady Hewitt en riant.

— Rose va vous aider pour l'essayage.

Rose émergea de l'arrière-boutique et conduisit Lady

Hewitt à la cabine d'essayage pour prendre ses mesures et discuter des modèles et des tissus qu'elle voulait.

Adeline et son amie échangèrent un regard, excitées d'avoir une dame aussi élégante et en vue dans leur boutique. Rachel et Rose avaient renoncé à un emploi sûr pour la suivre dans cette aventure risquée et un peu folle. Un fait qu'Adeline gardait toujours à l'esprit, surtout lorsque les affaires marchaient au ralenti.

C'est-à-dire presque tout le temps, jusqu'à aujourd'hui.

Mais à présent, Adeline sentait l'espoir renaître. Ce plan avec le duc allait peut-être marcher. Elle finirait par devenir une styliste à la mode. Son travail et les risques qu'elle avait pris finiraient par payer. Son rêve deviendrait réalité. Elle ne changerait sans doute pas le monde, mais elle parviendrait à transformer son propre univers.

Souriante, elle revint dans la boutique, où Lord Hewitt se trouvait encore. Elle ne pensait pas que son établissement était le genre d'endroit où un gentleman voudrait s'attarder, mais…

Apparemment, c'était le cas. Lord Hewitt s'appuya au comptoir, la retenant prisonnière près de lui.

— J'ai dit à ma femme qu'elle pouvait choisir tout ce qu'elle voulait.

— Quel bon époux vous faites. Tous les hommes ne sont pas comme vous.

— Eh bien, c'est son argent, après tout, répondit-il en riant.

Adeline esquissa un sourire. Ils savaient tous les deux que c'était lui qui gérait la fortune et payait les factures. En apparence.

— Vous savez ce qu'on dit, reprit-il d'un ton léger. Une femme heureuse rend la vie plaisante. Tant que je la laisse s'habiller à sa guise, elle ne se soucie pas du temps que je passe au club. Ou ailleurs.

Adeline afficha un sourire contraint. Elle ne souhaitait pas être informée des secrets de la vie conjugale de Lord et Lady Hewitt.

— Veuillez m'excuser, je dois aller m'occuper de l'essayage de votre femme.

Il recula, juste assez pour lui laisser le passage. Adeline ne put éviter de l'effleurer. Plus exactement, il laissa son corps caresser le sien. La nuance était subtile, mais importante. Elle crut sentir sa main se poser une seconde sur sa taille, mais cela aurait été une avance directe et malséante. Lord Hewitt était un gentleman, n'est-ce pas ?

Elle crut entendre Mme Chalfont la sermonner sur le fait d'être vue dans une telle position avec un homme marié. Elle se défendit en son for intérieur. *J'aurais préféré ne pas me trouver dans cette situation !*

Mais Adeline ne pouvait rien dire à Lord Hewitt, car il tenait les cordons de la bourse. Elle allait simplement passer à l'arrière, mettre les filles en garde et s'occuper de l'essayage. Et elle ne penserait plus à ce moment embarrassant. Lord Hewitt ne reviendrait certainement jamais, elle n'aurait plus l'occasion de le croiser.

— Vous devez vous demander ce que fait Kingston.

Adeline se figea. Elle n'avait pas envie de se retourner. Elle n'avouerait jamais à Lord Hewitt, ni à elle-même, que le duc n'avait pas quitté ses pensées depuis la veille. Après la comédie qu'il avait accepté de jouer à l'Opéra, elle ne pouvait plus lui en vouloir. Il avait pris des risques pour l'aider, et ne lui avait rien demandé en retour.

Elle se sentait attirée vers lui. Mais elle ne voulait pas éprouver pour lui de tendres sentiments.

Elle pivota sur elle-même.

— Je dois vraiment aller voir votre femme.

— Oui, ma femme… Un aristocrate anglais et pauvre rencontre une héritière américaine… Quelle belle histoire d'amour…, dit-il, d'un ton si sec qu'elle comprit qu'il n'y avait aucun sentiment de son côté.

Non qu'elle ait pensé un seul instant que Lord Hewitt s'était marié par amour.

— Mais assez parlé de moi. Kingston est allé rendre visite à Miss Van Allen.

Adeline crut que son cœur allait cesser de battre. Cela ne dura qu'une seconde ou deux, mais ce fut suffisant pour l'éclairer sur ses propres sentiments. Elle éprouvait une sorte de dépit, mêlé de jalousie. Des émotions plus puissantes qu'elle ne l'aurait voulu.

— Voilà ce que font les hommes comme nous, poursuivit Lord Hewitt. Ils se marient par devoir et trouvent leur plaisir ailleurs.

Impossible de se tromper sur la signification de cette phrase. Elle avait la confirmation qu'il ne l'avait pas touchée par inadvertance. Lord Hewitt lui passa le bras autour de la taille et plongea les yeux dans les siens. Elle se rebella de tout son être… tout en songeant à ce que lui coûterait cette rébellion. Si elle repoussait ses avances, il pourrait refuser de régler les factures, une fois que ses couturières auraient passé des heures à confectionner les robes de sa femme.

Néanmoins, elle ne pouvait pas non plus se permettre de donner lieu à des rumeurs. La bonne réputation d'une couturière était essentielle, si elle voulait que ses affaires marchent bien. Mme Chalfont avait raison sur ce point.

Chaque seconde passée à chercher une réponse polie,

qui n'encouragerait pas Lord Hewitt et ne le mettrait pas en colère non plus, était une prise de risque.

— Je dois aller voir votre épouse. Je ne veux pas faire attendre une cliente importante.

Elle recula, et il laissa retomber sa main. Il lui adressa un sourire enjôleur, que n'importe qui d'autre qu'elle aurait trouvé charmant.

— Une couturière doit veiller au bien-être de ses clients, n'est-ce pas ? fit-il remarquer avec un clin d'œil.

Des robes. Ce qu'elle voulait plus que tout, c'était faire des robes. Les seules occasions où elle voulait bien rencontrer les maris de ses clientes, c'était pour encaisser les factures. Rien d'autre.

Était-ce trop demander ?

Chapitre 15

Nora sur le point de se compromettre avec Dashwood. Stop. Clara ne veut plus se marier du tout. Stop. Quand reviens-tu avec héritière ? Stop. Je commence à choisir ma robe pour le mariage. Stop.

– Télégramme de Sa Grâce,
la duchesse douairière de Kingston

Le jour suivant
Boutique « La Maison d'Adeline »

L'atelier résonnait des voix des jeunes femmes qui parlaient de manches, d'ourlets, de coiffures, échangeaient des potins et des histoires de logeurs. Rose et Rachel étaient là, ainsi que quelques nouvelles recrues envoyées par les Dames de la Liberté. Margaret, Annie, et Lila. Toutes se turent en voyant entrer un jeune homme portant la livrée de l'Hôtel de la Cinquième Avenue.

Il présenta une lettre à Adeline.

— Ouvre-la tout de suite, dit Rose en la voyant glisser la missive dans sa poche, pour la lire plus tard, seule dans sa chambre.

Adeline savait que c'était un message de Kingston, elle avait reconnu son écriture ferme et penchée.

Elle n'avait pas eu de nouvelles de lui depuis la soirée à l'Opéra, et en avait déduit que les conditions de leur accord étant remplies, leur relation était destinée à s'éteindre.

Ce qui était pour le mieux.

Cependant, elle avait été choquée, consternée même, de s'apercevoir que son absence lui pesait. Elle songeait à son expression quand elle le taquinait, à la surprise qu'exprimait son visage, à son sourire détendu et ravi. À la flamme qu'il pouvait faire surgir en elle d'un seul regard, qui lui traversait le corps et lui donnait la sensation d'être vivante.

Tout cela lui manquait.

Elle mourait d'envie de le revoir.

Et maintenant, elle tenait une lettre de lui entre les doigts.

Que pouvait-il lui vouloir, à présent ? Rien de bon. Et rien d'honnête.

— Ouvre-la, ordonna Rachel d'un ton autoritaire. Tu sais bien que nous te harcèlerons jusqu'à ce que tu nous aies tout dit. Alors, autant la lire à voix haute tout de suite.

Rachel était toujours si pragmatique !

— Très bien, je l'ouvre.

Et elle lut :

Chère Miss Black,

J'ai rendu visite à Miss Van Allen, et j'avoue qu'elle possède toutes les qualités qu'un duc peut désirer chez son épouse. Cependant, je voudrais continuer de rencontrer d'autres jeunes filles, car cela me semble plus prudent. J'aurai donc de nouveau besoin de vous.

À vrai dire, votre charmante compagnie me manque, et j'aimerais vous revoir. Voulez-vous me retrouver demain soir, au bal de Mrs Mellon ?

Kingston

— Eh bien, cela semble sorti tout droit d'un roman ! s'exclama Rose.

Elle avait fini par pardonner au duc d'avoir fait renvoyer Adeline, et continuait de rêver d'histoires d'amour.

— Un séduisant duc qui t'invite au bal, pour te faire valser et boire du champagne…

— Tu oublies le passage dans lequel il me demande de l'aider à trouver une épouse. Ce qui est loin d'être romantique.

— On ne peut pas faire confiance à ces lords, déclara Margaret. Une fille se laisse griser par leur accent distingué, et avant de comprendre ce qui lui arrive…

Elle cessa de coudre et posa une main sur son ventre arrondi.

— Je ne peux pas prendre le risque d'être vue en sa compagnie, et encore moins…

— Encore moins de rester seule avec lui, ajouta Margaret.

— Les gens ont déjà commencé à bavarder, reprit Adeline. J'ai entendu deux femmes parler de nous pendant l'essayage, l'autre jour. Je ne dois pas mettre ma réputation en danger.

— Cela n'aura plus d'importance s'il t'épouse, fit remarquer Rose.

C'était exact. Cependant, il était peu vraisemblable qu'une telle chose se produise.

Avant que ses couturières n'aient le temps de l'attendrir

en lui masquant la réalité, Adeline s'empressa d'écrire une réponse qu'elle confia au chasseur de l'hôtel.

Je crains de devoir décliner votre invitation. Me croirez-vous, si je vous dis que je n'ai rien à me mettre ?

Miss Black, qui tient à sa réputation.

Après cela, elle pensa à autre chose. Les bavardages sur les manches, les commérages, les mariages et les problèmes de logement reprirent. Adeline poussa un soupir de soulagement.

C'était fait. Ce qu'il y avait eu entre eux était oublié. Il n'y aurait plus de fausses demandes en mariage à refuser, plus d'instants fugitifs où il paraîtrait sur le point de l'embrasser. Plus de chagrins, plus de moments où elle aurait voulu changer le monde pour qu'ils puissent être ensemble. Elle ne souhaiterait plus oublier tout le reste, l'espace d'une nuit, pour être dans ses bras.

Adeline passa une heure à pleurer la fin de sa relation, quelle qu'elle soit, avec le duc. C'était aussi le temps qu'il fallait pour que son message parvienne à ce dernier, qu'il le lise, qu'il écrive une réponse, et que celle-ci soit apportée à l'atelier.

Elle se rembrunit en voyant revenir le messager, une nouvelle lettre en main.

Non. Mettez une de vos robes avant-gardistes et venez la montrer.

Kingston,
qui promet d'être un modèle de bienséance.

— Il n'y a rien de plus contrariant qu'un bel homme qui observe la bienséance.

— Peut-être dans les romans que tu aimes lire, répliqua Margaret. Mais un peu de bienséance m'aurait épargné beaucoup d'ennuis.

Elle ne pensait pas entièrement ce qu'elle disait. Tout le monde voyait bien, à la façon dont elle caressait son ventre, qu'elle aimait déjà son bébé. Mais sa famille l'avait chassée, la société ne voulait plus d'elle, elle avait perdu ses amis et son moyen de subsistance. Tout cela parce qu'elle avait osé aimer quelqu'un qui n'était pas pour elle.

Le cas de Margaret rappela à Adeline les autres risques qu'elle prendrait en continuant de fréquenter Kingston, qui lui semblait avoir très envie de la voir.

— Je connais une doctoresse en ville…, dit-elle en hésitant.

Mrs Phoebe Jane Babcock. Elle faisait partie du Club des Dames de la Liberté.

— C'est trop tard pour moi, mais peut-être pourrez-vous la consulter ? suggéra Margaret.

La pensée avait bien traversé l'esprit d'Adeline. Mais elle avait réfléchi aux mises en garde de Mme Chalfont, et pensé à la dure expérience de sa mère, qui s'était appuyée toute sa vie sur des hommes qui n'étaient pas dignes de confiance. Mais quel autre choix aurait-elle eu, avec une fille à élever ? Adeline savait que sa mère avait souffert pour la protéger. Cette idée renforça sa détermination. Rien, et surtout pas une mésalliance avec un homme, ne la détournerait de son objectif. Sa boutique aurait du succès, elle lui permettrait d'obtenir l'indépendance et la sécurité dont elle rêvait.

— Je suis mariée à cette boutique. Je lui resterai fidèle. Et à vous aussi.

— Alors, tu dois vraiment aller au bal avec le duc.

C'était Rachel qui venait de prononcer ces mots. Rachel ! Elle qui était pragmatique avant tout, qui ne se laissait jamais troubler par de belles paroles ou les compliments que les hommes lui lançaient. Elle avait la tête sur les épaules, et du cœur à l'ouvrage.

Adeline en demeura bouche bée.

— Toi aussi, Rachel ? Je m'attendais à ce conseil de la part de Rose. Mais toi ?

— C'est bon pour les affaires, déclara son amie sans détour. Nous ne pouvons le nier. Notre clientèle a augmenté après ta soirée à l'Opéra avec lui. Si tu vas au bal, nous aurons encore plus de clientes. C'est logique. Je ne suis pas sentimentale, j'ai juste l'esprit pratique. Nous avons besoin de clientes si nous voulons que cette boutique tourne bien.

Tout cela était vrai.

— Nous comptons toutes sur le succès de cette boutique, Adeline, ajouta-t-elle d'une voix plus douce.

Elles avaient toutes besoin d'un salaire pour vivre, et pour faire vivre leurs proches. D'autre part, un franc esprit de camaraderie régnait dans l'atelier. Leurs vies étaient liées à cette boutique, elles en dépendaient. Et elles comptaient toutes sur Adeline.

— Tu dois aller montrer tes robes, pour faire venir les clientes, déclara Rachel. Aucune autre couturière en ville n'aura une telle opportunité.

C'est ainsi qu'Adeline fit une entrée remarquée au bras du duc, dans la salle de bal de Mrs Mellon. Pour des raisons professionnelles, se répéta-t-elle, et non pour son plaisir. Mais quand elle pénétra dans le plus bel endroit qu'elle ait jamais vu, aux côtés de l'homme qui lui faisait perdre la tête, elle se dit que les affaires pouvaient devenir un plaisir.

Elle avait revêtu pour l'occasion une de ses plus remarquables créations. Une robe de satin d'un bleu sombre, sur laquelle Rose avait brodé des étoiles et des croissants de lune en fils d'argent. Le satin était garni de volants sur les hanches, ce qui était très pratique pour dissimuler les poches.

Ses cheveux étaient coiffés en chignon. Elle avait les yeux brillants, et les joues roses de plaisir.

Kingston était le parfait accessoire pour la mettre en valeur.

Il captivait les regards à cause de son rang social, sans parler de sa prestance ! Avec son habit de soirée noir et blanc, il fournissait un complément idéal à la tenue d'Adeline.

— Vous ne pourrez pas dire que je ne me suis pas acquitté de ma part du contrat, murmura-t-il, alors qu'ils avançaient dans la salle. Avec votre robe, vous avez certainement capté l'attention de toutes les lanceuses de mode de la haute société.

— Dans ce cas, notre travail est terminé. Je pourrais repartir dès maintenant.

Ses doigts se resserrèrent sur elle, comme pour la retenir. *Non. Pas tout de suite.*

— Maintenant que vous avez pris la peine de vous habiller avec tant d'élégance, vous feriez aussi bien de rester. Prenez au moins une coupe de champagne.

Il saisit une coupe sur le plateau d'un serveur qui passait, et la lui tendit. Elle contempla un instant le liquide pétillant, avant d'en avaler une gorgée. *Comment dessiner une robe qui s'en inspirerait ?* songea-t-elle. Une soie délicate aux reflets clairs et dorés, des volants de tulle et de mousseline jaune pâle, des perles de cristal.

— Puisque vous insistez, dit-elle en levant son verre.

— Oui, je le veux.

Il la regarda dans les yeux en prononçant ces mots. Comme s'il ne parlait pas seulement du bal et du champagne. Adeline soutint son regard, ce fut plus fort qu'elle. Et elle laissa libre cours à son imagination. Des robes blanches et volumineuses, du champagne, et Kingston prononçant des vœux avec elle.

Le rêve était grisant.

Et elle n'avait même pas encore goûté au champagne.

Lord Hewitt choisit ce moment pour surgir au milieu de la foule et les interrompre.

— Mrs Black. Vous revoilà. Quelle charmante surprise.

Il lui adressa son fameux sourire, mi-voyou mi-homme du monde, qui la laissa de glace. Elle le salua d'un signe de tête.

— Et mon cher cousin le duc vous accompagne.

— Freddie, content de te voir.

— Où est Lady Hewitt ? s'enquit Adeline.

— Elle est partie se reposer dans un salon avec un groupe d'amies. Les femmes ont cette manie. Elle porte l'une de vos créations.

Attendez donc de voir la facture, songea-t-elle. Elle était tentée d'ajouter un supplément pour « mains baladeuses ».

— Ne regardez pas tout de suite, continua Freddie à mi-voix en se penchant vers eux. Mais je crois que notre hôtesse vient par ici.

En effet, Mrs Mellon, dont le mari avait fait fortune dans le pétrole et la finance, se dirigeait vers eux d'un pas assuré, dans un tourbillon de soie verte et de saphirs, enveloppée d'un lourd parfum floral. Elle semblait balancer entre deux centres d'intérêt : le superbe duc, ou la mystérieuse femme à son bras ?

— Votre Grâce, quel honneur de vous avoir parmi nous. Il faut que vous me présentiez à votre amie. Et je ne veux pas parler de cette canaille, qui vous accompagne partout en ville.

— Enchanté de vous voir, Mrs Mellon, dit Freddie en lui faisant un charmant clin d'œil.

— Ne flirtez pas avec moi, mon garçon. Je connais les hommes dans votre genre. Vous perdriez votre temps.

Kingston s'éclaircit la gorge.

— Je vous présente Mrs Black. C'est la veuve d'un de mes vieux camarades de pension, à Eton.

Ils s'étaient mis d'accord sur cette histoire pour expliquer leur relation en société. Cela donnait à Adeline une aura de respectabilité. De la sorte, leurs apparitions en public ensemble devenaient acceptables. Du moins pour le moment. Et le duc passait pour un homme généreux, qui escortait la veuve d'un vieil ami.

— Qu'il repose en paix, déclara Freddie d'un ton grave. Ce cher vieux Reggie nous manque.

— Énormément, renchérit Adeline d'un air triste. Nous avions fait un mariage d'amour.

Kingston fronça les sourcils.

— Quand j'ai appris que la veuve de mon cher ami était aussi à Manhattan, j'ai voulu prendre de ses nouvelles et je lui ai rendu visite. J'ai pensé qu'elle aimerait assister à quelques soirées mondaines, après une longue période de deuil.

— Sa Grâce est d'une grande générosité, spécialement avec les veuves, glissa Lord Hewitt d'un ton dégagé.

Kingston eut un sourire contraint.

— Freddie, pour qui veux-tu me faire passer ? Soyez certaine, Mrs Mellon, que je suis un modèle de bienséance.

— Bien entendu. Votre Grâce, j'ai pensé que vous aimeriez savoir que Miss Van Allen est là ce soir. Je suis sûre qu'elle sera enchantée de vous voir. Sa mère m'a dit qu'elle avait beaucoup apprécié votre promenade à Central Park. C'était très chic de votre part, de la rejoindre pour observer les oiseaux.

Adeline se figea. Elle ignorait que certaines personnes se distrayaient en observant les oiseaux, et encore plus que c'était une façon de faire la cour à une femme.

— Nous avons passé un long moment à repérer une paruline bleue.

— Et sous la pluie, par-dessus le marché ! D'après Miss Van Allen, c'était une façon charmante pour elle de faire connaissance avec l'Angleterre !

La remarque de Mrs Mellon fut accueillie par des rires polis.

Kingston semblait aussi mal à l'aise qu'Adeline. Cette dernière prit l'allure dégagée de quelqu'un qui se moquait éperdument que cet homme aille perdre son temps à chercher des oiseaux dans les buissons, avec l'une des héritières les plus convoitées de Manhattan.

Adeline lui avait elle-même suggéré de s'intéresser à Miss Van Allen. Elle aurait dû être enchantée qu'il suive ses conseils. Cela prouvait qu'elle avait eu raison.

Pour autant, cela ne lui faisait pas spécialement plaisir. Elle se pencha légèrement vers Kingston, et par un hasard bien calculé lui effleura le torse. C'était probablement la dernière fois qu'elle pouvait le faire. Était-ce si mal, d'avoir envie de sentir ses bras se refermer sur elle ?

Elle aurait bien aimé qu'il se comporte une fois de plus en héros chevaleresque.

Mais peut-être en privé, dans un lieu plus protégé…

Où ils ne seraient pas interrompus.

Le désir que le duc lui faisait éprouver était aussi puissant que stupide, mais elle ne pouvait l'ignorer.

— Kingston, tu devrais aller saluer Miss Van Allen, dit Lord Hewitt. Ne t'inquiète pas, je tiendrai compagnie à Mrs Black.

— En fait, je…

— Nous ferons le tour de la salle pour permettre à tout le monde d'admirer sa robe magnifique. N'est-elle pas magnifique, Mrs Mellon ?

Leur hôtesse s'extasia sur la robe.

— Je vous remercie. Si vous voulez bien m'excuser…

Adeline tenta de s'échapper, espérant trouver un groupe de dames pour l'escorter jusqu'au salon de repos qui leur était réservé. En réalité, ce serait l'idéal pour elle. Un espace fermé, dans lequel elle se retrouverait avec d'éventuelles clientes. Mais son espoir fut vite déçu. Mrs Mellon emmena Kingston voir sa future épouse, et Adeline se retrouva seule avec Lord Hewitt. Et ses mains baladeuses.

Kingston n'avait pas envie de laisser Adeline seule, mais le devoir l'appelait et un homme de son rang se devait d'y répondre. Il la regarda depuis l'autre extrémité de la salle. Freddie lui disait quelque chose qui la faisait rire. Kingston ravala un grognement angoissé.

Il avait des obligations. Des intentions honorables. Un projet noble. Projet qui s'appelait Miss Van Allen.

Elle était ravissante.

Vraiment.

Cette jeune fille possédait des qualités admirables. Elle était douce, aimable, et avait de bonnes manières. Elle se passionnait pour l'ornithologie et adorait observer les oiseaux. Elle n'avait pas hésité à courir sous la pluie dans le parc, avec lui, et s'était révélée un puits de sciences en ce qui concernait la flore et la faune locales.

Miss Van Allen avait des centres d'intérêt, et elle était donc une personne intéressante.

N'importe quel homme aurait été heureux de l'épouser, et pas seulement pour sa dot considérable. Son père avait fait fortune en investissant dans des immeubles de Manhattan, et elle était sa seule héritière. Un excellent parti.

Kingston lui adressa un sourire chaleureux.

— Miss Van Allen, je suis enchanté de vous voir. Surtout à l'abri de la pluie.

— Bonsoir, Votre Grâce. Passez-vous une bonne soirée ?

— Oui, maintenant que je vous ai retrouvée, répondit-il galamment.

En réalité, c'était un affreux mensonge. Freddie se promenait dans la salle, Adeline à son bras, et Kingston était au supplice. Il se sentait jaloux et impuissant. Des sentiments qui ne convenaient pas du tout à un homme dans sa position.

Il aurait voulu foncer dans la foule, chasser son cousin, et inviter Adeline à danser. Mais les gentlemen de son rang ne causaient pas ce genre de scènes. Ils ne faussaient pas non plus compagnie à leur cavalière.

Kingston reporta toute son attention sur Miss Van Allen.

— Et vous, passez-vous une bonne soirée ?

— Notre hôtesse s'est surpassée.

C'était une façon de dire que la réception était parfaite, mais qu'elle ne s'amusait pas vraiment – sans doute parce qu'il se comportait comme un mufle.

Pour commencer, il était arrivé au bras d'une autre femme.

Et maintenant, il ne cessait de guetter cette même femme et son cousin du coin de l'œil. Miss Van Allen avait le sens de l'observation. Sans doute un effet de sa passion pour l'ornithologie. Donc, ce genre de détail ne pouvait lui échapper.

— Vous ne m'avez pas présenté votre amie, fit-elle remarquer en suivant son regard. J'aimerais lui demander qui lui fait ses robes. Elles sont… ravissantes.

— Elles ont des poches.

Ce fut la seule chose qui lui vint à l'esprit, alors qu'il s'efforçait de faire la conversation tout en suivant Adeline des yeux. Freddie avait toujours été une fripouille, et pour lui une femme comme Adeline était une proie.

— Vraiment ? s'exclama Miss Van Allen en haussant les sourcils. Quelle nouveauté !

— Comment se présente votre dîner de bienfaisance ?

Miss Van Allen s'occupait d'une œuvre caritative pour la Audubon Society. Celle-ci s'était lancée dans la défense de plusieurs espèces d'oiseaux qui étaient chassés pour leurs plumes, servant à garnir les chapeaux et les vêtements de dames. Elle lui avait expliqué tout cela pendant qu'ils prenaient le thé, après leur expédition ornithologique.

Elle lui résuma les dernières nouvelles, citant le nom des conférenciers qui allaient intervenir. Kingston hocha distraitement la tête, tout en se demandant ce qui n'allait pas chez lui. Il était censé faire la cour à cette merveilleuse jeune femme, qui était belle, charitable, raisonnable. Et il ne parvenait pas à fixer son attention sur elle.

Il vit Freddie chuchoter quelque chose à Adeline.

Puis il le vit *quitter la salle avec elle.*

De toute évidence, son maudit cousin avait des tendances suicidaires !

Ils avaient l'air d'assez bien s'entendre. Kingston se demanda s'il y avait quelque chose entre eux. Un amant fortuné était tout ce dont une femme avait besoin pour obtenir les fonds nécessaires au lancement de sa boutique. Surtout une aussi belle boutique, située dans un si beau quartier. Freddie avait un faible pour les femmes. Et grâce à sa Princesse Dollar, il ne manquait pas d'argent.

Était-ce possible ?

Naturellement.

Mais cela ne le concernait pas.

Si c'était vrai, ce n'étaient pas ses affaires. Kingston ne possédait ni le cœur, ni l'esprit, ni le corps d'Adeline. Il n'était pas son mari, ni son amant, et ne lui avait fait aucune promesse. Aucune déclaration. Il n'avait donc aucune raison de se sentir blessé parce que celle-ci faisait le tour de la salle en riant avec un autre.

Il n'avait pas le droit de la juger, alors qu'il se servait en ce moment même de son rang, de son charme, de son titre, pour obtenir les fonds qui lui manquaient. Se comportait-il différemment d'elle, en poursuivant cette chasse à l'héritière ?

Mais s'il y avait vraiment quelque chose entre son cousin et Miss Black, pourquoi celle-ci avait-elle choisi quelqu'un comme Freddie et pas lui ?

Cette question lui fit toucher du doigt le cœur du problème. Les sentiments qu'il éprouvait pour elle dépassaient la logique et la raison. Ils appartenaient au royaume du désir, et peut-être même de l'amour. Il était jaloux parce qu'il la désirait. Il était irrité parce qu'il était jaloux, et qu'il n'en avait pas le droit. Il aurait voulu traverser la salle, aller étrangler son maudit cousin de ses propres mains et s'enfuir avec cette femme. Mais un homme de son rang ne faisait pas cela.

Il ne pouvait même pas prétexter qu'il se souciait du bien-être d'Adeline. Freddie était peut-être une canaille, mais ce n'était pas un vil séducteur. Adeline était une adulte, libre de ses propres choix. Même si ces choix le mettaient en rage et qu'il se sentait dévasté.

Il la désirait. Et il ne pouvait, ni ne voulait, suivre son désir.

Il avait un devoir à accomplir. Des intentions honorables. Un but noble.

Il n'y avait qu'un seul problème à résoudre. Comment Miss Van Allen pourrait-elle retenir son attention pendant le reste de leur vie, alors qu'il ne parvenait même pas à s'intéresser à la conversation ?

Une question tracassait Adeline. Combien de fois pourrait-elle faire le tour de la salle avec Lord Hewitt pour lui faire plaisir, sans susciter de rumeurs ? Un tour était plaisant. Deux tours risquaient de l'entraîner sur un terrain dangereux. Mais trois tours étaient inconcevables.

Elle l'envoya lui chercher une coupe de champagne.

Elle se réfugia dans un coin de la salle et profita de ce moment pour tout observer. Cet étalage de richesses était époustouflant, renversant, et peut-être même un peu irritant.

Des lustres énormes étaient suspendus au plafond. Sur les murs, le moindre espace était occupé par des tableaux représentant des paysages, dans des cadres dorés. L'orchestre jouait une musique élégante. Les gens bavardaient, dansaient, riaient avec insouciance. Ils n'avaient sans doute pas un seul souci en tête.

Elle accorda une attention particulière aux robes, et à la façon dont les femmes les portaient, dont elles bougeaient, dont la lumière jouait sur les couleurs et les tissus, les rehaussant ou les faisant paraître plus fades. Elle garderait toutes ces observations en tête pour ses prochaines créations, et ferait des tenues plus flatteuses.

Cette soirée n'aurait pas été inutile.

Adeline pivota en entendant quelqu'un l'appeler.

— Miss Black !

Miss Burnett… Sa sainte patronne, sa bonne fée, sa bienfaitrice s'avança, Miss Lumley sur les talons. Heureuse de les voir, Adeline les accueillit par un sourire radieux, qui contrastait avec les sourires contraints qu'elle avait affichés jusqu'à présent. Comme l'Opéra, les bals la rendaient nerveuse.

— Bonjour, Miss Burnett ! Quelle merveilleuse surprise.

— Je ne m'attendais pas à vous voir ici, Miss Black ! Je sais que vous avez été très occupée au magasin, et je vois que vous portez une de vos splendides créations.

Miss Burnett portait également un modèle original créé par Adeline. Ce qui signifiait que trois de ses robes étaient mises en valeur ce soir dans la Cinquième Avenue. Adeline n'avait jamais ressenti une telle satisfaction.

— En fait, je suis *Mrs* Black, à présent. Je suis censée être la veuve d'un vieux camarade d'école du duc.

— C'est l'histoire que vous avez choisie ?

Miss Burnett échangea un coup d'œil avec Miss Lumley.

— Cette excuse me permet de me rendre dans certains événements mondains avec lui, afin de montrer mes robes et d'attirer le regard de clientes potentielles. Grâce à ce subterfuge, j'ai déjà fourni plusieurs robes à Lady Hewitt. Je considère cela comme une publicité gratuite, ajouta-t-elle fièrement.

— C'est très astucieux.

— Mais rien n'est jamais gratuit, n'est-ce pas ? demanda Miss Lumley.

— Je sais. En échange, je l'aide à trouver sa future duchesse.

Miss Burnett ne parut pas amusée. En fait, elle lança un coup d'œil inquiet à Miss Lumley. Adeline se sentit soudain nerveuse, et un peu mal à l'aise. Son attirance pour le duc l'avait-elle poussée à se laisser duper ? Avait-elle commis une terrible bévue ?

— Cet arrangement est très judicieux, Miss Black.

— Mais très risqué, ajouta Miss Lumley.

— Vous savez que je vous ai toujours soutenue, Adeline, et je ne souhaite que le meilleur pour vous. Mais je dois vous poser une question. Êtes-vous certaine que les choses ne vont pas plus loin ?

— Bien sûr, répondit Adeline avec une assurance qu'elle ne ressentait pas vraiment. Que pourrait-il y avoir d'autre ?

— Je suis contente de vous l'entendre dire, répondit Miss Burnett en souriant. Plusieurs de mes amies ont eu des objectifs ambitieux, jusqu'au jour où elles ont rencontré un homme qui leur a fait perdre la tête. Avant même d'avoir compris ce qui se passait, elles se mettaient à faire des projets de mariage, pensaient à leurs futurs bébés, et n'avaient plus une minute à consacrer à leurs vieilles amies célibataires. Sans parler de leurs rêves ambitieux, qui tombaient aux oubliettes !

Adeline hocha la tête d'un air grave. Les hommes vous détournaient de votre route. Elle le savait.

— Miss Susie Howell, par exemple, dit Miss Lumley.

— Quelle terrible situation.

— C'est à vous briser le cœur.

Adeline n'osa pas poser de questions.

— Mais les hommes ne détruisent pas toujours les projets des jeunes femmes, reprit Miss Lumley, songeuse. Regarde Mrs Clinton, ou Mrs Lafayette, au Club. Ou même la grande Elizabeth Cady Stanton. Elles ont toutes des enfants, des maris, des maisons à tenir, et cela n'a en rien ralenti leurs activités.

— Elles sont soutenues par leurs maris. Ce n'est pas le cas de tout le monde.

Miss Burnett se tourna vers Adeline.

— Je me demande si votre duc fait partie de ces hommes.

— Ce n'est pas *mon* duc, rectifia Adeline.

Kingston soutenait son projet et l'aidait à faire connaître sa boutique. Mais en aurait-il fait autant, si elle avait été son épouse ? Étant donné son attachement aux traditions, Adeline en doutait. La duchesse idéale ne pouvait être créatrice de mode, ni occuper un quelconque emploi.

— Je suppose qu'il n'encouragerait pas sa duchesse à travailler. Mais la question ne se pose pas. Il a des vues sur une jeune femme fortunée, issue d'une famille prestigieuse. Et de mon côté, je n'ai pas l'intention de me marier.

— Pas du tout ?

— Pas du tout. J'ai trop souvent vu le mariage détruire les ambitions des femmes, ou briser leur indépendance.

— Je ne suis pas trop inquiète pour vous, Adeline, dit Miss Burnett d'un ton affectueux. Vous avez un don, du talent, de la détermination, et le soutien des Dames de la Liberté. Je sais que vous ne sacrifierez pas tout cela pour un coup de cœur pour un homme, si beau soit-il.

Adeline aperçut Kingston se frayant un chemin dans la foule pour la rejoindre. Son regard était fixé sur elle, si intense qu'elle se demanda s'il voyait autre chose qu'elle.

— Je vous le promets, dit-elle, d'un ton empreint de gravité.

La pensée fugitive de robes blanches et de vœux échangés solennellement l'effleura. Mais Miss Burnett et Mme Chalfont avaient raison. Les hommes représentaient un danger, ils pouvaient détruire la réputation d'une femme. Jusque-là, son arrangement avec le duc lui avait été profitable. Il n'y avait pas eu de commérages et elle n'était pas tombée amoureuse de lui. Mais à chaque rencontre, elle prenait le risque de tout perdre : son cœur, et sa boutique. Adeline ne pouvait mettre son ambition en danger pour un homme qui ne pouvait lui offrir la vie dont elle rêvait.

Ce soir, elle devrait lui dire adieu.

Chapitre 16

Entendu dans le hall de l'Hôtel de la Cinquième Avenue : de temps à autre, on se rappelle pourquoi les jeunes filles ne doivent pas sortir sans chaperon.

– The New York World

Plus tard ce soir-là, Adeline se retrouva dans un carrosse, avec ses volants de soie et de satin, sa traîne brodée, et le duc. Kingston était assis face à elle, dans ce petit espace à l'atmosphère confinée. La lumière des réverbères pénétrait par moments dans l'habitacle, illuminant brièvement ses pommettes saillantes, sa bouche sensuelle, ses habits de soirée tendus sur son torse puissant et ses bras musclés.

Toutes les conditions étaient réunies pour la tenter.

Malgré les avertissements de femmes avisées, comme Miss Burnett ou Mme Chalfont. Malgré sa détermination. Elle ne laisserait pas un homme la détourner de ses rêves. Elle ne serait pas assez idiote pour tout perdre, à cause d'un homme qui n'avait rien à lui offrir. Il fallait reconnaître que le duc ne lui avait jamais menti à ce sujet.

Tous ses fantasmes étaient issus de sa propre imagination.

Se rendre au bal avec lui pour des raisons professionnelles était une chose. Se retrouver seule dans un carrosse avec lui en était une autre. Ici, dans cette voiture sombre sans armoiries, personne ne pouvait les reconnaître. D'un côté, cela valait mieux pour sa réputation. D'un autre, le désir était si puissant entre eux que le danger était réel.

— La soirée s'est bien passée, dit-elle.

S'ils parlaient, ils ne s'embrasseraient pas. Le contexte, cette intimité entre eux, avait tout pour les y inciter. Elle devait prendre garde.

— Oui, dit-il, j'ai eu l'impression que vous vous amusiez. Particulièrement avec Lord Hewitt.

Adeline hésita. Elle aurait voulu lui confier que cet homme l'agaçait. Mais, déconcertée par le ton acide de sa voix, elle se ravisa.

— J'ai l'impression qu'il m'aime bien, répondit-elle en haussant les épaules avec désinvolture. On m'a fait beaucoup de compliments sur ma robe, ajouta-t-elle, changeant de sujet.

Kingston eut un sourire narquois.

— Miss Van Allen l'a trouvée ravissante.

Adeline tiqua. Leurs regards se croisèrent. *Ravissante* était le mot qu'il aimait employer pour la décrire.

— J'espère que vous ne lui avez pas révélé qu'elle sortait de ma boutique ?

— Bien sûr que non. Un homme de mon rang ne connaît rien aux robes. Il sait seulement comment s'y prendre pour les enlever, précisa-t-il après une légère pause.

Adeline rit doucement, un peu nerveuse.

— Je ne pouvais naturellement pas parler de cela avec celle qui est sans doute ma future épouse.

Sa future épouse.

C'était beaucoup plus sérieux que « la ravissante jeune femme de l'ascenseur ».

— D'autre part, si j'avais dit quoi que ce soit à ce sujet, cela aurait jeté une ombre sur votre réputation. Ce qui ne servirait pas nos objectifs. Nous communiquerons le nom de votre boutique aux journaux. Ils annonceront aussitôt qu'ils ont identifié la mystérieuse jeune femme qui a été vue à de multiples reprises en ma compagnie... et ils décriront ce qu'elle portait.

Elle esquissa un sourire, en dépit des sentiments contradictoires qui la troublaient.

— C'est une idée brillante. Nous devrions envoyer un message à Jennie Jones, du *New York World*.

— C'est comme si c'était fait.

Lorsque leurs noms auraient été associés dans le journal, sa boutique ne manquerait pas de clientes. Il ne resterait plus à Adeline qu'à les impressionner et à les retenir. Donc, si elle réussissait, ce ne serait pas uniquement grâce à lui. Mais sans lui, les choses ne seraient pas allées aussi vite.

« C'est comme si c'était fait. »

Et ce qu'il y avait eu entre eux disparaîtrait. À partir de demain, ils n'auraient plus rien à faire ensemble. Kingston avait trouvé son héritière, et leur association avait attiré juste assez d'attention sur Adeline, sans mettre sa réputation en danger.

Elle devait savourer ces dernières minutes en sa compagnie.

— Vous ne m'avez jamais dit comment vous aviez pu ouvrir votre établissement, fit-il remarquer. Vous étiez sans le sou, et du jour au lendemain vous devenez directrice d'une très belle boutique. C'est merveilleux. Je suis très impressionné.

— Merci.

— Je suis curieux de savoir comment vous vous y êtes prise.

Elle décela cette nuance sèche et autoritaire dans sa voix, qui lui déplaisait tant.

— Je crains de ne pouvoir le révéler, répondit-elle sans hésiter.

Elle avait fait la promesse solennelle aux Dames de la Liberté de ne pas souffler mot de leur arrangement. Elle n'allait certainement pas revenir sur sa parole pour un homme, même si elle l'aimait et avait confiance en lui.

Il fronça les sourcils, et elle fut décontenancée. Le duc était plus curieux qu'elle ne le pensait.

— Vous ne pouvez pas, ou ne *voulez* pas ?

— Les deux.

Elle croisa son regard, mais il se détourna et observa les trottoirs de Broadway que longeait la voiture.

— Lord Hewitt a-t-il quelque chose à voir dans cette affaire ? Je vous pose la question, car je vous ai vue avec lui ce soir et, comme vous le disiez, il semble éprouver de l'affection pour vous.

Adeline se figea. Comment osait-il lui poser cette question ? Comment osait-il le faire sans la regarder dans les yeux, comme s'il savait à quel point ses soupçons étaient indécents ?

À ce moment seulement, elle prit conscience de ce que les Dames de la Liberté lui avaient demandé, sans le vouloir. Leur action allait susciter des interrogations dans le grand monde. Qu'avait-elle fait pour se trouver brusquement en possession d'une telle somme d'argent ?

La tentative de flirt de Lord Hewitt n'avait débouché sur rien. Mais l'attitude de ce gentleman était dangereuse.

Adeline avait conscience de ce que le duc lui demandait, en réalité. Elle l'observa dans la demi-obscurité. Ses yeux paraissaient presque noirs dans la pénombre. Il voulait savoir. Était-elle « ce genre de femme » ?

Il avait peut-être ses raisons. La jalousie, pour commencer, même s'il n'avait aucun droit d'être jaloux. Ou bien il espérait trouver un moyen d'obtenir des fonds sans épouser une femme qu'il n'aimait pas. Quoi qu'il en soit, elle ne lui dirait pas la vérité car elle avait fait une promesse qu'elle avait bien l'intention de tenir, même si Kingston devait avoir des doutes sur elle.

— Vous voulez vraiment que je vous réponde ?

— Non, dit-il en se retournant vers elle. Pardonnez-moi, je vous en prie. Tout comme j'espère que vous m'avez pardonné de vous avoir fait renvoyer de cette boutique.

— Je suppose que vous avez réparé le mal que vous m'avez fait.

— Vous supposez ?

— Je vous taquine, monsieur le duc.

— Je ne pense pas que Miss Van Allen me taquinera.

— Non, elle ne le fera pas. Car la femme que vous allez prendre pour épouse est dépourvue d'une certaine qualité.

— Laquelle ?

— L'indépendance.

— Que voulez-vous dire ?

— Si cette jeune femme dépend de vous, que ce soit financièrement ou socialement, elle ne prendra pas le risque de vous mettre en colère. Si votre affection est en jeu, elle ne voudra pas vous perturber.

Le discours d'Emma Goldman lui avait ouvert les yeux. Elle commençait à comprendre que l'amour, l'argent et le mariage étaient liés de telle façon qu'ils ne menaient pas toujours au bonheur.

Le duc arqua les sourcils.

— Donc, si je veux être taquiné et tourmenté, je dois vous épouser, vous ?

M'épouser ? Oui, je vous en prie ! Quoi ?

Ses propres pensées s'emballèrent, et elle en eut le souffle coupé. Pour cacher ses sentiments, elle poussa un soupir à fendre l'âme.

— Et voilà, vous recommencez avec vos propositions de mariage !

— Vous croyez que je plaisante ?

— Faites attention, monsieur le duc. On ne sait jamais, je pourrais accepter. Et avec votre sens de l'honneur, vous êtes le genre d'homme à vous sentir obligé de tenir parole.

Elle le taquinait de nouveau. Quel plaisir elle éprouvait, en voyant sa réserve se fissurer et laisser apparaître l'homme qui se cachait sous le titre de noblesse ! Adeline avait la certitude que ce changement était un choc pour lui autant que pour elle. Il avait peut-être besoin d'une héritière pour redorer son blason, mais il avait surtout besoin d'une femme comme elle pour l'aider à ne pas se prendre trop au sérieux.

À s'amuser un peu. À ressentir du plaisir.

Le regard de Kingston plongea dans le sien, puis glissa sur son corsage, s'y attarda une seconde, avant de remonter se poser sur ses lèvres. Ils ne s'étaient pas encore embrassés.

Et c'était sans doute la dernière occasion qu'ils avaient de le faire.

Kingston avait essayé de se conduire en gentleman. Mais le froissement de la soie et du satin dans la pénombre lui fit l'effet d'un chant de sirènes. La façon dont Adeline se mordillait les lèvres était une torture. En voyant la lueur malicieuse de ses yeux, le renflement de ses seins, il avait l'impression d'éprouver du désir pour la première fois de sa vie.

Il savait tout comme elle que c'était la dernière fois qu'il aurait l'opportunité de l'embrasser. Maintenant qu'il avait payé sa dette, il ne la reverrait plus et pourrait commencer à courtiser réellement Miss Van Allen. Il ferait tout ce qu'il fallait. Il irait guetter les oiseaux dans Central Park, la ferait valser dans les salles de bal, l'escorterait à la Audubon Society, l'emmènerait souper au Delmonico.

Mais une partie de son cœur appartiendrait pour toujours à la jeune femme qu'il avait sous les yeux.

— Adeline…, dit-il à mi-voix.

La voiture continuait de rouler. Ils étaient seuls, protégés par l'obscurité, que la pâle lueur d'un réverbère dissipait de loin en loin.

— Monsieur le duc, chuchota-t-elle en se penchant en avant. Je ne connais toujours pas votre prénom.

— Je m'appelle Brandon, Alexander, Fiennes, duc de Kingston, marquis de Westlake et vicomte de Blackwood… Dois-je continuer ? J'ai d'autres titres.

— Vous devriez arrêter de parler.

— Et ? questionna-t-il en se penchant également.

— M'embrasser.

Il fit courir un doigt sur le décolleté de sa robe, à l'endroit où le satin rencontrait sa peau veloutée. Elle inspira violemment, d'une façon délicieuse.

— Embrassez-moi avant qu'il ne soit trop tard, murmura-t-elle en soutenant son regard.

Kingston lui souleva le menton du bout du doigt.

Et il l'embrassa.

Parce qu'elle le lui avait demandé. Parce qu'il en avait besoin. Parce qu'il ne pouvait pas continuer de vivre sans savoir quel goût avaient ses lèvres. Sans savoir comment un simple baiser pouvait faire basculer votre univers.

Mais ce baiser… Seigneur. Ce baiser était brûlant, ensorcelant. Ses reins s'embrasèrent, alors que leurs lèvres s'étaient à peine effleurées. Quand elle entrouvrit les siennes, qu'il approfondit son baiser, qu'il put vraiment goûter à la chaleur de sa bouche, il sut qu'il allait avoir des problèmes. Chaque effleurement exacerbait son désir.

Son cœur battait à tout rompre.

Son sexe tendu devenait douloureux.

Son esprit battait la campagne.

Encore, encore, encore.

Pourquoi pas ? suggéra un démon, se penchant par-dessus son épaule.

Il n'y avait aucune perspective de mariage entre eux. Adeline n'attendait aucun engagement de sa part. Elle n'avait pas de chaperon, et la nuit commençait à peine.

Il éprouva le besoin irrésistible de la prendre dans ses bras.

Aussi, il l'attira sur ses genoux et elle ne lui opposa pas la moindre résistance. Elle s'abandonna contre lui avec un petit rire, dans un bruissement de tissu. Il fut enveloppé de soie, de satin, de la douceur d'une femme, et il eut l'impression d'être au paradis.

— Cette robe est magnifique, mais elle n'est pas faite pour s'embrasser dans une voiture.

— Dès demain, je dessinerai une robe pour ce genre d'occasions.

Sur ces mots, elle l'embrassa passionnément. Il était trop enivré par le plaisir de la tenir contre lui pour penser au fait qu'elle ferait des centaines de robes dans cet objectif, et qu'il ne la verrait jamais porter l'une d'entre elles. Pas une seule.

Il se contenta de l'embrasser.

De la serrer contre lui.

Il explora la courbe de son épaule nue, et passa une main sur sa poitrine. Poussant un gémissement, elle se cambra pour mieux s'offrir à ses caresses. Il fit glisser le corsage sur ses seins, afin d'en taquiner la pointe. Il prit les deux globes au creux de ses mains, saisit un mamelon entre ses lèvres et la fit gémir de plaisir.

— Adeline…, chuchota-t-il. Je veux vous toucher.

Ses doigts s'aventurèrent sur ses jambes, agrippant la chair douce de ses cuisses.

— Oui…

Il s'insinua au plus secret de son corps. Sa chair était déjà chaude et humide, et il se mit à la caresser lentement, lui faisant subir une délicieuse torture.

— Oh ! mon Dieu, laissa-t-elle échapper dans un soupir, lorsque ses caresses s'intensifièrent.

— Non, je ne suis que duc, en fait, murmura-t-il en souriant.

Elle rit, et son rire se transforma en un grognement de plaisir lorsqu'il insinua un doigt en elle, doucement, puis en accélérant ses mouvements. Il trouva le point secret de son plaisir, et elle rejeta la tête en arrière en soupirant. Elle agrippa les revers de sa veste, comme si elle était sur le point de se noyer, et accompagna ses mouvements. Elle l'embrassa.

Kingston aurait voulu plonger en elle. Il continua de la caresser et de l'embrasser, jusqu'à ce qu'elle pousse un cri de plaisir.

Pour la première fois de sa vie, il eut une impression de puissance.

Il lui avait donné du plaisir. Cela n'avait rien à voir avec son titre, son nom, ou son héritage. Ce triomphe lui appartenait, à lui seul.

La voiture s'arrêta.

Adeline s'affaissa contre lui, pressant les seins contre son torse. Elle avait les bras noués autour de son cou, ses lèvres cherchaient les siennes.

Peut-être, songea-t-il.

Peut-être ne tenait-il pas autant qu'il le croyait à l'honneur et à la noblesse.

Peut-être se moquait-il de ses devoirs envers les autres.

Peut-être voulait-il égoïstement profiter du plaisir qu'elle lui offrait maintenant… ou pour toujours.

Peut-être ne voulait-il pas vraiment être l'homme qu'il s'efforçait d'être.

À cause de toutes ces pensées qui tourbillonnaient dans sa tête, Kingston sut que le moment était venu de dire adieu à Adeline.

Une bonne fois pour toutes.

Chapitre 17

Le secret entourant la mystérieuse compagne du duc de Kingston a enfin été levé. Et détail d'importance pour nos lectrices, le nom de sa couturière a aussi été révélé. Vous pourrez trouver cette merveilleuse créatrice de mode à La Maison d'Adeline, dans la 19e Rue, près du Ladies' Mile.

– The New York World

Deux semaines plus tard
Boutique « La Maison d'Adeline »

Leur arrangement insensé avait fonctionné. C'était incroyable, mais vrai. Une fois que le nom et l'adresse du magasin furent donnés dans l'article de Jennie Jones, toutes les New-Yorkaises à la pointe de la mode firent une descente dans la boutique dans un tourbillon de soie, de chapeaux et de manchons. Elles réclamèrent des robes de soirée, des robes de cocktail, et commandèrent des ensembles de promenade par douzaines. Elles voulaient toutes des robes avec des poches.

Adeline était occupée du matin au soir. Elle dessinait

des modèles et les adaptait à la morphologie de chacune de ses clientes. Avec l'aide de Rose, elle supervisait un nombre toujours grandissant de couturières qu'elle avait engagées, puis formées à la coupe, la couture et la broderie. D'autre part, Adeline devait apprendre à régler les problèmes de comptabilité au fur et à mesure qu'ils se présentaient, en s'appuyant sur le don de Rachel pour les chiffres. L'aide de certaines dames du Club portées sur les affaires se révéla inestimable.

Adeline réalisait son rêve. Celui-ci était plus épuisant et plus satisfaisant qu'elle ne l'avait imaginé. Elle était maîtresse de son propre empire, et indépendante.

Elle n'avait pas le temps de penser au duc.

Pas même une minute.

À peine avait-elle le temps de respirer.

Pourtant, Brandon-Kingston occupait sans cesse ses pensées. Malgré elle. Alors qu'elle parcourait la ville, elle se demandait si elle allait une fois de plus tomber sur lui par hasard. Pendant qu'elle prenait les mesures d'une cliente, elle souriait en pensant au jour où elle avait pris les siennes. Pour une femme qui affirmait n'éprouver aucun intérêt pour les histoires d'amour et pour le mariage, elle pensait beaucoup à lui.

Le mariage en lui-même ne l'intéressait toujours pas. Il en allait différemment, toutefois, pour les moments d'intimité avec le duc. Lorsqu'elle était sur le point de s'endormir le soir, elle pensait à lui. Elle fermait les yeux, et revivait ces délicieux instants, dans la voiture. Elle se risquait à toucher son corps comme il l'avait fait. Un soir, elle atteignit le summum du plaisir en imaginant ce qui se serait passé s'ils ne s'étaient pas arrêtés.

C'était bon. C'était fabuleux.

Ce n'était pas assez. Son désir pour Kingston, pour ses baisers et ses caresses, semblait insatiable.

Puis le matin arrivait et elle était dans sa boutique, entourée de femmes réclamant des robes qui attireraient l'attention du duc. Elles croyaient toutes qu'Adeline détenait le secret.

Aussi n'eut-elle pas le temps de remarquer que des semaines s'étaient écoulées sans qu'elle ait reçu de ses nouvelles. Pas de messages charmants, pas d'invitations, pas de duc débarquant à l'improviste dans son magasin.

Oui, elle avait conscience de son absence.

Elle compta les jours.

Elle se reprocha de penser à lui.

Ce n'était qu'une petite pensée tenue à l'écart, mais elle en ressentait les effets, comme la piqûre accidentelle d'une épingle oubliée dans une couture. De petites piques occasionnelles et douloureuses qui lui rappelaient qu'elle n'en avait pas fini.

Adeline n'avait pas non plus le temps de lire le journal, qui rapportait en détail les déplacements de Kingston et toutes ses actions, avec une précision qui aurait dû être réservée aux faits de guerre.

Adeline ne savait rien de tout cela. Alors que ses ouvrières dévoraient avec avidité les articles sur la vie mondaine, elles veillaient par ailleurs à ce qu'elle ignore tout de la cour assidue qu'il faisait à Miss Van Allen.

Jusqu'au jour où elle l'apprit.

C'était un mercredi.

Un mercredi à trois heures et demie. L'heure la plus triste de la semaine. Lorsque la seule perspective était le travail. Adeline avait quelques minutes pour se préparer au prochain rendez-vous, avec Lady Hewitt. Celle-ci avait la mauvaise habitude de venir avec son époux, qui se montrait un peu trop enthousiaste dans son appréciation des couturières de l'atelier. Cependant, les commandes de Lady Marian augmentant à un rythme extravagant, il devenait impératif qu'Adeline reste dans les bonnes grâces de Lord Hewitt, détenteur des cordons de la bourse. Aussi s'arrangeait-elle pour éloigner les couturières et affronter elle-même le cousin de Kingston et ses mains baladeuses.

Inutile de dire qu'elle se préparait à cet essayage sans aucun plaisir.

— La mousseline de Lady Hewitt est-elle prête ? Elle a rendez-vous dans dix minutes, et…

Adeline se figea en entrant dans l'atelier. Les ouvrières n'étaient pas à leurs places habituelles. Elles s'étaient toutes regroupées autour d'un comptoir, et étaient penchées au-dessus d'un journal.

Rose et Rachel se trouvaient parmi elles. Elles avaient été rejointes par Lila et June, qui avaient connu de mauvaises passes dans la vie, mais qui cousaient bien et étaient d'adorables camarades dans l'atelier. Et Margaret, qui était enceinte. Adeline était contente d'avoir leur aide, et fière de pouvoir leur offrir un salaire décent pour un travail honorable. Elles n'auraient sans doute pas pu trouver d'emploi ailleurs. Adeline préférait ne pas penser à ce qu'elles seraient devenues.

Néanmoins, aucune d'entre elles n'était au travail en ce moment. Elles étaient toutes immobiles, autour d'un exemplaire du *New York World*.

— Que se passe-t-il ? s'enquit-elle. Quelles sont les nouvelles ?

— Rien.

— Rien d'intéressant.

— Rien qui vaille la peine d'en parler.

Adeline eut du mal à le croire. D'autant plus que les titres qu'elle aperçut contenaient les mots : *mort, escroquerie, arrestations, empoisonné par du fromage.*

— Je me sens stupide d'avoir lu cela, déclara Rose. Ne fais pas la même erreur que moi, je t'en prie.

Curieux. Rose adorait les journaux, et son plaisir était de lire des extraits de certains articles à haute voix, pour les autres. Adeline en conclut qu'elle voulait à tout prix lui cacher quelque chose.

Elle tendit la main pour s'emparer du journal.

— Que me cachez-vous ?

Rachel retira vivement le journal, qu'elle cacha derrière son dos.

— Tu ne disais pas que Lady Hewitt avait rendez-vous ?

— J'espère qu'elle laissera son mari à la maison, marmonna Lila.

Personne ne la contredit.

— Est-ce que cela concerne la boutique ? Quelqu'un a écrit un article désagréable ? J'ai eu l'impression que Miss Delamere n'était pas vraiment contente de sa robe. A-t-elle dénigré notre travail ?

— Tu ne penses qu'au travail. Aux robes, et au travail, dit Lila.

— Je n'ai pas le temps de m'amuser. Vous le savez toutes. Alors, qu'y a-t-il dans ce journal ?

— Oh ! c'est juste quelque chose à propos du duc. C'est de l'histoire ancienne maintenant, n'est-ce pas ?

Ah, oui. Bien sûr.

C'était *toujours* à propos du duc.

Et non, ce n'était pas de l'histoire ancienne pour elle.

— Oh. Comment va-t-il ? Toujours grand, brun, superbe, et le meilleur parti de la ville ?

Elle était bien décidée à ne pas penser à lui. Et si ce n'était pas possible, elle pouvait toujours faire comme si elle ne se souciait pas de lui. Donc, où était le problème, si elle ne l'avait pas vu depuis au moins deux semaines ?

— Pour cet article…, bredouilla Rose.

— Quoi ? Qu'a-t-il de spécial, cet article ?

Adeline s'empara du journal. Tout d'abord, elle regarda la date… C'était celui de la veille. Puis elle parcourut rapidement plusieurs titres. *Une guerre éventuelle…* bla-bla-bla. *Un tueur en série…* bla-bla-bla…

Puis elle vit l'article en question :

> *Ceux qui suivent nos publications ne seront pas étonnés d'apprendre que le duc de Kingston a été vu dans la boutique de Mr Tiffany, à Union Square. Nous doutons qu'il se soit trouvé là pour acheter une lampe. Les personnes qui ont observé la cour qu'il faisait à Miss Van Allen auront compris que la demande en mariage est imminente.*

Adeline demeura immobile, consciente que sa troupe de couturières avait les yeux braqués sur elle et guettait sa réaction. Allait-elle jeter en l'air les patrons et les robes en cours de confection ? Faire une crise de nerfs ? S'effondrer sur le sol en sanglotant ?

Non. Il n'était pas question de se donner en spectacle.

Même si elle sentait ses genoux trembler.

À la minute où elle s'était abandonnée entre ses bras, elle avait su qu'il n'y avait pas d'avenir possible pour eux. Et c'était très bien ainsi, car elle n'avait pas l'intention de sacrifier son indépendance pour un mari ou un amant. Elle avait su alors même qu'ils se promenaient dans le parc, puis quand elle avait fait mine de prendre ses mesures, qu'il n'y aurait rien de plus entre eux qu'un joyeux badinage et des baisers passionnés. Elle le savait aussi lorsqu'il l'avait amenée au summum de la jouissance, lui donnant un plaisir dont elle n'avait jamais soupçonné l'existence.

Elle le savait. Et pourtant, cela n'atténuait en rien le choc qu'elle ressentait en ce moment. La vérité lui fit l'effet d'un coup de poing en pleine poitrine et lui coupa la respiration. Elle était amoureuse de lui, il était temps de le reconnaître. Son désir pour lui était si violent qu'il la tenait éveillée la nuit. Et il allait épouser une autre femme. Ce qui le mettrait à jamais hors de sa portée.

Tous les sentiments qui la torturaient en ce moment, la tristesse, le regret, le désir, la sensation d'avoir le cœur brisé… elle les éprouvait pour une seule raison. Elle avait oublié de respecter les règles de base.

C'était sa faute.

Les hommes vous détournaient de votre but.

Cela aussi, elle le savait. Miss Burnett, Mme Chalfont avaient raison.

Elle ne pouvait rien avouer de tout cela, naturellement. Surtout pas devant toute une équipe de couturières qui retenaient leur souffle en guettant sa réaction.

Elle reposa délicatement le journal.

— Je leur adresse mes plus sincères félicitations.

— Devons-nous leur envoyer des fleurs, ou une carte ? demanda Lila.

— Ne nous emballons pas, marmonna Adeline.

Chapitre 18

Mrs Van Allen prépare déjà le mariage de sa fille avec le duc de Kingston. Celui-ci ne tardera pas à faire sa demande.

– The New York World

Plus tard dans l'après-midi
Hôtel de la Cinquième Avenue

La suite du duc offrait une vue splendide sur la Cinquième Avenue et Madison Square Park, inondés par les rayons du soleil couchant. Cependant, l'attention de Kingston et de Freddie était fixée sur un minuscule objet que le duc tenait au creux de sa main.

Kingston le toucha avec délicatesse. La surface était lisse mais ferme sous ses doigts. Puis il s'écarta pour permettre à Freddie de l'examiner à la lumière.

— Tu crois qu'elle lui plaira ?

Il fallait absolument que la bague soit au goût de la jeune fille.

— Comment pourrait-elle ne pas apprécier les bijoux de famille des Kingston ? s'exclama Freddie.

Le diamant scintillait au soleil. La pierre de taille princesse était fixée dans un anneau en or jaune et entourée par des saphirs d'un bleu profond. Le tout, après avoir été remonté et poli par Mr Tiffany lui-même, avait été disposé dans un écrin de velours.

Le bijou témoignait de la richesse, du prestige, de la gloire de la famille, et laissait entrevoir un avenir grandiose.

— La toiture de Lyon House fuit, mais nous possédons toujours les bijoux de famille, dit sèchement Kingston. Ma mère s'est évanouie – et ce n'est pas une façon de parler – quand j'ai suggéré d'en vendre certains pour liquider nos dettes.

— Le sens des priorités.

— Il me faut une bague digne d'une future duchesse. Celle-ci doit surpasser tous les autres bijoux que possède Miss Van Allen.

— Elle les surpassera par sa taille, c'est certain.

Ce serait le mariage de la Saison. Le duc anglais allait épouser Miss Van Allen, la plus riche et la plus belle héritière de New York. Après ses erreurs évitées de justesse avec Miss Olivia Watson et Miss Elsie Pennypacker, sans parler de l'attirance perturbante qu'il éprouvait pour Miss Black, Kingston avait enfin trouvé une fiancée à sa convenance. Celle-ci lui donnerait la fortune dont il avait besoin, probablement un héritier, un ou plusieurs autres enfants, et un joli visage à contempler le matin au petit déjeuner.

Tout fonctionnait comme prévu.

Il aurait dû être aux anges.

Kingston n'avait pas encore fait sa demande officiellement, mais il s'était entretenu avec le père de la jeune fille et savait que Mrs Van Allen avait déjà réservé Grace

Church pour un dimanche de juillet. Déjà, on parlait de robe de mariage, de liste d'invités, d'une lune de miel dans le cottage familial de Newport.

De son côté, Kingston formait des projets précis sur la manière d'employer la future dot, dont le besoin se faisait de plus en plus sentir. Un feu avait récemment causé d'importants dégâts dans ses écuries. Grâce au ciel, ni les chevaux ni les valets n'avaient été blessés, mais cela constituait de nouvelles dépenses urgentes. En dépit de ses avertissements, sa mère avait acquis la cape d'hermine qu'elle convoitait, ainsi qu'une robe assortie et un chapeau pour compléter la toilette. La couturière exigerait que ses employées soient payées, c'était la moindre des choses.

Adeline…

Il avait de bonnes raisons, des raisons nobles et honorables, d'épouser une femme qu'il n'aimait pas. Il serait aimable, fidèle, et s'efforcerait d'être un bon époux. Il utiliserait la dot de celle-ci à bon escient, et ne la gaspillerait pas. Avant d'avoir rencontré Adeline, Kingston avait cru que cela suffirait à faire un bon mariage. Mais maintenant, il avait l'impression d'escroquer Miss Van Allen.

Peut-être même de se léser lui-même.

S'il avait su, en mettant le pied dans cet ascenseur, qu'Adeline l'obligerait à revoir sa conception du mariage et son avenir, serait-il entré quand même dans la cabine ? Se serait-il laissé charmer, envoûter, transformer ?

Pouvait-il poursuivre ses plans de mariage, bien qu'il ait connu quelque chose ressemblant à l'amour ?

Ces questions étaient à l'origine de son manque de sommeil. Et elles expliquaient qu'il n'ait pas encore présenté sa demande, alors que tout le monde attendait qu'il le fasse.

— Quand lui demanderas-tu sa main ? dit Freddie. Je suppose que cela devient urgent.

— Bientôt.

Dès qu'il pourrait cesser de penser à Adeline. Ou peut-être au plus vite, afin de cesser de penser à elle, justement. Il avait brusquement coupé court à leur relation après ce baiser dans la voiture. Quelle raison aurait-il eue de la revoir, sinon pour être torturé par l'envie de l'embrasser de nouveau ? Il se disait que la distance lui épargnerait des interrogations douloureuses sur un éventuel avenir avec elle.

Il se trompait.

Terriblement. Et cela lui faisait mal.

Il pensait sans cesse à elle.

— Bientôt, répéta-t-il d'une voix ferme. Dans la semaine, dès leur retour de Newport. Je suppose que sa mère voudra avoir le temps d'organiser un bal, pour annoncer les fiançailles.

— Il n'y a pas d'amour sans logistique.

— Tu sais très bien que l'amour n'a rien à voir avec tout cela.

— Tu te trompes, rétorqua vivement Freddie, prenant Kingston de court. L'amour a tout à y voir, au contraire. Tu n'aimes peut-être pas encore ta fiancée, mais tu fais cela par amour pour ton domaine, pour ta famille, pour tes fermiers, pour ton héritage. Pour ton honneur. Ton devoir. *Par amour.*

Kingston sentit son cœur se serrer. L'amour. Bien sûr.

C'était bien le genre de son cousin, de le surprendre avec une remarque aussi inattendue.

— Vu sous cet angle…, marmonna-t-il, la gorge nouée par l'émotion.

— Assez parlé sentiments. Allons célébrer tes fiançailles prochaines et la fin de ta liberté. Je connais l'endroit idéal.

Ils étaient sur le point de sortir, quand des coups furent frappés à la porte.

— Tu attends quelqu'un ?

— Non.

Ils entendirent de l'agitation dans le couloir. Freddie pencha la tête de côté.

— Est-ce ce que je pense ?

— Oh ! bon sang, oui, répondit Kingston en fermant les yeux.

Et en faisant la grimace.

Des voix de femmes résonnèrent dans le hall. L'accent était anglais. Deux d'entre elles se chamaillaient, et une autre, plus grave, tentait de les apaiser.

La porte s'ouvrit à la volée.

Ses sœurs.

Ses deux sœurs et sa mère. Elles étaient là. À New York. Elles arrivaient à l'improviste.

Il s'était bien douté que le fait de ne plus recevoir de télégrammes n'était pas forcément bon signe.

— Mère. Mes sœurs chéries. Vous n'êtes pas à Londres.

— Nous tenions absolument à découvrir New York ! s'exclama Nora, en traversant la pièce d'un pas décidé pour aller admirer la vue depuis la fenêtre.

— J'ai bien réfléchi, mon chéri…

La duchesse ôta son chapeau, décoré d'un affreux assortiment de plumes multicolores. Il se demanda combien d'oiseaux exotiques avaient perdu la vie pour que sa mère soit à la pointe de la mode…

Ah, Miss Van Allen avait déjà de l'influence sur lui.

— J'ai décidé que je ne pouvais pas laisser mon fils unique prendre seul une décision aussi monumentale... Il s'agit tout de même de porter le titre de duchesse à ma place. Dans de telles circonstances, les conseils d'une mère sont... irremplaçables.

— Et nous voulions voir New York, expliqua Clara en se laissant tomber sur le canapé, comme si elle était chez elle.

— De plus, Clara projetait de s'enfuir avec un universitaire sans fortune, qui étudie la philosophie, chose complètement inutile, déclara Nora. Il fallait l'arrêter.

— Nous nous aimons !

— Et puis, il y avait ces créanciers qui nous harcelaient, murmura leur mère.

— Ils vous harcelaient ?

— Oui. Et ton secrétaire refusait de m'octroyer des crédits supplémentaires pour ma couturière. Je ne peux tout de même pas être la seule femme à Londres qui ne possède pas d'étole de renard ! Nous sommes les Kingston, nous avons un rang à tenir, après tout.

— Et quel oiseau rare vous a fourni les plumes de ce chapeau ?

— Oh ! comment le savoir ? Il te plaît ? C'est la dernière mode, à Londres.

— Les épingles du chapeau sont garnies de pierres précieuses, précisa Clara.

— Tout cela paraît très onéreux.

— Tout ce qui est beau est cher.

Sa mère lui tapota la joue d'un air affectueux, comme s'il était encore un petit garçon. Alors qu'il était adulte, chef de famille, chargé de contrôler ses dépenses et de sauver un empire en déclin.

— Mère, avez-vous eu l'impression de vivre comme un animal en cage, avec père ? Est-ce la raison pour laquelle vous voulez des capes d'hermine et des étoles de renard ?

Les trois femmes se figèrent, bouche bée, et le fixèrent d'un air stupéfait.

— Où vas-tu chercher ces idées farfelues ?

— Cela m'a simplement effleuré l'esprit, un jour.

— C'est le type de remarque qu'aurait pu faire Miss Black, marmonna Freddie.

Kingston se tourna vivement vers son cousin. Comment pouvait-il savoir ce qu'aurait dit Adeline ? Il ne s'était pas rendu compte que Freddie la connaissait aussi bien. Et il ne s'attendait pas à ce que cette idée fasse naître en lui un tel accès de jalousie.

En admettant qu'il y ait… *quelque chose*, entre Freddie et Adeline, qu'est-ce que cela pouvait bien lui faire ? Son cousin n'était pas fidèle à son épouse, mais lui le serait. Kingston était bien décidé à sacrifier son bonheur et à faire son devoir, pour tous ceux qui comptaient sur lui.

Son choix était fait. Il avait réfléchi, soupesé les différentes options, et pris sa décision.

Il referma la main sur la bague à l'intérieur de sa poche, comme si c'était sa planche de salut.

Miss Alice Van Allen, voulez-vous m'épouser ?

Pour les plumes. Pour les oiseaux.

Sa mère avait eu besoin de distractions pour oublier sa vie désastreuse avec son mari. Il ne pouvait lui refuser quelques fanfreluches.

Clara et Nora pourraient se marier par amour. Honorablement.

Les métayers pourraient continuer d'exploiter leurs terres.

Lyon House aurait une nouvelle toiture.

Tout cela était bien plus important que son bonheur personnel.

Chapitre 19

Beaucoup de New-Yorkais aiment échapper au tumulte et à l'effervescence de la cité en se réfugiant dans les jardins qui prolifèrent depuis quelque temps sur les toits des théâtres.

– *The New York World*

Plus tard, ce soir-là

Le duc de Kingston avait besoin de se divertir. Entre ses prochaines fiançailles non souhaitées et l'arrivée inattendue de sa mère et de ses sœurs, prendre un verre devenait indispensable. Il accepta avec joie la suggestion de Freddie, qui lui proposa d'aller retrouver quelques amis, les Fripouilles Millionnaires, comme la presse les avait surnommés, pour une nuit de beuveries et d'amusement.

Ce serait probablement son baroud d'honneur.

Un adieu à ses années de célibat.

Ce soir, ils évitèrent les lieux fréquentés par la haute société, et choisirent des repaires plus « démocratiques », où ils pourraient écouter de la musique, voir un spectacle, boire un verre, et s'imprégner de la vitalité de la ville. Kingston se joignit donc à cette joyeuse troupe de jeunes hommes riches et chahuteurs, et déboula avec eux au Théâtre du Casino à Broadway. Ils jetèrent un coup d'œil au spectacle musical, *La Belle de New York*, puis ils gravirent les étages.

Kingston n'avait jamais rien vu de tel. Un jardin avait été installé sur le toit du théâtre. Tout le monde pouvait se procurer une boisson, s'amuser, trouver de la compagnie, ou tout simplement profiter de l'air frais et d'un calme relatif. Deux denrées rares dans la touffeur et le vacarme incessant de la ville. C'était un moment de répit agréable pour ceux qui restaient chez eux, car ils n'avaient pas la possibilité de quitter New York pour séjourner dans leur cottage de Newport, par exemple. Ce lieu n'était pas réservé aux Quatre Cents, ni aux hommes. Il était ouvert à tous.

Depuis ce poste d'observation, Kingston pouvait contempler la ville qui l'entourait. Certains immeubles s'élevaient à la hauteur de ses yeux, d'autres l'obligeaient à lever la tête. Dans la rue, on se sentait fréquemment submergé, écrasé par la force, la taille, la puanteur de la mégapole. Mais quand on se tenait à cette hauteur, et qu'on contemplait ces immenses bâtiments construits par des anonymes tenus par la force de l'ambition, du désespoir et du travail, on éprouvait le désir de conquérir la ville. Et cette idée vous faisait pousser des ailes.

Lorsqu'un homme découvrait quelque chose de nouveau et d'excitant pendant un voyage, son instinct le poussait à partager sa découverte avec quelqu'un. Kingston ne faisait pas exception à la règle. Le problème, c'était qu'il aurait aimé partager cela avec Adeline. *Ce spectacle de soleil couchant n'est-il pas éblouissant ? Non, il n'existe rien de tel à Londres. Vous imaginez avoir l'idée de construire quelque chose comme cela, qui n'a encore jamais été inventé ? Oui, je pense que vous pouvez l'imaginer, Adeline…*

Freddie et les Fripouilles s'étaient éparpillés, à la recherche de jolies femmes avec lesquelles engager la conversation. De son coin, près de la rambarde, Kingston les regarda rire, flirter, boire, et se comporter comme si leurs actes n'avaient pas de conséquences, comme si les fortunes étaient éternelles. Il repéra quelques gentlemen rencontrés au club, ou dans des réceptions. De toute évidence, eux aussi cherchaient des femmes avec qui passer la nuit.

Ce lieu représentait un moment de plaisir éphémère. Il n'avait rien à voir avec le devoir.

— Kingston ! cria soudain Freddie. Regarde qui j'ai trouvé !

Le duc se tourna vers son cousin qui agitait les bras avec enthousiasme, au mépris de toute dignité. Mais il fallait admettre que c'était la seule façon d'attirer l'attention de quelqu'un, dans une telle foule.

Après tout, ils n'étaient pas dans la salle de bal de Mrs Astor.

Freddie, toujours égal à lui-même, n'était pas seul. Et il ne manquait pas de compagnie féminine. Il se trouvait entouré par trois beautés brunes que Kingston reconnut.

Adeline ? Elle se tenait, rigide, à côté de Freddie qui lui avait passé un bras autour de la taille. Ses amies l'accompagnaient. Rose, qui avait l'avantage d'être le plus mauvais chaperon au monde, et la très raisonnable Rachel (*Miss Abrams*, comme elle avait exigé qu'il l'appelle).

Bon sang. De tous les toits-terrasses de Manhattan, il avait fallu qu'ils choisissent le même ! Le même soir.

À la même heure, entre chien et loup. S'il avait été superstitieux, il aurait cru que c'était un coup du destin. Mais en fait, c'était juste le quotidien dans une ville comme New York.

— C'est notre soir de chance ! s'exclama Freddie, tout sourire.

Un soir de chance, en effet.

— Quelle surprise de se retrouver ici, fit remarquer Kingston.

Le seul fait de voir Adeline le ramenait au rang d'un homme ordinaire, confronté à la femme qui lui faisait battre le cœur.

— Il faudrait que nous arrêtions de nous rencontrer par hasard, dit-elle avec un petit rire.

Il arqua les sourcils.

— Vraiment ?

Rose parut charmée.

— Nous sommes sortis faire une dernière virée en ville, avant que mon cousin ne fasse sa demande et ne s'engage pour toujours, expliqua Freddie avec un sourire démoniaque.

Un bref silence suivit ces paroles.

— Je suppose que les félicitations sont de rigueur, dit Adeline.

— Il est encore trop tôt pour cela, répondit Kingston en soutenant son regard.

— Vous ne lui avez pas encore demandé sa main ?

Il n'aurait su dire si elle répétait les mots de leur première rencontre, ou si elle posait vraiment la question.

— Il a la bague. Mais il n'a pas encore la fille, répondit Freddie à sa place. Pour une raison mystérieuse, il traîne encore les pieds.

— Quelle est cette raison ? Je me le demande, fit remarquer Rose, d'un ton plein de sous-entendus.

— Franchement, je ne vois pas, ajouta Rachel.

— Cela défie la logique et la raison, déclara Adeline.

— Des boissons ? suggéra Kingston. Que diriez-vous d'un verre ? Du champagne, peut-être ?

Il envoya Freddie en chercher une bouteille. Avec un peu de chance, son cousin se laisserait distraire en route par quelqu'un d'autre, et le laisserait seul avec Adeline et ses amies.

Rose et Rachel encadraient celle-ci, tels des anges gardiens risquant de perdre leurs ailes s'ils détournaient les yeux un seul instant. Il ne parviendrait pas à passer un moment en tête à tête avec Adeline, ce soir. Ses amies, aussi adorables qu'intimidantes, ne laissaient planer aucun doute sur ce point.

— Ça par exemple, n'est-ce pas le duc de Kingston ? dit Rose en faisant un pas pour l'enfermer dans le cercle qu'elles formaient autour de lui.

— Le meilleur parti de la ville, ajouta Rachel.

— L'objet de tous les rêves et de tous les fantasmes.

— Arrêtez ! s'exclama Adeline, en rougissant. Vous me gênez.

— C'est moi qui devrais être gêné. Je ne serai jamais à la hauteur de commentaires aussi flatteurs. À moins que je ne sois l'objet de tous *vos* rêves et *vos* fantasmes ?

Les joues d'Adeline s'empourprèrent un peu plus, confirmant qu'il était bien au centre de ses pensées. Kingston sentit sa poitrine se gonfler d'orgueil.

— Apparemment, c'est moi qui vous taquine, à présent, murmura-t-il.

— Adeline nous a tout dit sur vous, déclara Rose, volant au secours de son amie.

— Vraiment ?

— Si nous ne changeons pas tout de suite de conversation, je vais mourir de honte, dit Adeline.

Mais les autres l'ignorèrent.

— Oh ! oui, enchaîna Rachel avec un regard malicieux. Elle nous a parlé pendant des jours de l'excellente coupe du costume que vous portiez le jour de votre rencontre.

— Elle n'a parlé que de mon costume, et non de ce qu'il contenait ?

— Adeline a un sens des priorités très personnel.

— Oui, renchérit celle-ci. C'est une question de priorités.

Ses joues rouges laissaient deviner qu'elle ne pensait plus du tout à la qualité de son costume, mais plutôt à ce qu'il cachait. Des rêves et des fantasmes, en effet.

Il était important pour Kingston de savoir que ce « quelque chose » entre eux était un sentiment réciproque. On se débarrassait plus facilement d'un béguin à sens unique que d'une profonde attirance mutuelle.

Mais il était trop tôt dans la soirée pour commencer une telle discussion.

— Qu'est-ce qui vous a poussées à sortir toutes ensemble, ce soir ?

— Des ouvrières ne peuvent-elles sortir, après avoir passé la journée à coudre ?

— Par une belle soirée comme celle-ci, comment rester enfermée chez soi ?

— Si quelqu'un mérite de se divertir, ce sont bien les demoiselles de La Maison d'Adeline, reconnut-il. Je vois vos robes partout, à présent. Dans les bals, les réceptions, et même à l'église le dimanche. Je ne peux cesser de penser à vous.

— Quelle torture ce doit être ! s'exclama Rachel.

— Vous n'en avez pas idée.

— Oh ! comme il est romantique, ajouta Rose.

— Arrêtez, nous allons nous évanouir, reprit Rachel.

— N'avez-vous pas des flacons de sels, dans vos fameuses poches ?

— Je pensais que vous en aviez aussi, monsieur le duc, avec toutes les dames qui se pâment sur votre passage, fit remarquer Adeline.

— Je n'en ai pas ce soir, hélas. Donc, ne vous laissez pas submerger par les émotions. Mais je vois beaucoup de femmes ici qui portent les créations de votre atelier. Peut-être en ont-elles glissé dans leurs poches ?

— Nous avons du mal à répondre à la demande, annonça fièrement Rose. Vous ne pouvez imaginer la longueur de notre liste de commandes.

— Notre agenda est plein, ajouta Rachel. Je vous le dis, au cas où vous seriez d'humeur à prendre un nouveau rendez-vous pour un essayage.

— Je vous félicite pour votre succès ! déclara-t-il en riant. Je souhaite que votre carnet de rendez-vous soit toujours bien rempli.

Il était parfaitement sincère et formait des vœux de réussite pour elles. Ces femmes avaient beaucoup travaillé. Elles avaient passé des heures à coudre et à assembler des robes, elles avaient pris le risque de créer quelque chose de nouveau, et de le présenter au monde. Aussi, elles méritaient bien de savourer leur succès.

Ces femmes étaient vraiment parties de rien. Adeline avait raison. Il avait cru être fauché lorsque son club lui réclamait sa cotisation annuelle. Mais il n'avait jamais connu la peur de perdre son gagne-pain, ou de ne pas avoir d'endroit où dormir. Il se rendait compte maintenant de ce que cela représentait pour elles.

Il espéra que cette entreprise leur rapporterait beaucoup d'argent. En fait, il ne savait pas du tout combien pouvait gagner une couturière. Il déboursait des sommes faramineuses pour les toilettes de sa mère et de ses sœurs. Et ils ne représentaient qu'une seule famille. Apparemment, La Maison d'Adeline était devenue le fournisseur principal des Quatre Cents.

Adeline n'avait plus besoin de lui.

Cette idée aurait dû le rendre malheureux. C'était tout le contraire. Il se sentait… désiré.

La soirée avançait. Freddie finit par revenir avec le champagne, et ils prirent tous un verre ensemble. Puis son cousin repartit à la recherche de jeunes femmes plus disponibles. Rose et Rachel se mirent à l'écart pour parler du nouveau soupirant de Rose. Adeline et Kingston se retrouvèrent seuls à contempler la vue fantastique du soleil couchant sur les toits de New York.

— Mes amies vous aiment bien, dit Adeline.

— Je les aime bien aussi.

— Elles comptent beaucoup pour moi. Elles ont pris un grand risque en décidant de venir me rejoindre dans la nouvelle boutique. Je sais ce qu'elles avaient à perdre, et je ne leur en aurais pas voulu si elles étaient restées chez Mme Chalfont.

— Elles savaient que vous valiez la peine qu'on prenne un risque pour vous.

— Je suis contente que vous soyez de cet avis, dit-elle doucement.

Kingston ne sut quoi répondre, mais il fut profondément touché.

Adeline avait-elle espéré que quelque chose change de son côté ? Et peut-être les choses changeaient-elles, en fait. Elle lui ouvrait les yeux, le poussait à voir de nouvelles opportunités qu'il aurait manquées sans cela, car il était obsédé par l'idée de trouver une héritière.

Ces femmes, par exemple… seules dans cette grande ville, qui ne dépendaient de personne et ne comptaient que sur leur talent et leur intelligence… Elles avaient pris tous les risques, pour Adeline. Kingston s'était cru courageux, mais à côté de ces filles il faisait pâle figure.

— Il semble que leur audace a été récompensée, dit-il.

Cela lui donnait à réfléchir. Il était remarquable que ces femmes aient atteint un tel succès, alors que contrairement à lui, elles possédaient si peu au départ. Il songea à toutes les excuses qu'il avait invoquées de son côté.

— Cette ville a quelque chose de spécial, dit Adeline en s'accoudant à la balustrade pour contempler les bâtiments.

Un sourire lui effleura les lèvres, et elle lui lança un bref coup d'œil de côté.

— C'est un endroit où les risques les plus grands sont mille fois récompensés. Toutes ces grandes fortunes ont été acquises par des prises de risques considérables. Et pour être honnête, en profitant aussi de la malchance des autres. La leçon que j'en tire, c'est qu'il faut saisir les opportunités quand elles se présentent. Même si vous avez l'impression que vous êtes fou et que votre cœur va cesser de battre.

— Cela ressemble à un défi.

— Comprenez ce que vous voudrez, monsieur le duc, dit-elle en s'approchant de lui.

Il trouva la main d'Adeline entre les plis de sa robe, et la saisit.

— Aucune femme ne m'avait lancé de défis comme vous le faites.

— Est-ce bien ou mal ?

Kingston lui caressa la paume du bout du pouce. C'était un effleurement léger, mais il avait besoin de ce contact avec elle. Il vit ses traits s'adoucir.

— Tout ce que je peux dire, c'est que je ne pense qu'à vous, Adeline.

Elle leva la tête et rencontra son regard.

— Je mentirais si je disais que vous êtes sorti de mes pensées, avoua-t-elle à mi-voix.

Il aurait voulu que ce moment se prolonge indéfiniment.

Il voulait l'embrasser. Ici. Maintenant. Toujours.

La prendre dans ses bras, l'emmener dans un lieu préservé, caché. Sa chambre d'hôtel, peut-être. Ou bien son pavillon de chasse en Écosse.

Il fallait qu'il admette à quel point il la désirait. Ce n'était pas que du désir, bien que celui-ci soit d'une intensité qu'il n'avait jamais éprouvée. Ce qu'il ressentait ressemblait à de l'amour. Et l'amour, c'était bien connu, rendait les hommes fous, déraisonnables, fantasques. Et leur soufflait les idées les plus absurdes.

Par exemple, renoncer au projet extrêmement sensé et réfléchi d'épouser une héritière, en pensant qu'il existait une autre façon d'obtenir la fortune dont il avait besoin. En faisant cela, il mettrait en jeu toutes ses propriétés, des siècles de privilèges, le duché, son prochain mariage, l'avenir qu'il avait toujours envisagé.

Le regard qu'il portait sur lui-même était remis en cause. Depuis qu'il était enfant, il avait toujours été docile, le fils idéal. Il était devenu un duc responsable, sur qui tout le monde pouvait s'appuyer.

Un gentleman respectable, qui n'envoyait pas tout promener pour une jolie fille de New York.

Ou peut-être que si ? Peut-être qu'après tout, il était bien le genre d'homme à foncer tête baissée pour celle qui faisait battre son cœur.

Adeline. Oh ! Adeline… Ces lèvres pulpeuses lui rappelaient leur baiser passionné. La façon dont elle le regardait, les yeux pétillants, lui laissait croire que tout était possible. Le ciel de Manhattan se détachait derrière elle. Des immeubles s'élevaient de plus en plus haut, certains en construction, laissant entrevoir tant de promesses. La ville venait d'être équipée de l'électricité. Un paysage nouveau s'élevait, fait par ceux qui osaient créer ce qui n'avait encore jamais existé, qui osaient suivre leurs rêves.

Serait-il capable de faire comme eux ?

Chapitre 20

Tout le monde en ville ne parle plus que du prochain bal masqué donné par Mrs Carlyle. Cette hôtesse nous promet une soirée grandiose, un luxe encore jamais vu. Cela promet.

– The New York World

Boutique « La Maison d'Adeline »

La duchesse douairière de Kingston vint le jour suivant. Sans le duc, mais avec ses deux filles. Les trois dames firent leur entrée dans la boutique dans un tourbillon de soie, de dentelles, et de froissements de jupons. Dans un joyeux babillage teinté d'un accent anglais prononcé, elles expliquèrent qu'elles venaient d'arriver et qu'elles avaient désespérément besoin de nouvelles robes adaptées à la haute société new-yorkaise.

Kingston ne les accompagnait pas, car il avait déjà passé plus de temps en ces lieux qu'il n'était convenable pour un gentleman. Et certainement aussi parce que la plupart des hommes considéraient ces visites chez une couturière comme une torture.

Sans oublier ce qui s'était passé la veille.

Il ne s'était rien passé, en fait. Rien qui vaille la peine qu'on l'écrive et qu'on l'imprime dans les journaux. Rien non plus qui puisse alimenter les commérages. Cependant, Adeline avait perçu un changement chez Kingston. Son obsession pour le mariage avec une héritière commençait à faiblir. Il envisageait d'autres possibilités. La ville avait un certain effet sur lui. Adeline aussi, peut-être. Elle lui ouvrait les yeux, lui présentait des défis, l'invitait à rester.

Et maintenant sa mère et ses sœurs étaient là, dans le but d'acquérir de nouvelles robes à La Maison d'Adeline. Alors même qu'une idée scandaleuse et ahurissante tarabustait la maîtresse des lieux.

Et brusquement, les mots franchirent ses lèvres.

Aussitôt, la duchesse et ses filles ressortirent, indignées, avec leurs dentelles, leurs jupons, et leurs chapeaux ornés de plumes. Adeline n'aurait pas l'honneur d'habiller ces fières aristocrates.

Elle retourna dans l'atelier, s'adossa au mur, ferma les yeux et poussa un long soupir.

— Que s'est-il passé ? demanda Rose en levant le nez de son ouvrage.

— J'ai refusé d'habiller la duchesse de Kingston.

— Tu as refusé d'habiller une duchesse ? *La* duchesse ? s'exclama Rachel, consternée.

— Oh mon Dieu… Je dois m'asseoir, dit Margaret.

— C'est le bébé ?

— Non, je viens de me rendre compte que ma patronne est folle.

— Follement amoureuse, sans doute, rectifia Rachel.

Elle n'était pas aussi sarcastique qu'à son habitude. Kingston avait réussi à charmer ses amies, la veille.

Oubliant son rôle d'aristocrate prétentieux, il les avait traitées… en égales. Il s'était montré incroyablement galant.

Adeline ne contredit pas son amie.

Mais tous les regards se tournèrent vers elle. Chaque fille attendait une explication. Pourquoi refusait-elle l'honneur d'habiller une duchesse ?

— J'ai entendu plus d'une fois le duc se plaindre des factures des couturières, expliqua-t-elle. C'est une dépense qu'il a du mal à assumer. Je refuse d'ajouter mes honoraires à ses dettes.

— En réalité, tu refuses de rendre son mariage avec cette héritière inévitable, dit Rose à mi-voix.

— Tu sais, la duchesse va tout simplement aller ailleurs, ajouta Margaret. Elle s'adressera à une couturière qui n'aura pas autant de scrupules.

— Comme celle qui lui a fait l'ensemble qu'elle portait ? répondit Rachel en fronçant le nez.

La robe dans laquelle la duchesse était arrivée ne pouvait pas passer inaperçue. Les volants, les franges, les rubans, les perles, tout était fait pour attirer l'œil. Et le chapeau… Oh ! Seigneur, ce chapeau. Sa Grâce portait toute une volière sur la tête, avec en prime la flore nécessaire pour nourrir ces bestioles. Il y avait plus de nature sur son couvre-chef qu'Adeline n'en avait vu durant toute son enfance dans les quartiers sud de Manhattan. La duchesse cherchait à attirer l'attention par le seul moyen qu'elle connaissait. Ses vêtements voyants vous mettaient au défi de l'ignorer.

Les couturières, les modistes et les tailleurs devaient la voir venir de loin, et profitaient de l'aubaine.

— J'aurais peut-être dû accepter. J'aurais pu le faire,

en pratiquant des prix raisonnables. Mais elle voulait absolument un costume accrocheur pour le bal masqué. Quelque chose dont toute la ville parlerait.

— Oh ! mon Dieu.

— En effet. D'autre part, nous avons aussi une commande importante de Miss Burnett.

Ma bienfaitrice, ajouta-t-elle en elle-même.

— Sa lettre est arrivée ce matin. Elle souhaite se rendre à ce bal avec cinq de ses amies, et elles veulent des costumes assortis. Rose, tu vas devoir prendre mes mesures, car une des invitations de Miss Burnett m'est destinée.

Plus tard, le même jour

Bien que leurs vies soient curieusement liées en ce moment, Adeline n'avait jamais rencontré Miss Van Allen et sa mère. Ce qu'elle savait sur elles, elle l'avait appris en lisant les journaux mondains. Leur fortune due aux immeubles de Manhattan, leurs apparitions dans les soirées de la Cinquième Avenue, leur participation généreuse à de nombreuses œuvres charitables. Miss Van Allen se consacrait en particulier à la récolte de fonds pour la Audubon Society. La famille avait un abonnement au Metropolitan Opera, mais seulement depuis que l'ancien bâtiment, celui qui était fréquenté autrefois par les familles de Knickerbockers, avait été démoli.

Bien qu'elle n'en ait aucune preuve, Adeline aurait parié que Mrs Van Allen avait un abonnement au *Titled American*, un magazine consacré aux Américaines qui avaient épousé des aristocrates anglais, et qui publiait régulièrement les noms de célibataires nobles, avec la liste de leurs biens et leurs revenus annuels.

C'était *ce genre* de mère.

— Bonjour, Mrs Van Allen. Miss. Comment allez-vous, aujourd'hui ?

— Eh bien, apparemment les gens disaient vrai, déclara Mrs Van Allen.

L'estomac d'Adeline se noua. Qu'avait-elle entendu dire ? Que savait-elle, au juste ?

— Cette boutique est ravissante.

— Merci, dit Adeline en retenant un soupir de soulagement.

— Vos robes font sensation. Aussi, comme ma fille a besoin d'une tenue pour une occasion spéciale, il m'a paru naturel de venir chez vous. Je veux qu'elle porte ce qui se fait de mieux dans la mode, pour ce qui sera le plus beau jour de sa vie. Mais elle n'a pas besoin de poches.

— Les poches sont ma signature spéciale, répondit Adeline, troublée.

— Oui, c'est ce qu'on dit. Mais je ne suis pas d'accord. C'est trop masculin. De toute façon, je ne vois pas pourquoi une femme aurait besoin de poches.

Pour la monnaie. Le rouge à lèvres. Les billets doux. Le regard d'Adeline se posa sur les mains gantées de la jeune fille. *Pour ranger ses gants quand elle les aura enlevés afin de montrer sa bague de fiançailles.*

— Nous savons que vous êtes une amie du duc, dit Miss Van Allen d'une voix douce et un peu enfantine. La veuve d'un de ses amis d'Eton. Je suis désolée pour votre mari.

Adeline parvint avec difficulté à balbutier un remerciement pour ces condoléances.

— Nous souhaitons soutenir les amis du duc. Ses centres d'intérêt seront bientôt les nôtres.

Oh ! zut. Elle était douce. Gentille, jolie, et douce.

Adeline posa de nouveau les yeux sur les mains de la jeune fille. Miss Van Allen tira délicatement sur ses gants pour les enlever. Portait-elle une bague ?

— Pour quelle occasion vous faut-il une tenue ? s'enquit Adeline, faisant de son mieux pour se mettre dans la peau de la couturière polie et indifférente qui n'était pas du tout impliquée dans cette occasion, quelle qu'elle soit.

— Nous voulons des robes pour le bal de fiançailles de ma fille.

Ah.

Bien.

C'était donc cela.

Adeline n'aurait pas dû éprouver ce coup au cœur. Un coup si violent que sa gorge se serra, et qu'elle crut ne plus pouvoir respirer. Après la soirée d'hier, elle avait cru… que peut-être…

Qu'ils auraient peut-être une chance. Mais apparemment, non.

— Félicitations, articula-t-elle d'une voix étranglée.

Miss Van Allen avait enlevé ses gants de chevreau bleu pâle et les avait posés sur ses genoux. Aucune bague n'ornait ses doigts longs et fins.

— Oh ! ce n'est pas encore officiel, dit sa mère, avec un clin d'œil de connivence. Mais nous pensons qu'il ne va pas tarder à faire sa demande. À ce moment-là, nous n'aurons plus beaucoup de temps pour organiser le bal de fiançailles et le mariage. Il vaut mieux s'y prendre à l'avance. Nous ne voudrions pas qu'il nous file entre les doigts maintenant, n'est-ce pas ?

— Bien sûr, répondit Adeline avec un sourire crispé.

Miss Van Allen eut aussi un sourire contraint, ce qui piqua sa curiosité. L'usage de ce « nous » royal par Mrs Van Allen en disait long. Adeline savait ce qui lui restait à faire.

— Il faut que je prenne les mesures de votre fille. Pendant ce temps, aimeriez-vous prendre une tasse de thé au salon, en examinant les tissus ? Vous devez avoir une idée de ce que vous voulez.

— Parfait. Je vous remercie. Je pensais à un joli ton ivoire. Ou peut-être blanc nacré.

— Oh ! tout à fait. C'est un excellent choix.

Tout en parlant, Adeline fit sortir la dame du salon d'essayage. Les lourds rideaux de velours se refermèrent derrière elle, et elle resta en tête à tête avec la jeune fille.

— Ivoire ou blanc nacré ? Cela a-t-il un sens, pour vous, Mrs Black ? Pour moi ce sont juste deux tons de blanc différents, déclara Miss Van Allen, quand sa mère ne put plus les entendre.

— Absolument, pour moi cela a un sens, expliqua Adeline. Cela signifie que votre mère a une idée très précise de ce que doit être votre bonheur. Elle réfléchit certainement à cet événement depuis quelque temps. Tout doit être fait selon son idée.

— C'est cela, la différence entre ivoire et blanc nacré ?

— Dans ce cas précis, oui.

Miss Van Allen était tellement jeune. Adeline n'y avait pas songé. À vingt et un ans, elle était tout à fait en âge de se marier. Mais sa mère l'avait gardée dans un état de totale ignorance. Cela se voyait dans la robe qu'elle portait.

Un col haut, un motif floral qui donnait une impression de pureté, d'innocence. Adeline eut l'impression de voir un agneau que l'on menait à l'abattoir.

Cette jeune fille n'était pas faite pour porter une robe de La Maison d'Adeline, avec des poches, et une coupe donnant une impression de liberté. Miss Van Allen vivait dans une cage dorée.

Ou peut-être pas, après tout ?

Elles commencèrent l'essayage. Adeline nota son tour de taille, et toutes les mesures nécessaires pour faire une robe qui ne serait pas seulement une robe de fiançailles. Pourrait-elle créer un vêtement qui déclencherait une étincelle dans le cœur de cette jeune fille, et lui ferait redresser les épaules ? Peut-être même pouvait-elle créer une robe qui la pousserait à refuser la demande en mariage d'un duc.

— Nous pourrions aussi vous faire une robe de jour, que vous porterez quand il fera sa demande.

— C'est une bonne idée. Je suis sûre que mère sera d'accord.

Plusieurs minutes s'écoulèrent en silence, pendant qu'Adeline continuait de prendre les mesures. La taille, le buste, la longueur de l'épaule au poignet. Finalement, n'y tenant plus, elle posa la question qui lui brûlait les lèvres. Même si elle redoutait d'entendre la réponse.

— Vous l'aimez ?

Miss Van Allen répondit avec candeur :

— J'aime ma mère. J'aime mon père. J'aime tout ce qu'ils ont fait pour moi. Il sera un bon époux, et je n'aime personne d'autre.

Le cœur d'Adeline se serra. Cette réponse était-elle censée la soulager ? Certes, il était réconfortant de savoir qu'il n'y avait pas de déséquilibre dans leurs sentiments. Miss Van Allen n'était pas une jeune fille naïve et éblouie, amoureuse d'un homme qui n'éprouvait rien pour elle.

Mais ne désirait-elle pas quelque chose de plus ? Des baisers passionnés, un amour profond, un but dans la vie ? Adeline se demanda si Miss Van Allen savait seulement que ces choses existaient.

Et quel dommage qu'un homme comme le duc s'engage dans un mariage sans amour. Avec le temps, la passion qui l'animait finirait par s'éteindre.

— Et vous, miss, qu'en pensez-vous ? Préférez-vous l'ivoire, ou le blanc nacré ?

— Je ne vois pas la différence. À vrai dire, cela m'est égal, tant que ma mère est satisfaite.

— Si nous faisons partir le mouvement de la robe de vos épaules, au lieu de faire peser le tissu sur les hanches, vous n'aurez pas l'impression d'être dans une cage. La jupe aura tout de même de l'ampleur, mais le style du corsage sera différent. Vous aurez la sensation que vos mouvements sont plus libres, que vous pouvez… bouger.

— Pour quoi faire ?

— Tout ce que vous voudrez. Ce qui vous passera par la tête.

— J'aime les oiseaux, murmura la jeune fille. J'aime l'idée qu'ils peuvent voler sans avoir peur d'être attrapés, mis en cage, ou… pire encore. Je me moque de la couleur de ma robe, mais je ne veux pas de plumes, ni de fourrure. L'idée de liberté compte beaucoup pour moi, Mrs Black. J'ai souvent essayé d'imaginer ce que c'était, mais je ne l'ai jamais expérimentée.

Adeline redressa les épaules, déterminée. Elle ne dirait rien à Miss Van Allen. Il n'aurait pas été correct d'essayer de la faire changer d'avis. D'autre part, elle ne ferait aucune tentative pour séduire Kingston et le détourner de son objectif.

Mais la robe qu'elle ferait pour cette jeune fille lui donnerait le goût de la liberté, à laquelle elle était sur le point de renoncer. Adeline mettrait en œuvre tout ce qu'elle savait sur les robes, et sur les femmes, pour créer une tenue qui, peut-être, donnerait à Miss Van Allen la force nécessaire pour poursuivre ses propres rêves.

Chapitre 21

Personne n'avait encore dépensé autant d'argent que Mrs Carlyle pour un bal masqué. Des milliers de fleurs sont arrivées par bateau des États du Sud, et selon la rumeur, un nombre incroyable de bouteilles de champagne ont été commandées. Le thème de la fête sera Versailles. Est-il utile de vous en dire plus ?

– The New York World

Au bal masqué

Brandon Alexander Fiennes, duc de Kingston, marquis de Westlake, comte d'Eastland, vicomte de Blackwood, etc., était nerveux. Il était sur le point de présenter sa mère à la femme qu'il envisageait de demander en mariage.

Et tout cela, pendant un bal masqué. Il avait tout simplement revêtu son habit de soirée, et un masque. Si quelqu'un le questionnait sur son costume, il répondrait qu'il était déguisé en gentleman anglais portant un smoking.

D'autre part, sa mère avait sauté sur l'occasion de faire preuve d'extravagance. Elle était arrivée au bal déguisée en oiseau, couverte de plumes de la tête aux pieds. Toutes sortes de plumes, dans des tons violets, bleus, verts, avec des touches de blanc. Elles recouvraient sa robe, sa cape et son masque. De manière étrange, la duchesse portait aussi une tiare en diamants.

La robe avait été créée à la dernière minute, et à grands frais, par une couturière qui n'était pas Adeline. Kingston avait appris que celle-ci avait refusé d'habiller sa mère. La duchesse était ulcérée, mais Kingston avait compris le message. Adeline ne voulait pas qu'il s'endette davantage, et encore moins auprès d'elle. Elle essayait de le libérer… et curieusement cela renforçait son désir pour elle.

La tiare de diamants avait voyagé dans les bagages de la duchesse.

Kingston devait absolument présenter sa mère à sa future fiancée, membre dévoué de la Audubon Society, dont l'unique passion était de protéger les oiseaux…

Cela n'allait pas bien se passer.

Il aurait dû y penser, mais il n'avait rien vu venir.

Néanmoins, Kingston fit les présentations.

Madame le paon, permettez-moi de vous présenter la petite bergère.

Car Miss Van Allen était bel et bien déguisée en bergère. La robe ne venait pas de La Maison d'Adeline non plus.

C'était un curieux assemblage de dentelles et de volants. Volumineux, les volants. Entre les volants et les plumes, il se retrouvait au centre d'un cercle de mode diabolique. Il allait mourir étouffé par toutes ces fanfreluches.

— Votre Grâce, ce costume est éblouissant.

— N'est-ce pas ? Je me suis transformée en oiseau. Je ne sais pas lequel, bien sûr. Mais il est fabuleux.

Mrs Van Allen acquiesça, car les mots sortaient de la bouche d'une duchesse, et nul ne pouvait contredire une duchesse.

Sa fille, toutefois, s'empourpra. Ses yeux lancèrent des éclairs. Pour la première fois depuis qu'il la connaissait, Miss Van Allen manifestait de la colère.

— Ces plumes proviennent de différents oiseaux, parmi lesquels figurent des paons, des grands hérons, et des aigrettes neigeuses. Certaines de ces espèces ont été tellement chassées pour garnir des chapeaux de femmes et des robes, qu'elles sont en voie d'extinction.

— Vraiment ? Eh bien, cela doit rendre ces plumes encore plus précieuses, je suppose ?

Kingston ne put réprimer une grimace.

— Des campagnes ont lieu pour encourager les femmes à ne plus porter de plumes. C'est une cause importante, chez les dames de la haute société, et elle me tient à cœur.

— Ce ne sont que des oiseaux, ma chère, déclara la duchesse, d'un air de profond ennui.

— Oh ! mais non ! protesta Miss Van Allen d'un ton passionné. Ce sont des créatures majestueuses – des créatures *superbes* – qui apportent une contribution remarquable à la nature. Pouvez-vous imaginer un monde où le chant des oiseaux n'accompagnerait plus nos promenades dans les parcs ?

— Les pigeons ne manquaient pas quand nous avons traversé Central Park ce matin, répliqua la duchesse. Ce sont d'affreux petits volatiles. S'ils étaient plus jolis, je porterais leurs plumes.

Miss Van Allen parut s'étrangler de colère.

Kingston ne s'attendait pas à voir une charmante petite bergère piquer une crise de rage.

« Ce n'est qu'une question de mode », avait-il dit un jour à Adeline. Mais à présent, son avenir était menacé par un débat sur les plumes que ces dames portaient. Cette opposition des goûts vestimentaires était en réalité une opposition des valeurs, pour reprendre ses termes.

Ce n'était pas seulement une question de robes.

C'était l'affrontement de deux personnalités.

Miss Van Allen était probablement la femme la plus sereine et la plus aimable qu'il ait jamais rencontrée, même en prenant en compte toutes les jeunes Anglaises à marier. Plus d'une fois, il avait eu l'impression qu'elle aurait été prête à épouser n'importe quel homme choisi par ses parents, juste pour leur faire plaisir.

Mais elle était aussi prête à tout sacrifier pour défendre la cause des oiseaux.

À la minute où la vérité apparut à la jeune fille, c'est-à-dire quand elle comprit que sa dot servirait à payer à la duchesse des robes faites du plumage d'espèces en danger, leurs fiançailles furent ajournées.

Miss Van Allen lança un regard suppliant à sa mère.

Kingston fit de même.

— Allons, allons, ma chérie, nous ne voudrions pas contrarier la duchesse.

— Nous sommes tous d'accord sur ce point, répondit Kingston, essayant en vain de prendre un ton jovial.

Mrs Van Allen décida de changer de sujet.

— Ne trouvez-vous pas extraordinaire que nos enfants se soient plu, Votre Grâce ? Je ne pouvais rien imaginer de plus merveilleux.

— Un prince, peut-être. Mais vous devrez vous contenter d'un duc, rétorqua sèchement la duchesse.

Et voilà, elle avait de nouveau recours au fameux snobisme des aristocrates. Sa remarque était aussi subtile qu'un éléphant dans une salle de bal.

Combien, pour ce duc dans la vitrine ? semblait-elle vouloir dire.

Mrs Van Allen eut la délicatesse de rougir.

Kingston chercha un serveur des yeux. Il avait désespérément besoin d'un verre.

Mais son attention fut attirée par la vision inattendue de six femmes arrivant ensemble. Elles portaient des costumes d'Amazones, les guerrières mythiques de la Grèce antique. Leurs robes étaient assorties. Des tuniques blanches et soyeuses drapées sur leurs épaules et effleurant le sol. Au premier coup d'œil, elles se ressemblaient toutes. Mais ce groupe était si fascinant qu'on ne pouvait en détacher les yeux. Et en y regardant mieux, il était clair que chaque robe était adaptée à celle qui la portait et constituait une création unique.

Malgré les masques blancs qui dissimulaient les visages, Kingston repéra immédiatement Adeline. Il aurait reconnu sa bouche n'importe où. Ainsi que la courbe de son épaule et le balancement de ses hanches. Tout aussi caractéristiques étaient ses créations. Ces costumes sortaient de son atelier.

Elle était là.

L'espace d'un instant il se demanda comment, pourquoi, elle se trouvait là ce soir. Puis il décida que cela n'avait aucune importance. Ses plans de mariage volaient en éclats, et Adeline était là. En principe, il ne croyait pas aux signes. Mais le message que lui envoyait le destin lui fit battre le cœur un peu plus fort.

Adeline était celle qu'il cherchait.

— Qu'en pensez-vous, mon fils ?

— Hum ?

Sa mère venait de lui poser une question. Celle-ci ne portait pas sur Adeline, ni sur la récente arrivée d'une phalange de guerrières antiques, ni sur son brusque désir d'abandonner ses projets pour prendre le plus grand risque de sa vie.

La petite bergère et sa mère posaient sur lui un regard interrogateur.

— Nous parlions d'une réception à Lyon House. Ou peut-être à Parkland, reprit la duchesse, faisant allusion à leur pavillon de chasse près de la frontière écossaise. Vous pourriez aller chasser avec vos amis, pendant que je présente ces dames à la meilleure société londonienne. Ce serait un premier contact, dans l'intimité, avec l'aristocratie.

Miss Van Allen, toujours polie malgré son exaspération, se tourna vers Kingston.

— Et que chassez-vous ?

Kingston hésita, balançant un instant entre une réponse de circonstance et la vérité. Il pouvait lui dire ce qu'elle voulait entendre. Il entrerait alors dans la catégorie des hommes qui mentaient pour mettre une femme dans le lit conjugal. Ou bien, il pouvait lui avouer la vérité et se préparer à un séjour en prison pour dettes.

— Le pigeon. La grouse, avoua-t-il, d'un air sincèrement désolé.

— Vous tuez des oiseaux ? Pour votre amusement ? chuchota-t-elle d'une voix étranglée.

Il saisit dans le ton de sa voix le désespoir. L'horrible déception. Elle avait le cœur brisé. Il l'avait trahie.

— Des quantités de volatiles ! s'exclama la duchesse, visiblement indifférente à la détresse de Miss Van Allen. La cuisinière les fait rôtir pour le dîner. C'est délicieux avec de la sauce béarnaise.

Pour Miss Van Allen, ce fut la goutte d'eau qui fit déborder le vase.

Elle leur tourna le dos et s'enfuit. Une petite bergère furieuse, fendant la foule des invités.

Mrs Van Allen tapota le bras de Kingston d'un air rassurant.

— Ne vous inquiétez pas, Votre Grâce. Je lui parlerai. Elle reviendra vers vous.

Bizarrement, il n'avait pas envie qu'elle revienne.

Dans la foule des invités, il y avait de nombreuses Marie-Antoinette, des bergères, et quelques Grande Catherine. Et maintenant, il y avait aussi six femmes déguisées en Amazones, vêtues de longues robes blanches de styles différents, adaptés à chacune d'elles. Une manche plus longue ici, une jupe plus ample là, un corsage plus ou moins audacieux. Miss Burnett avait eu cette idée, et elle avait enrôlé ses amies membres du Club des Dames de la Liberté pour faire sensation dans la bonne société. Elle souhaitait projeter une vision différente de la féminité. Leur groupe donnait une image forte de la puissance des femmes et de leur sens de l'honneur.

Elle avait pensé à inviter Adeline à se joindre à elles, puisque c'était elle qui était chargée de faire les costumes. Adeline avait accepté, saisissant la chance d'assister à une soirée aussi prestigieuse avec ses nouvelles amies. Qui aurait refusé une telle opportunité ? Le bal masqué était l'événement dont tout le monde parlait en ville, avant même qu'il ait eu lieu.

Les filles de l'atelier souhaitaient aussi qu'elle s'y rende. Elles voulaient entendre toutes les histoires, connaître tous les commérages dont les journaux ne parleraient pas. Quand Adeline avait enfilé son costume, elle avait plongé les mains dans les poches et avait éclaté de rire en découvrant ce que ses amies y avaient glissé. Un peu de monnaie pour payer un fiacre, un préservatif en caoutchouc, et une petite boîte de rouge. Tout ce qu'il fallait pour qu'elle ne soit redevable à personne.

— Vous êtes incorrigibles.

— Nous voulons que tu passes une soirée inoubliable.

— Et que tu nous racontes tout demain matin.

Adeline n'était pas stupide. Elle savait qu'il y avait une forte chance qu'elle tombe nez à nez avec Kingston. Cette pensée la fit frissonner. Étant l'invitée de Miss Burnett, elle ne devrait rien au duc, contrairement aux fois où ils étaient sortis ensemble. Ce soir, ils seraient sur un pied d'égalité. Elle fut parcourue d'un nouveau frisson.

Mais l'impatience le disputait à la crainte dans son cœur. Car elle était tombée amoureuse de Kingston. Elle ne savait pas quand, ni comment elle avait franchi ce cap. Mais elle en était là, et pour couronner le tout elle portait une robe blanche.

Cependant, il avait certainement fait sa demande, ou bien était sur le point de la faire.

Ce fut un autre Anglais qui la repéra, à son entrée dans la salle.

Lord Hewitt. L'homme qui ne payait pas ses factures

et dont les mains baladeuses trouvaient toujours le moyen de se poser sur elle une ou deux secondes de trop.

— Mais c'est Miss Black ! Couturière des Quatre Cents et ensorceleuse des ducs en visite.

— Bonsoir, Lord Hewitt. N'oubliez pas que je suis *Mrs* Black. En quoi êtes-vous déguisé ?

— En fripouille.

— Vous étiez censé venir avec un costume, non pas tel que vous êtes.

Lord Hewitt éclata de rire, prenant cela pour une plaisanterie.

— Voulez-vous danser avec moi, Mrs Black ?

— Je crains de ne pas savoir danser.

— Accrochez-vous à moi et laissez-vous guider.

Adeline sourit faiblement. Il s'approcha et lui murmura :

— Je serais ravi d'initier une innocente jeune femme à la danse, et de la faire profiter de mon expérience.

Ils dansèrent, donc. Ou plutôt, il dansa et elle parvint à le suivre. Elle ne trébucha qu'une seule fois, en apercevant son duc. Non, le duc *de Miss Van Allen*.

Celui-ci était en conversation avec la jeune fille et leurs mères respectives.

Il n'avait pas l'air content.

Adeline connaissait son expression lorsqu'il était heureux. Ses yeux bleus pétillaient, ses lèvres formaient un sourire involontaire. C'était l'expression qu'il avait quand elle le taquinait pour une chose ou pour une autre.

Freddie vit qu'elle le regardait.

— Ils forment un beau couple, n'est-ce pas ?

— C'est exactement ce que je me disais.

C'était la vérité. Kingston était grand, brun, fort. Miss Van Allen était grande également, mais blonde et fine. Il était l'obscurité, elle était la lumière. Ils étaient beaux, bien éduqués, faits l'un pour l'autre. Cependant, ce costume ne mettait pas Miss Van Allen en valeur.

— Et maintenant, il vous regarde.

— Je sais.

Elle sentit son regard, d'une intensité folle, avant même de le voir. Puis il crispa les mâchoires. Il n'était pas content *du tout*.

— Nous le rendons jaloux, dit Lord Hewitt.

— Ce n'est pas nécessaire.

— Mais si, répliqua-t-il avec insistance. Cela lui évitera peut-être de commettre une erreur monumentale.

Cette remarque, de la part d'un homme qui semblait ne pas pouvoir contrôler ses mains, ni consacrer son attention à son épouse, surprit Adeline. Tout le monde savait que Lord Hewitt avait épousé sa femme pour son argent. Peut-être parlait-il d'expérience.

— Le choix de Miss Van Allen ne peut constituer une erreur.

Son costume ? Oui, il était raté. Mais la femme elle-même était parfaite.

— Oh ! elle est la gentillesse personnifiée. Elle a même réussi à me persuader de faire un don à sa société d'ornithologie.

Adeline rangea cette information dans un coin de son esprit. Lord Hewitt lui devait encore une somme considérable pour les commandes de sa femme.

— Mais elle n'est pas faite pour lui. Ils seront rapidement très malheureux ensemble.

— C'est à eux d'en décider, pas à vous. Ni à moi.

— Il va l'épouser pour de mauvaises raisons, poursuivit Lord Hewitt. Il finira par s'ennuyer, et il regardera ailleurs. Ce n'est qu'un homme, après tout. Il sera infidèle. Comme son père avant lui, comme moi. Mais Kingston a le sens de l'honneur, c'est quelqu'un de loyal, et il sera dévoré par la culpabilité.

— Pourquoi me dites-vous tout cela ?

— Elle s'apercevra qu'il se détourne d'elle.

— Non, cela n'arrivera pas.

— Elle se donnera un mal fou pour attirer son attention. Accumulera les factures astronomiques des couturières…

— À ce propos…

Lord Hewitt resserra son étreinte, et l'attira contre lui.

— Je sais, Miss Black, je sais.

— Un gentleman règle ses factures à la boutique. En espèces, précisa-t-elle.

— Et si Kingston vous choisissait pour être sa duchesse ?

— Il n'en fera rien. Et vous serez quand même obligé de payer les robes de votre épouse.

— Ce qu'il y a entre vous, c'est ce qui fait les plus belles histoires d'amour. Je suis même un peu jaloux.

— Tiens-toi tranquille, ô mon cœur, dit-elle, sarcastique.

— Vous ne croyez pas aux histoires d'amour ?

— Si j'épousais le duc, je devrais renoncer au projet pour lequel j'ai tant travaillé. Je ne suis pas prête à échanger le titre de couturière contre celui de duchesse. J'ai aspiré toute ma vie à devenir créatrice de mode, alors que je n'ai jamais envisagé un instant d'être duchesse. J'ai des sentiments pour lui, ajouta-t-elle, en regardant droit dans les yeux ce lord qui la serrait d'un peu trop près. Mais je tiens trop à mon indépendance pour y renoncer à cause d'un homme. Quel qu'il soit.

***

Il y avait une femme qui intéressait Kingston ce soir-là, et elle n'était pas déguisée en bergère. Quand il la vit danser avec Freddie, la jalousie l'étrangla.

Il n'hésita pas à les interrompre.

— Vous permettez.

Ce n'était pas une question. Les ducs ne demandaient jamais la permission, ils faisaient ce qu'ils voulaient.

— Nous avions terminé, déclara Adeline.

— Pour ce soir, précisa Freddie.

Avant d'ajouter dans un murmure, à l'adresse de celle-ci :

— Je viendrai demain pour vous payer.

Et encaisser un bon coup de poing. Kingston aurait pu devenir violent envers son meilleur ami, oui. À cause d'une femme. Cela signifiait sûrement quelque chose. Des souvenirs lui vinrent à l'esprit, il revit Adeline et Freddie parlant et riant ensemble. Naturellement, il soupçonna le pire. Son cousin était-il le mystérieux bienfaiteur qui l'avait aidée à ouvrir sa boutique ? Marian portait beaucoup de ses modèles. Échangeaient-ils autre chose que de l'argent ? Une fois de plus, la question l'effleura : *Pourquoi pas moi ?*

Tandis que ces pensées le tourmentaient, sa gorge se contracta. Il valait mieux ravaler ces mots plutôt que de les prononcer à haute voix.

Il se calma un peu quand Adeline glissa une main dans la sienne. Ce simple contact eut un effet apaisant sur lui.

— Il faut que je vous avertisse. Je ne sais pas danser.

— Cela m'est égal.

Kingston avait besoin de la tenir dans ses bras, et une danse était un prétexte commode. Cela lui permettait aussi de s'occuper les mains, l'empêchant de se battre avec Freddie, ou de provoquer une scène.

Un paiement ? Entre son cousin et elle ? Comment pouvaient-ils ? Il repoussa la question dans un recoin de son esprit.

— Vous ne passez pas une bonne soirée, monsieur le duc ?

— J'ai présenté Miss Van Allen à ma mère, dit-il en repensant à cet affreux événement.

— Comment cela s'est-il passé ?

— Un désastre.

Adeline eut un sourire apitoyé. Il resserra son étreinte. Il ne voulait pas qu'elle le plaigne. Il voulait qu'elle soit heureuse, aux anges. Enchantée que ses plans soient tombés à l'eau. Il voulait qu'elle saisisse au vol l'opportunité qui se présentait.

Car lui-même était heureux, enchanté, aux anges, que ses plans échafaudés avec tant de soin depuis des semaines se soient brusquement écroulés.

— Vous aviez raison, dit-il avec brusquerie.

— Oh ?

— Ce n'est pas seulement une question de robe. Ce serait trop simple. Si j'avais été plus attentif, j'aurais vu ce que ces femmes… ma mère, ma future épouse, essayaient de me dire. Vous m'avez ouvert les yeux, Adeline. Vous avez changé ma façon de voir le monde, et…

Il parlait à tort et à travers, et ne trouvait plus les mots pour lui dire qu'il avait besoin d'elle. Grâce à elle, il voyait et comprenait des choses qu'il avait ignorées auparavant. Maintenant, il savait. Il avait besoin de ses baisers, de son esprit vif, de son point de vue. Bien plus que d'argent, de nouvelles toitures et de commodités modernes. Il avait autant besoin d'elle que de l'air qu'il respirait.

— Je n'ai pas encore fait ma demande.

— Pourquoi me dites-vous cela ?

— Il me semble que c'est évident.

— Mais vous allez demander sa main, n'est-ce pas ?

— Il se peut que mes sentiments aient changé et que j'aie d'autres projets.

Il l'observa attentivement, espérant déceler quelque chose, un signe lui prouvant qu'elle considérait cela comme une bonne nouvelle. Mais elle se mordillait les lèvres, et son regard était indéchiffrable.

— Je ne crois pas que Miss Van Allen souhaite être la prochaine duchesse de Kingston, et je ne veux pas d'une épouse qui ne m'apprécie pas pour ce que je suis.

— Oh ! fit-elle en soupirant. Oh.

Kingston la maintint contre lui, bien que la musique se soit tue, et que de nouveaux couples de danseurs soient en train de se former. Il continua de la tenir lorsque l'orchestre se remit à jouer. Un peu comme s'il ne pouvait la lâcher une seule seconde, de crainte de la perdre pour toujours.

Le fait d'être au milieu des autres danseurs aurait dû être un avantage, car tout le monde pouvait voir qu'il ne se passait rien d'inconvenant entre eux.

Mais il y avait un problème. Quelque chose d'inapproprié était bel et bien sur le point de se produire. N'importe qui pouvait voir un désir ardent dans les yeux de Kingston. Il était fasciné par les lèvres de sa cavalière. Leurs corps continuaient de se mouvoir en parfaite harmonie, alors que la musique avait cessé.

Lui, un duc, se donnait en spectacle avec une fille de basse extraction, dans un bal de la bonne société.

Et cela lui était complètement égal.

— Les gens nous regardent, dit Adeline en s'écartant.

— Et alors ?

— Ils vont parler de nous.

— Je m'en moque.

— Pas moi, rétorqua-t-elle.

— N'est-ce pas le rêve de toutes les jeunes filles, de rencontrer un duc ?

— Ce n'est pas le mien en tout cas. Je dois penser à ma réputation, mes affaires en dépendent. Mes couturières comptent sur moi.

— Si nous nous mariions, vous seriez protégée par mon nom et ma position sociale.

— Vous n'oubliez qu'une seule chose : les simples couturières ne deviennent pas duchesses.

— Changez le monde, Adeline.

C'était un défi. Les yeux d'Adeline lancèrent des éclairs.

— Je le ferai. Robe après robe.

Sur ces mots, elle lui tourna le dos et s'éloigna.

Il était duc. Marquis, comte, et Dieu sait quoi encore. C'était un homme riche, privilégié, dans un monde fait pour la gent masculine. Il pouvait avoir tout ce qu'il voulait, et il la voulait, elle.

Il était absolument sûr qu'elle le désirait aussi. Il le voyait bien à la façon dont ses joues se coloraient, et dont elle se mordillait les lèvres en regardant sa bouche. D'ailleurs, elle ne niait même pas.

Mais elle ne le désirait pas assez.

Elle ne voulait pas de ses titres, de ses domaines, de son argent et de tout ce qu'il pouvait lui offrir. Elle ne voulait pas de sa protection, de son nom, des avantages de son rang.

Kingston était perplexe, il ne savait pas quoi faire. Il avait l'impression de ne rien avoir à lui offrir, en dehors de lui-même… et du plaisir qu'il pouvait lui donner. Si elle en voulait.

Il la suivit à travers la salle. Leur histoire n'était pas terminée.

Ce n'était pas tous les jours qu'une femme quittait un bal avec un duc criant son nom sur les talons.

Cela se passait un vendredi soir, juste avant minuit.

Alors qu'elle venait de refuser ce qui ressemblait fort à une proposition de mariage, et à la promesse d'une nuit de plaisir inimaginable. Une petite partie d'elle-même avait très envie d'accepter et de laisser libre cours à son désir. Un désir qui la dévorait de la tête aux pieds, en passant par le cœur, et qui enflammait chaque parcelle de son corps.

Mais le désirait-elle assez pour mettre en péril sa liberté, son indépendance, toute sa vie, pour une nuit de plaisir ? Pour une vague suggestion de mariage ? Elle ne le savait pas, et elle ne pouvait pas réfléchir alors que tous les yeux étaient braqués sur elle, et qu'on la jugeait. Qu'elle partage le lit du duc ou non importait peu, en réalité. De simples suppositions étaient suffisantes pour que la bonne société la condamne sans appel.

La fuite était la seule solution.

Mais il la suivit.

Kingston l'appela par son nom, assez fort pour attirer l'attention. Les têtes se tournèrent. Comment pouvait-il être aussi imprudent ? Avec le succès de sa boutique, le nom d'Adeline commençait à être connu dans ces cercles de la société. Bien qu'elle porte un costume et un masque, il n'était pas difficile de l'identifier. Sa robe portait la marque de son style, et son nom avait déjà été associé à celui du duc.

Adeline Black. La femme qui avait toutes les attentions d'un duc.

Adeline Black. Celle qui avait sans doute fait échouer le mariage de l'année.

Car s'ils étaient ensemble, cela signifiait que le duc n'était pas auprès de Miss Van Allen.

Les commérages seraient impitoyables.

Adeline craignait le pire. Les femmes refuseraient de porter ses robes. Les maris refuseraient de payer les commandes déjà passées. Elle serait obligée de fermer boutique. Quelle horrible déception pour les Dames de la Liberté qui avaient misé sur elle. Et pour les femmes qu'elle employait, qui se retrouveraient à la rue. Elle songea à Margaret et à son bébé, à Rose et à Rachel qui avaient quitté une situation sûre pour elle. Mrs Van Allen pouvait la faire bannir de toutes les maisons de couture de la ville. Elle ferait en sorte qu'Adeline ne puisse même plus coudre un bouton.

Alors, elle serait sans doute obligée d'épouser le duc, par désespoir. Et il le ferait par pitié, ou par sens du devoir. La pensée qu'elle avait presque réussi à réaliser ses rêves, et qu'elle avait tout gâché, rendrait la situation encore plus dure à supporter. Pour tous les deux.

Elle ne courait pas assez vite.

Et cet imbécile de duc la poursuivait en l'appelant par son nom. Il gâchait tout. Encore une fois !

— Mais enfin, à quoi jouez-vous ?

Ils étaient dans la Cinquième Avenue, à présent, enveloppés par la lumière chaude des becs de gaz. Une foule dense constituée de piétons, d'animaux, de voitures, les dérobait dans une certaine mesure aux yeux des curieux et des commères. Mais pas complètement. Difficile de disparaître dans l'obscurité, quand on portait la toge de soie blanche et brillante d'une princesse guerrière.

— Il me semble que c'est parfaitement clair, déclara-t-il avec un accent anglais à vous faire tomber à la renverse. Je me couvre de ridicule. Je gâche tout. Encore une fois. Tout cela parce que je crains de ne pas pouvoir vous dire au revoir de cette manière. En fait, je ne le peux pas du tout.

— Que voulez-vous dire ?

— Vous me fuyez. Vous *nous* fuyez. Ce je-ne-sais-quoi entre nous persiste à nous jeter l'un vers l'autre. En dépit de la logique, de la raison, des projets d'avenir que nous formons chacun de notre côté. Je suis tombé amoureux d'une femme, et je ne pourrai peut-être pas l'avoir.

— Je ne suis pas un objet que l'on possède.

— Vous avez raison. Vous êtes quelqu'un. Vous êtes une femme qui m'a ouvert les yeux, qui a fait battre mon cœur plus fort, qui a perturbé mon équilibre, et qui a mis ma vie sens dessus dessous. Et c'est pour cela que j'ai besoin de vous, Adeline. J'avais une vue du monde très étroite avant que vous n'entriez dans ma vie de votre démarche ondoyante. Et ne me dites pas qu'elle n'est pas ondoyante, car elle l'est, et je trouve cela fascinant. Je pourrais épouser une héritière, faire réparer la toiture, et l'affaire serait réglée. Mais je vous désire plus qu'une nouvelle toiture, Adeline. Je veux avoir la large vision du monde que vous m'avez fait connaître. J'ai besoin que vous m'appreniez encore plus de choses. Et je veux vous avoir à mes côtés. J'espère que vous prendrez ma main et que vous vous embarquerez pour toute une vie avec moi.

Bonté divine. Elle était émue.

Il changeait, à cause d'elle. Il devenait un homme avec lequel elle pouvait vivre, si elle s'autorisait un tel luxe. L'attirance qui existait entre eux était puissante, mais ce n'était pas tout. Elle était à la fois terrifiante et merveilleuse.

Cependant, Adeline ne voulait pas croire qu'il ne se réveillerait pas un beau matin avec les idées claires, et qu'il ne retournerait pas se jeter aux pieds de Miss Van Allen pour lui demander pardon. Ce dont elle était sûre en revanche, c'était qu'ils ne pouvaient pas continuer de se chamailler devant la maison des Carlyle.

De plus, elle avait une idée.

S'il était vraiment tenté de passer sa vie avec elle, elle avait quelque chose à lui montrer. Il fallait qu'ils échappent aux regards curieux de la haute société.

— Venez avec moi.

Fendant la foule dense de la Cinquième Avenue, elle agita la main pour héler un fiacre.

— J'ai une voiture, et…

— Non, nous ne prenons pas votre voiture.

Un fiacre ralentit et s'arrêta à leur hauteur. Kingston l'aida à monter à bord, et referma la portière derrière eux.

— Où nous emmenez-vous ?

— Vous verrez.

Elle lança au cocher la première adresse qui lui traversa l'esprit, qui n'était pas romantique et qui n'incitait pas à la séduction. C'était un lieu où aucune personne appartenant au cercle des Quatre Cents ne s'aventurerait jamais.

Il fallait absolument qu'elle repousse Kingston avant qu'il ne gâche sa vie, et la sienne.

Chapitre 22

Le quartier de Bowery est constitué d'infects bas-fonds.

– The New York World

Le Bowery

Kingston descendit de la voiture et regarda autour de lui. Ils n'étaient plus dans la Cinquième Avenue. En fait, il n'aurait su dire dans quelle partie de la ville ils se trouvaient. Ce n'était probablement pas le quartier préféré des ducs en visite, cependant la rue lui rappelait certains lieux où il avait passé des nuits agitées pendant ses années à l'université. Une époque où il cherchait à imiter, et même à dépasser, son bon à rien de père.

Toutefois, Adeline semblait très bien savoir où ils étaient et elle paraissait parfaitement à l'aise dans cet environnement, malgré sa superbe robe blanche qui contrastait violemment avec les vêtements des passants.

— Où m'avez-vous emmené ?

— Au McGurk's. Une salle de danse de Bowery.

Voilà le New York que je connais, Votre Grâce. C'est différent de la Cinquième Avenue, n'est-ce pas ?

Kingston n'était pas de cet avis. Les immeubles n'étaient pas aussi hauts, ni aussi impressionnants. Pas aussi propres non plus. Mais l'énergie que l'on percevait dans la rue était la même. Des hommes, des femmes, de toutes tailles et de toutes couleurs, venant tous de pays différents, battaient le pavé autour d'eux. La plupart étaient en goguette et faisaient la fête. La rue était bondée, bruyante, agitée. On avait le sentiment que quelque chose allait se passer. Que l'on allait s'amuser.

Dans sa splendide robe blanche, Adeline attirait les regards. Bien que cela fasse naître en lui un fort sentiment de possession – comment ces individus osaient-ils lui jeter ces regards enflammés ? –, Kingston comprenait ces réactions. Les créations d'Adeline étaient resplendissantes dans un bal de la haute société, et choquantes dans ce genre de quartier.

Il était impossible de ne pas la dévisager.

Elle l'entraîna vers un établissement particulier, sombre, très fréquenté, et qui semblait dangereux. Quand ils furent installés dans un coin, devant une petite table, avec deux pintes qui contenaient vraisemblablement de la bière, Kingston sentit son inquiétude se dissiper. Personne ne le connaissait ici. L'atmosphère était imprégnée d'une sorte d'insouciance. Le plaisir avant tout, le travail demain, et on ne pensait qu'au moment présent.

— Je dois avouer que je me sens un peu déplacé.

— Nous ne sommes pas habillés pour ce genre d'endroit.

— Je ne pense pas que ce soit seulement mon costume, répondit-il en regardant sa robe.

— Ne me dites pas que vous êtes trop chic pour vous aventurer dans les tripots du centre-ville, Votre Grâce.

— Ne m'en tenez pas rigueur.

Il marqua une pause, et goûta à sa bière.

— En fin de compte, non, je ne suis pas fait pour cela.

— Vous êtes incorrigible, dit-elle en souriant.

— Je ne suis pas dans mon élément. Pourtant, je fréquentais des établissements comme celui-ci, autrefois. Il y a très longtemps.

Elle lui prit les mains.

— Vous vous en sortirez très bien, l'Anglais. Mais surveillez votre montre de gousset.

Sa montre avait appartenu à son grand-père. C'était un cadeau du prince régent en personne, et elle avait une certaine valeur. Mais s'il la perdait ce soir, il considérerait que ce n'était pas cher payé pour passer la soirée en tête à tête avec Adeline dans ce tripot mal famé où personne ne les reconnaîtrait.

Il se détendit un peu plus.

— Maintenant, racontez-moi ce que vous faisiez avant de devenir duc. Je veux tout savoir de votre jeunesse dissipée.

— C'était il y a tellement longtemps.

— Ah oui ?

— Non, pas tant que ça. Et je suis vexé que vous m'ayez cru ! s'exclama-t-il, l'air faussement horrifié.

Elle se mit à rire, et il fut enchanté.

— Autrefois, il y a de cela des années, je vivais sans le moindre souci en tête. Je ne manquais de rien, et je devais hériter de tout. Un titre prestigieux, des domaines immenses, plusieurs maisons, etc. Et donc, je vivais comme la plupart des hommes de mon rang. Je passais mes jours et mes nuits avec des femmes, à boire du vin, et à m'amuser. Entre les courses de chevaux, le canotage, les réceptions, les jeux de hasard, ma vie était très remplie.

— Vous deviez être insupportable. Je vous aurais trouvé affreux.

De fait, il l'avait été. Il n'avait été ni méchant ni cruel, comme certains de ses soi-disant amis d'alors. Mais à l'époque il ne pensait qu'à lui et à ses amusements. Depuis la mort de son père, il devait assumer les responsabilités de son titre et n'avait plus de temps à consacrer aux distractions. Il aimait avoir les idées claires le matin, et un objectif pour donner un but à sa journée.

— À l'époque, je vous aurais déjà embrassée, avoua-t-il. Et même plus que cela.

— Je ne vous aurais pas laissé faire.

— Vous n'auriez sûrement pas résisté longtemps, rétorqua-t-il en soutenant son regard. Elles finissaient toujours par dire oui.

— C'est ce que vous croyez, mais en réalité vous vous trompez.

Elle avala une gorgée de bière.

— Que voulez-vous dire ?

— Il arrive qu'une femme fasse ce qu'il faut pour survivre. Y compris satisfaire les caprices d'un duc. Ou de n'importe quel autre lord.

— Insinuez-vous que les femmes qui cédaient à mes avances ne voulaient pas vraiment de moi ? Je peux vous affirmer que je n'ai jamais forcé l'une d'elles. Il y a certaines limites qu'un gentleman ne franchit pas.

— Ce que je veux dire, c'est que lorsqu'un homme détient tous les pouvoirs, un *oui* ne veut pas forcément dire oui. Une femme peut accepter parce qu'elle n'a pas les moyens de faire autrement. Me suis-je fait comprendre, duc ?

Il commençait à comprendre, oui. Et il avait peur de regarder en arrière. Comment savoir ce qu'il allait voir ? Et s'il découvrait qu'il n'était pas le gentleman qu'il se flattait d'être ? Soudain, il éprouva la crainte de ne pas être réellement désiré, d'être juste poliment toléré. Mais avec Adeline, c'était différent. Une chose devenait claire pour lui : il avait besoin d'une femme qui n'avait pas du tout besoin de lui.

— Qu'est-ce qui vous a fait changer ? Il a dû se passer quelque chose. Vous prétendez vous comporter en gentleman, et vouloir faire vivre votre famille et vos métayers.

— La mort de mon père, comme je vous l'ai dit. Toutes les responsabilités sont alors retombées sur moi. J'ai donc décidé de suivre l'exemple donné par des générations de ducs de Kingston : épouser une héritière. Me servir de sa fortune afin de sauvegarder le domaine pour les prochaines générations.

— Je suppose que vous n'aviez pas d'autre exemple à suivre ?

— Non, pas jusqu'à mon arrivée à New York. Mais maintenant je vois qu'il existe peut-être d'autres façons d'agir.

Ce qu'il essayait de lui dire, c'était qu'épouser Miss Van Allen n'était pas une solution. Certes, il avait besoin d'argent. Mais il y avait d'autres moyens d'en gagner. Cette ville le lui avait prouvé. Adeline lui montrait qu'il avait besoin de s'investir dans un projet. Le devoir d'un homme ne consistait pas seulement à fournir de l'argent à sa famille. L'honneur ne consistait pas à s'abstenir de tricher aux cartes. Il ne suffisait pas de sauvegarder l'héritage que l'on avait reçu.

Ces vérités lui apparurent en un éclair. Il essaya de l'expliquer à Adeline.

— Je n'avais pas saisi cela, avant de vous rencontrer.

— Je crois que je comprends. Vous voulez devenir un homme différent.

— J'ai fait le vœu de sacrifier mon propre plaisir pour servir ma famille et mon domaine.

Il marqua une pause, songeur, et enchaîna :

— J'ai promis de faire en sorte que mes enfants aient de quoi vivre. Et aussi de ne pas tourmenter ma femme avec des liaisons, qui l'obligeront à faire toutes sortes de choses ridicules pour attirer mon attention et me ramener vers elle.

La seule façon de faire cela était d'épouser une femme qu'il pourrait aimer.

— Dans ce cas, vous feriez mieux d'épouser quelqu'un pour qui vous éprouvez de la passion. Une femme dont vous ne pouvez détacher les yeux. À laquelle vous ne cessez de penser.

— En d'autres termes, je ferais mieux d'épouser une fille comme vous.

Adeline avait fait une grave erreur de calcul. Le McGurk's n'était pas censé être propice aux histoires sentimentales et à la séduction. C'était une salle de danse miteuse, bruyante, sombre, fréquentée par des gens peu raffinés et sales. Mais le duc ne prenait pas de grands airs. Non. Il s'était saisi d'une chaise pour lui, une autre pour elle, et lui avait offert un verre de bière.

Puis il l'avait regardée dans les yeux et avait mis son âme à nu. Il s'était confié à elle et à elle seule.

C'était sa façon de la séduire.

L'intimité. Les risques. La nouveauté. La surprise. La façon qu'il avait de la regarder. Le sourire sensuel qu'il esquissait de temps à autre. La façon dont il entrelaçait ses doigts avec les siens, lui passait le pouce sur la paume de la main, l'intérieur du poignet. La caresse était presque imperceptible, et pourtant elle l'enflammait. Les braises couvaient. Ce soir, elle allait s'embraser comme une torche.

Tout cela lui faisait tourner la tête.

Puis il avait prononcé les mots.

« Je ferais mieux d'épouser une fille comme vous. »

— Vous recommencez, avec vos demandes en mariage, dit-elle pour le taquiner.

— Si je vous pose la question assez souvent, vous finirez peut-être par dire oui.

Elle prit une nouvelle gorgée de bière. Elle était peut-être la femme qu'il lui fallait, mais elle ne voulait pas se marier. Cela ne voulait pas dire qu'elle n'éprouvait pas de désirs. À vrai dire, elle avait de plus en plus envie de les explorer avec lui.

— Adeline, dites-moi pourquoi vous refusez de vous marier.

— C'est très simple. J'ai constaté que cela ne menait à rien de bien.

Il attendit qu'elle s'explique.

— Mon père a été le premier mari de ma mère. Il est parti chercher fortune dans l'Ouest, et nous avons appris des années plus tard qu'il était mort de dysenterie. Pendant ce temps, nous subsistions grâce à la charité de mon oncle et de ma tante, et nous travaillions du matin au soir dans une usine de Norfolk Street. Tout ce que nous gagnions allait dans la poche de mon oncle. Il faisait aussi payer ma mère... d'une autre façon. Je le savais. J'avais sept ans.

Kingston lui agrippa la main et la pressa.

— Lorsque nous avons appris que mon père était mort, ma mère a été libre de se remarier avec quelqu'un qui subviendrait à nos besoins. Nous voulions désespérément partir de chez mon oncle, aussi a-t-elle épousé le premier venu. Il était tout aussi mauvais que les autres, peut-être pire. J'avais dix ans.

Kingston pinça les lèvres.

— Il est mort comme cela arrive souvent aux hommes de son espèce. Un accident stupide, à la suite d'une soirée de beuverie et d'une dispute. Je n'ai pas été triste du tout. J'avais douze ans. J'ai décidé alors de gagner de l'argent, j'étais habile pour tirer l'aiguille, un brin rebelle, et j'avais des idées. Mais ma mère ne voulait pas croire que nous pouvions nous en sortir seules. Peut-être avait-elle raison. Elle s'est mariée pour la troisième fois. Et j'ai trouvé un emploi dans une boutique de mode. Chez Mme Chalfont, en fait. Ainsi, je n'étais pas obligée de rester à la maison. Je préférais ne pas voir ce qui s'y passait, car cela me faisait trop de mal.

Kingston écoutait en silence, tout en lui tenant la main.

— Elle n'a pas voulu le quitter. À cause des préjugés idiots qu'elle avait dans la tête. « Le devoir le plus noble d'une femme est de se soumettre à son mari. » Elle restait pour l'honneur, et pour moi.

Kingston soutint son regard. Elle vit une lueur de compréhension dans ses yeux.

— Je l'ai vue donner et donner, jusqu'à ce qu'il ne

lui reste plus rien. Et j'ai vu ses maris successifs prendre, et prendre encore. J'ai quelque chose, maintenant. L'indépendance, et la sécurité. J'ai quelque chose qui est *à moi*. Et j'ai créé un refuge pour les femmes qui n'ont nulle part où aller, si elles ne veulent pas épouser des hommes comme Thomas, John et Charles. Je ne peux prendre le risque de tout perdre. Voilà, mon cher duc, ce que je sais sur le mariage.

— Et que savez-vous de l'amour ?

— Ce que j'ai lu dans les romans à deux sous de Rose, je suppose. Et vous ?

— Les poètes, je crois.

— Nous voilà bien assortis !

Ce qu'elle ne pouvait pas, et n'osait pas dire, c'était que les sentiments qu'elle éprouvait ressemblaient fort à de l'amour.

Kingston et elle étaient complètement déplacés, ici. Pourtant, elle ne s'était jamais sentie aussi bien. Elle lui tenait la main, lui racontait son sombre passé, lui confiait ses peurs les plus profondes, la fierté de ce qu'elle avait accompli avec seulement une aiguille, du fil, du bon sens, et un peu de chance.

Le désir faisait naître une chaleur au creux de son ventre. Il la poussait à presser son corps contre celui de Kingston, à sentir son torse ferme sous ses paumes. Et puis ses bras virils se refermer sur elle, et son sexe pénétrer dans la chaleur de son corps. C'était le désir qui lui inspirait les pensées coquines et sensuelles qui tourbillonnaient dans sa tête.

Mais tout le reste, c'était de l'amour.

— Dans un moment comme celui-ci, maintenant

que nous avons dévoilé nos pensées les plus profondes, je pense qu'il n'y a plus qu'une chose à faire, dit-elle.

— J'espère que je pourrai vous tenir dans mes bras.

— Oh ! oui ! dit-elle en riant.

Elle se leva et l'entraîna parmi les danseurs. Les heures passèrent dans un brouillard de désir et de tentation. Il la serrait contre lui, elle sentait son corps bouger contre le sien. Elle respirait son odeur. Elle oubliait tout, sauf leurs corps enlacés qui tournoyaient ensemble. Il n'y avait aucun risque qu'on les voie ici. Tant qu'ils dansaient, il n'y avait aucun risque d'aucune sorte.

Quand il fut terriblement tard, mais que leurs cœurs battaient toujours à tout rompre, ils grimpèrent dans un fiacre. Kingston lança au cocher une adresse en ville.

Adeline ne protesta pas. Elle était montée dans la voiture les yeux grands ouverts.

Elle l'aimait. Elle ne voyait aucun avenir possible entre eux. Kingston voulait être un homme digne de son rang, et un tel homme n'épouserait jamais une petite parvenue américaine qui refusait de renoncer à une indépendance durement acquise.

Mais ils avaient la nuit devant eux.

Chapitre 23

Le scandaleux bal masqué de Mrs Carlyle est en ce moment au centre de toutes les discussions. Qu'un étalage de richesses aussi voyant que maladroit ait pu se produire, alors que des gens meurent de faim dans la rue, est ahurissant. Cela n'a pas fini de susciter des conversations passionnées. Lorsque ce débat sera retombé, alors nous pourrons parler de ce qui s'est passé au cours de cette réception. Et ensuite.

– The New York World

Hôtel de la Cinquième Avenue

La nuit était bien entamée. Mais l'aube était encore loin, lorsque la voiture s'arrêta devant l'Hôtel de la Cinquième Avenue.

En parfait gentleman, Kingston tendit la main à Adeline pour l'aider à descendre.

Tout le monde s'était retiré pour la nuit, et le hall était désert. Il n'y avait personne pour les épier, à l'exception d'un groom à moitié endormi. Les journalistes, les commères et les curieux étaient tous chez les Carlyle pour assister au départ des invités. Adeline et lui allaient pouvoir traverser le vestibule sans se faire repérer.

Parvenu au milieu du hall, il s'arrêta.

— C'est ici que je vous ai vue pour la première fois.

Il s'était arrêté brusquement, à cet endroit précis, en voyant Adeline approcher de sa démarche inimitable. Il avait été captivé.

Son cœur se mit à battre la chamade.

Il savait où cela les menait. Et pour lui, cela signifiait beaucoup. Il pressentait qu'il y aurait un « avant » et un « après » cette nuit. Rien ne serait plus jamais pareil.

Avec un sourire enjoué, elle se blottit entre ses bras. Il fut enveloppé par sa chaleur et son parfum, et sentit ses seins lui effleurer le torse. Elle renversa la tête en arrière pour le regarder.

— C'est ici que je vous ai vu pour la première fois, monsieur le duc.

Il posa les mains sur sa taille, comme pour la retenir, et plongea les yeux dans les siens. Ces yeux de biche à l'expression malicieuse. Cette bouche en bouton de rose. Cet adorable sourire. Comme ce jour-là, il sentit ses défenses l'abandonner.

— J'ai eu envie de vous prendre dans mes bras. Comme cela.

Il la serra un peu plus fort contre sa poitrine.

— Je ne me suis pas écartée très vite, murmura-t-elle en faisant glisser les mains sur son torse, dans un geste possessif.

— Puis je vous ai regardée vous éloigner.

La douleur qu'il avait ressentie à ce moment resurgit, encore plus intense.

— Comme cela ?

Elle lui tourna le dos et alla vers l'ascenseur en roulant les hanches. Kingston ne put détacher les yeux de sa silhouette. Elle lui sourit par-dessus son épaule nue. Ce sourire était une invitation.

Il se précipita vers elle, la prit dans ses bras, la fit tournoyer et, dans une petite démonstration de force chevaleresque, la déposa devant la cabine d'ascenseur.

— Je dois avouer que je vous trouve ravissante.

— Naturellement ! répondit-elle en riant.

Le liftier attendait de les amener à l'étage désiré. S'il trouva cette scène intéressante, il n'en laissa rien paraître. Main dans la main, ils pénétrèrent dans la cabine tapissée de velours pour gagner le dernier étage, la suite du duc, et son lit.

Ils sortirent de l'ascenseur. Ils étaient seuls dans le couloir faiblement éclairé par des lumières tamisées.

Kingston ouvrit la porte de la suite, et referma aussitôt derrière eux.

Il pouvait l'embrasser maintenant, car ils étaient seuls et personne ne pouvait les voir. Et aussi parce qu'il ne pouvait pas ne pas l'embrasser.

Il recula pour regarder cette femme, la seule qui le refusait. Qui ne se laissait pas prendre au piège par son titre et son rang dans la société. Elle était là uniquement parce qu'elle le désirait, et c'était la chose la plus érotique qu'il puisse imaginer.

— J'étais tellement enchanté, que je ne trouvais plus rien à dire.

— Alors, ne disons rien, murmura-t-elle.

Ils se turent.

Kingston prit ses lèvres et lui fit comprendre ce qu'il ne pouvait exprimer par des mots. Seigneur, il la désirait. Il aurait voulu se noyer dans les bras d'Adeline. Oublier les « avant » et les « après », et toutes les raisons pour lesquelles il n'aurait pas dû faire cela. Il refusa de penser à son devoir, à l'honneur, et à ce genre de choses. Il s'abandonna à ce baiser, avec cette femme, cette nuit, à ce moment. Il était prêt à renoncer à tout. Il avait l'impression de s'être enfin trouvé. Comme si les morceaux éparpillés de son cœur se rassemblaient tout à coup.

Les idées qui tournoyaient dans la tête d'Adeline s'évanouirent à l'instant où Kingston prit ses lèvres. Toutes les questions qui la tourmentaient disparurent comme par enchantement. Elle s'était demandé ce qu'elle faisait là. Elle n'avait pas oublié ce qu'elle risquait si on la voyait avec lui. Mais elle croyait en lui et en ce que son corps réclamait : ses caresses, ses baisers, lui.

Donc, les seules idées qui subsistaient dans sa tête étaient très simples et se résumaient en quelques mots. *Oui. Je vous en prie. N'arrêtez pas.*

Il tira sur le savant arrangement de soie et d'organza qui lui couvrait en partie les épaules. Quand il fut débarrassé de ces tissus, il déposa des baisers sur sa peau nue.

Oui, encore…

Il l'embrassa de nouveau, comme si sa vie en dépendait. Il enfonça les doigts dans ses cheveux, et son chignon élaboré fut défait en un instant. Mais elle n'en avait cure.

Lorsqu'une femme sortait dans le monde, sa robe constituait une armure de protection. Mais ici, elle n'était pas nécessaire. À cette heure-ci, avec cet homme, il n'y avait plus à hésiter. Se dépouiller de ses vêtements pour être nue dans ses bras, voilà ce qu'elle voulait.

N'être plus qu'une femme, sans tous ces accessoires qui l'encombraient.

Mais le problème avec les robes, c'était justement de les enlever.

— Vous pourriez juste l'arracher, murmura-t-elle entre deux baisers, tandis qu'il cherchait les boutons dans son dos. Je crois savoir que les hommes font cela. Apparemment, cela plaît aux femmes.

— Déchirer cette œuvre d'art ? Oh ! non. Tout le plaisir consiste à la retirer lentement, avec précaution.

Il lui sourit, et elle eut l'impression qu'une nuée de papillons battaient des ailes au creux de son ventre.

Kingston avait raison.

L'idée qu'il la déshabille lentement avant de se retrouver nue devant lui était… affolante. Elle crut devenir folle de désir, tandis qu'il dégrafait délicatement chaque bouton.

Finalement, la robe glissa sur le sol et fut jetée négligemment sur le canapé. Un tas de soie d'une blancheur virginale. Mais il restait encore des couches et des couches de tissus entre eux. Chaque jupon, chaque chemise, chaque pan de dentelle offrait une nouvelle chance de lui dire non. *J'ai bien réfléchi, et finalement…*

Oui. C'était oui. Elle avait longuement réfléchi, et décidé de lui enlever sa veste. Elle tira sur une manche, puis le superbe vêtement de Savile Row tomba sur le sol. Et y resta. Du moins, pour cette nuit.

Kingston lui enleva sa chemise et la jeta de côté. De son côté, elle eut tôt fait de lui déboutonner son gilet de soie.

Ils continuèrent ainsi, ôtant un vêtement après l'autre, jusqu'à ce qu'il ne reste plus qu'eux et le désir qui les embrasait.

— Il faudra que vous dessiniez des vêtements plus

faciles à enlever, murmura-t-il en cherchant ses lèvres dans la pénombre.

Elle frissonna de plaisir.

— Je le ferai.

— Mais seulement pour vous et moi.

— Je vous le promets.

Ces mots murmurés à l'oreille l'enflammèrent plus que tout. Ils constituaient une promesse, et c'était très bien ainsi car il savait qu'après cette nuit, il n'y aurait plus de retour en arrière possible. Le reste de sa vie serait partagé en deux périodes. Avant qu'il ait vu Adeline nue, à la lueur des rayons de lune. Et après.

Rien ne serait plus comme avant.

Pour le meilleur, ou pour le pire.

Il l'allongea sur son lit. Des yeux sombres le fixèrent. Une cascade de cheveux noirs se répandit sur son oreiller. Il la contempla. Sa peau douce, les globes de ses seins, avec leur pointe plus foncée, son ventre, la courbe de ses hanches, et la toison brune entre ses jambes.

— Vous êtes si belle, Adeline. J'ai de la chance de pouvoir vous regarder.

Il se pencha pour l'embrasser. Ses lèvres avaient encore le goût du champagne. Il continua, plaquant sa peau nue contre la sienne, et ses reins s'embrasèrent. Il voulait plonger en elle. Adeline poussa un soupir, et il étouffa un grognement lorsqu'elle enfouit les doigts dans ses cheveux et lui rendit son baiser.

— Je n'ai pas oublié ces moments avec vous, dans la voiture, chuchota-t-elle.

— Oui.

Ses doigts se refermèrent sur un sein, et elle inspira violemment.

— J'y pense tous les soirs.
— Oui, dit-il encore en taquinant un mamelon.
— J'imagine… d'autres choses.
— Moi aussi.

Il était prêt à lui donner tout ce qu'il avait à lui offrir. Son amour, son attention, le plaisir des caresses.

Il l'embrassa. Ses lèvres. Il commença par là, faisant glisser le bout de sa langue sur elles, et elle lui livra passage.

Puis il s'aventura plus bas, savourant chaque parcelle de sa peau. Son cou, le petit creux de son épaule, ses seins. Bon sang, ses seins. Il goûta à l'un, puis à l'autre. Les taquina du bout de la langue. Il leur consacra toute son attention, jusqu'à ce qu'elle soit éperdue, haletante.

Alors, il descendit plus bas.

Traçant un sillon de baisers brûlants sur son ventre.

Puis plus bas encore.

— Adeline…

Elle répondit d'un gémissement. Il n'en demandait pas davantage. Il l'embrassa, *là*. Du bout de la langue, il effleura les pétales les plus secrets de sa chair. Chaque gémissement le poussait à continuer, à aller plus loin. Il traça des cercles autour du centre de son plaisir, et ses soupirs devinrent plus profonds. Alors, il insinua un doigt en elle, puis un autre. Elle était étroite, mais prête à le recevoir. Son désir était sans doute égal au sien. Il la voulait tout de suite. Ici et maintenant.

Mais elle d'abord. Ils avaient toute la nuit. Toute la vie. Il l'embrassa, la caressa, savoura ses soupirs, le rythme crescendo de ses cris, et puis…

Et puis Adeline n'y tint plus. La chaleur du corps de Kingston, ses caresses enflammées. C'était trop. Une extase…

Des vagues de plaisir la submergèrent, et elle ne put contenir ses cris. Elle ne pouvait plus réfléchir, ne contrôlait plus rien... Elle s'abandonna. Complètement. D'autres vagues déferlèrent et... Oh...

Elle avait imaginé cela nuit après nuit. Mais son imagination avait été loin de la réalité. Avec les caresses de Kingston, ses lèvres, ses attentions délicieuses.

Et ce n'était que le début. Elle sentit le sexe dur de ce dernier contre sa cuisse, puis contre son ventre lorsqu'il se hissa au-dessus d'elle pour l'embrasser sur la bouche.

Kingston la regarda et il sembla envoûté par le regard qu'elle posait sur lui. Comme s'il avait l'impression de ne jamais avoir donné autant de plaisir à une femme.

— Que voulez-vous ensuite, Adeline ?

Celle-ci sourit, malgré elle.

— Tout, chuchota-t-elle. Je veux tout.

À la fois curieux et possessif, il contempla ses seins, la courbe de son ventre, ses cuisses fuselées. Elle décela en lui le vaurien qu'il avait dû être autrefois, et l'homme puissant qu'il devenait. Il n'y avait pas à se tromper sur les sentiments qu'elle lui inspirait. Si elle avait eu des doutes, il les dissipa en un instant.

Kingston se pencha sur elle, admirant sa peau nue et nacrée, la lueur dans ses yeux, la façon irrésistible dont elle se mordillait les lèvres.

— Tout, chuchota-t-elle encore. Tout.

— Laissez-moi vous donner tout.

Il s'insinua entre ses cuisses, pressant son sexe contre le sien. Elle était chaude et humide. S'il avait hésité, la façon dont elle noua les jambes autour de ses reins et se cambra pour aller à sa rencontre l'aurait convaincu sur-le-champ d'aller plus loin.

Elle voulait qu'il pénètre en elle. Maintenant.

Un gentleman ne pouvait rien refuser à une dame.

Puis toutes les pensées concernant le comportement des gentlemen s'envolèrent.

Il voulait pouvoir se rappeler toujours ce moment. Aussi alla-t-il très doucement, pénétrant en elle avec une lenteur proche de la torture. Plus rien ne serait pareil, il le savait, mais il ne pouvait s'empêcher de continuer. Elle était prête à l'accueillir.

— Oh ! mon Dieu, Adeline, marmonna-t-il en s'enfonçant dans la chaleur de son corps.

— Oui, répondit-elle en balançant les hanches.

Alors, il se mit à aller et venir en elle. Au début, les mouvements furent un peu maladroits. Mais lentement et sûrement, ils trouvèrent le rythme qui leur convenait. Chaque mouvement des hanches les rapprochait, les unissait plus encore. Kingston sentait son désir augmenter, il ne pouvait plus s'arrêter.

Il enfouit les doigts dans les boucles d'Adeline, et elle fit glisser ses ongles sur son dos nu.

Il l'embrassa.

Elle poussa un gémissement.

Peu à peu, il découvrit les petites choses qui lui plaisaient. Il lui mordilla le lobe de l'oreille, les doigts, prit les pointes de ses seins entre les dents. Elle était la seule, l'unique femme qu'il voulait connaître ainsi. La seule qui criait de cette façon alors que le plaisir l'inondait.

Finalement, il ne put résister plus longtemps. Il s'abandonna. Lorsque la jouissance l'emporta, il cria son nom.

Puis tout se termina comme cela avait commencé. Par un baiser.

Chapitre 24

Le duc de Kingston doit avoir une excellente raison pour ne pas avoir encore demandé la main de Miss Van Allen. On ne peut que se perdre en conjectures sur ses intentions.

– The New York World

Le lendemain matin

Kingston s'éveilla avec Adeline dans les bras. Le premier rayon de lumière traversa la baie vitrée, qui offrait une vue impressionnante sur la ville. Mais à l'intérieur de la chambre, la scène était bien plus captivante. Plus envoûtante.

Adeline était dans son lit. Entre ses bras. Leurs corps étaient enlacés.

Les événements de la veille, particulièrement la scène entre sa mère et Miss Van Allen, semblaient avoir eu lieu dans une autre vie. Tout ce qu'il avait fait, c'était de s'échapper avec Adeline. Puis de lui faire l'amour. Mais quand il avait dévoilé son corps et son âme à cette femme ensorcelante, quelque chose s'était passé.

Ses projets avaient changé de manière irrévocable.

Elle dormait sur le côté, les reins collés contre son sexe, qui était prêt à lui faire de nouveau l'amour. Il lui déposa un baiser sur l'épaule, s'émerveillant d'avoir la chance de pouvoir la contempler nue, couverte seulement d'un drap. Au quotidien, elle était toujours remarquablement bien habillée. Il était le seul à la voir ainsi.

Vraiment ?

Il n'avait pas envie d'y penser. Mais une fois que cette pensée l'eut effleuré, il ne put plus s'en débarrasser. Ils s'étaient révélé tous leurs secrets la nuit dernière.

Tous, sauf un.

Il y avait toujours un mystère qui enveloppait Adeline, et il n'en avait pas la clé.

Comment avait-elle pu s'offrir toute cette soie blanche, posée sur le canapé, et les autres robes exquises qu'il l'avait vue porter ? Comment pouvait-elle payer les ouvrières qui cousaient ces tenues luxueuses ? Comment avait-elle pu passer de l'état de couturière sans emploi et sans le sou, à celui de créatrice de mode à la tête d'un établissement ? En seulement quinze jours ? Les banques n'avaient malheureusement pas l'habitude d'accorder des prêts à des femmes issues des classes populaires, si personne ne se portait garant pour elles.

Kingston eut honte de la pensée qui l'effleura.

Au lieu de se demander *comment* elle avait fait, il se demandait *qui* l'avait aidée.

S'il n'y avait personne, elle s'y était prise autrement, et il voulait savoir par quel moyen. Maintenant que son mariage avec Miss Van Allen, ou avec une quelconque autre héritière, n'était plus d'actualité, il devait établir d'autres projets pour réparer la toiture, reconstruire les écuries, constituer des dots pour ses sœurs, et payer les factures de sa mère. Il devait trouver le moyen d'accomplir son devoir de duc, tout en épousant la femme qu'il aimait.

— Comment avez-vous fait, Adeline ?

— Hum ? marmonna-t-elle, dans un demi-sommeil. Fait quoi ?

— Comment m'avez-vous ensorcelé ?

Elle bâilla et s'étira. Le contact de ses hanches raviva aussitôt le désir de Kingston.

— Le plus simplement du monde. En vous tournant le dos.

— Il est certain que vous avez une ravissante chute de reins.

Il se pressa contre elle. Elle roula sur elle-même pour le regarder, et lui déposa un rapide baiser sur les lèvres. Puis elle se blottit contre lui. Ses pensées ne semblaient pas être sur la même ligne que les siennes.

— Comment avez-vous fait pour ouvrir votre boutique ? demanda-t-il néanmoins.

Elle se figea.

— Kingston…

— Nous nous sommes avoué tous nos secrets. C'est le seul que vous ne m'avez pas encore révélé. Je veux vous connaître. Je veux tout savoir de vous.

Il repoussa une boucle qui lui barrait la joue.

— Je suis désolée, Kingston. C'est la seule chose que je ne peux pas vous dire.

Elle voulut l'attirer vers elle pour l'embrasser encore. Mais c'était plus fort que lui, il imaginait déjà le pire.

— J'ai besoin de savoir comment je pourrais faire fortune. Vous avez réussi en un laps de temps très court.

Adeline s'assit brusquement, ramenant le drap sur elle.

— Que devient Miss Van Allen ? Votre projet d'épouser une héritière ?

— Je crains que cela ne soit plus possible pour moi. Je suis tombé amoureux de quelqu'un d'autre. Il se trouve que je préfère épouser une femme qui m'ensorcelle. Dont je ne peux détacher les yeux. Peu importe qu'elle soit sans fortune.

— La façon dont j'ai réussi ne devrait avoir aucune importance.

Le fait qu'elle ne veuille pas parler le rendit soupçonneux. Cela faisait surgir des questions qu'il préférait ne pas poser. Qui connaissait-elle, qui possédait suffisamment d'argent ? La vision fugitive de Freddie lui touchant le bras traversa l'esprit de Kingston. Freddie la faisant danser. Adeline riant à l'une de ses plaisanteries.

Non.

— Cela n'a pas d'importance, mais…

Soudain, la jalousie lui serra la gorge. C'était *très* important, au contraire. Car il voulait l'aimer de tout son cœur, et c'était impossible si un secret aussi monumental subsistait entre eux. Surtout si son cousin était mêlé à cette affaire.

— Je ne peux pas vous le dire. Je suis désolée, mais j'ai donné ma parole.

— Était-ce… ? Non, n'y pensez plus. Je ne veux pas gâcher ce moment. Il y a une femme superbe dans mon lit.

Il lui prit le poignet pour l'entraîner sous les draps, mais elle résista et il dut la relâcher. Bon sang. Il avait bel et bien gâché ce moment.

— Je dois m'en aller, dit-elle. La ville ne va pas tarder à se réveiller, et il ne faudrait pas qu'on me voie dans ma robe de bal ce matin.

— Attendez, Adeline…

Elle était déjà en train de rassembler ses vêtements éparpillés. Il se leva pour l'aider. Elle était si belle, si fascinante. Si ambitieuse. *Comment s'y était-elle prise ?*

Plus il y pensait, plus la question l'obsédait. Elle était presque à la rue, seule et sans ressources. Et quelques semaines plus tard, elle se retrouvait propriétaire d'une boutique de mode. Cela n'arrivait pas par hasard. Pas dans ce monde, où les femmes ne bénéficiaient pas des mêmes aides et des mêmes opportunités que les hommes.

Un bienfaiteur. Un protecteur. Un homme fortuné aurait accepté de la mettre à l'abri du besoin en échange de… certaines faveurs. Un homme comme Freddie, qui de son propre aveu n'était pas heureux en ménage. Avec de l'argent qui lui brûlait les doigts, et un goût prononcé pour les jolies jeunes femmes. La pensée qu'elle était peut-être redevable à son cousin était insupportable.

Si Adeline avait besoin de quelqu'un pour l'aider, pourquoi ne s'était-elle pas adressée à lui ?

Mais il était fauché, et elle le savait bien. Pourquoi, sans cela, aurait-il été si impatient d'épouser une héritière ? Elle avait dû en conclure, non sans raison, qu'il n'était pas en position de réaliser les rêves d'une femme. Il se sentit embarrassé et honteux. Il n'avait pu la soutenir financièrement, donc elle s'était tournée vers un autre.

Cette idée le mit en rage. Il eut l'impression d'étouffer. C'est sans doute ce qui le poussa à demander :

— Dites-moi une chose. Était-ce Freddie ?

Elle pivota vivement vers lui.

— Freddie ?

— Mon cousin, Lord Hewitt. Je vous ai vus ensemble.

Vous sembliez très… proches. C'est exactement le genre d'homme qui…

— Je vois ce que vous voulez dire, répliqua-t-elle, d'un ton si glacial qu'il eut sur-le-champ envie de ravaler ses paroles.

Freddie s'était marié pour l'argent, et non par amour. Il n'en faisait pas mystère. C'était le genre d'homme qui n'hésiterait pas à payer pour avoir une maîtresse. Des bijoux, ou un établissement de mode. Kingston aurait dû poser la question directement à son cousin.

Mais pas à Adeline.

— Vous me demandez si j'ai couché avec un homme marié, afin d'obtenir des fonds pour ouvrir ma boutique ? Vous insinuez que je me suis servie de mon corps pour avoir de l'argent ?

Elle était incrédule. Furieuse. Et elle avait raison.

Kingston n'avait pas voulu l'insulter. Mais il l'avait blessée malgré tout. Profondément.

— Non, je ne porterais pas ce genre d'accusation contre vous. Mais… Vous avez accompli quelque chose d'extraordinaire.

— En effet, répondit-elle avec fierté.

— Je l'ai vu flirter avec vous. Et je vous ai vue lui répondre aimablement. Je sais comment tourne le monde. Je ne vous jugerais pas, si c'était cela.

— Je vais vous dire ce que vous avez vu. Vous avez vu le mari d'une de mes clientes s'intéresser à moi. Cet intérêt n'est pas réciproque. Après ce qui s'est passé cette nuit, vous auriez dû vous en douter. Je me suis montrée cordiale envers lui, car je ne peux me permettre de froisser le mari d'une femme qui a commandé chez moi un nombre de robes astronomique. S'il décidait de ne pas me payer, je serais ruinée. Et tant qu'il n'aura pas réglé les factures, je rirai à ses plaisanteries et je lui laisserai croire que ses avances me font plaisir, tout en faisant tout ce qu'il faut pour apparaître comme une femme honnête et vertueuse, afin de ne pas faire fuir le reste de ma clientèle. Dois-je vous en dire davantage sur la situation impossible dans laquelle je me trouve ?

Kingston en demeura sans voix.

Freddie. Ce bon vieux Freddie, complètement inoffensif. Il voulait juste s'amuser un peu. Et ce faisant, il tenait une pauvre femme innocente et travailleuse entre le marteau et l'enclume. Kingston avait du mal à mettre tout cela en ordre dans sa tête.

— Je ne devrais même pas me trouver là, avec vous, lança-t-elle, en faisant le tour de la chambre pour récupérer ici un bas, et là des sous-vêtements. Vous ne me méritez pas.

Il ne pouvait la contredire.

— Je ne peux pas vous dire comment j'ai ouvert mon établissement. Et maintenant, j'ai encore moins envie de le faire. Mais j'espère que vous avez bien compris la situation entre Lord Hewitt et moi.

— Vous devriez avoir une discussion avec lui. Lui exposer votre situation. Lui dire d'arrêter.

Adeline éclata de rire.

— Trop de gens dépendent de moi pour vivre. Je préfère me sacrifier plutôt que de tout gâcher pour mes employées. Vous devriez comprendre cela, *monsieur le duc*. N'est-ce pas pour la même raison que vous allez épouser une héritière que vous n'aimez pas ?

— Je dirai un mot à Freddie, déclara Kingston,

avec son air d'aristocrate tout-puissant qui règne sur son domaine.

Comme s'il avait le pouvoir de régler tous les problèmes de l'univers !

— Vraiment ? répondit-elle avec lassitude. Vous comptez *vraiment* tenir tête à vos pairs, à votre famille, à votre ami, juste pour une pauvre fille issue de la classe ouvrière ?

— Vous n'êtes pas n'importe quelle femme pour moi.

— Mais pour le reste du monde, je ne suis rien ni personne. Allez-vous vraiment mettre votre réputation en péril, pour protéger la mienne ?

— Oui. *Oui*, je le ferai.

Adeline leva crânement le menton.

— Et si je refusais que vous vous battiez à ma place ?

Kingston était allé à Eton. Il avait eu les meilleurs professeurs. Il avait obtenu des diplômes à Oxford. Il avait fait son grand tour sur le Continent, parlait plusieurs langues, siégeait à la Chambre des lords. Il était cultivé, il savait beaucoup de choses.

Mais à ce moment précis, il ne sut quoi répondre à Adeline.

— Je veux être digne de vous.

— Vous pourriez commencer par ne pas m'accuser de vendre mon corps. Et quand bien même je l'aurais fait ? Pourquoi serais-je à blâmer d'avoir saisi la seule opportunité que le monde accorde aux femmes pour avancer dans la vie ?

Kingston demeura immobile, silencieux. Touché au plus profond de lui.

Il s'était laissé submerger par la jalousie. Il avait voulu jouer les héros, se mêler de la vie d'Adeline. À sa façon. Une fois de plus, celle-ci lui ouvrait les yeux et lui remettait les idées en place.

Elle se mit à enfiler sa robe, non sans difficulté.

— Où allez-vous ? demanda-t-il en allant l'aider.

— Je rentre chez moi. Dans ma boutique. Certaines personnes ont du travail qui les attend.

Plus tard ce soir-là
Au Metropolitan Club

Kingston était venu à Manhattan dans l'espoir de trouver une héritière et une fortune. Au lieu de cela, il était tombé amoureux d'une couturière. Et maintenant, il n'avait plus ni fortune ni couturière. Il allait devoir prendre quelques décisions, s'il voulait sauver son duché, et récupérer une femme en colère.

C'est alors que son cousin Freddie, tel le diable en personne, s'avança vers lui comme si rien n'avait changé.

— Tu es là ! Où étais-tu parti, hier soir ?

Il se laissa tomber dans un fauteuil en face de lui et fit signe à un serveur de lui apporter un verre. Naturellement, il s'imaginait que Kingston était d'humeur à supporter sa compagnie.

Ce dernier pensa à toutes les fois où ils avaient fait exactement la même chose, se réfugiant dans leur club un lendemain de fête, pour échanger toutes sortes d'histoires sur la nuit précédente. Ils avaient fait cela alors qu'ils étaient encore lycéens, puis étudiants à l'université, et au cours de leur jeunesse à Londres. Et à la grande honte de Kingston, ils avaient continué après le mariage de Freddie, bien que ce dernier ait eu la décence de ne jamais évoquer devant lui sa vie intime avec son épouse.

— J'ai fini par découvrir quelques tripots en ville, dit-il en guise d'explication.

Pour toutes sortes de raisons, il n'avait pas envie de raconter sa soirée avec Adeline à son cousin et ami, son acolyte de toujours.

Ce que Freddie n'eut pas l'air de comprendre.

— Enfin ! dit-il avec un grand sourire. Tu t'es enfin lassé de tes engagements respectables. Nous allons pouvoir nous amuser. Bien sûr, les dames n'en sauront rien.

— Comment va Marian ?

— Elle accumule les factures chez la couturière. Mais pendant ce temps, j'ai la paix.

C'était le genre de remarque à laquelle Kingston n'aurait pas prêté attention la veille encore. Naturellement, les gens de leur rang avaient souvent chez les fournisseurs des factures astronomiques qu'ils tardaient à payer. Très franchement, il ne faisait pas exception à la règle, avec les dépenses de sa mère.

Mais il ne flirtait jamais avec la couturière de celle-ci, au moins.

Il n'imposait pas sa présence dans les établissements de mode que sa mère et ses sœurs fréquentaient.

Il ne passait jamais le bras autour de la taille d'une jolie serveuse.

Il ne racontait jamais à celle-ci de mauvaises blagues auxquelles elle se croyait obligée de rire.

— C'est ce que j'ai entendu dire, déclara-t-il sèchement.

Son cœur se serra, tandis que les paroles d'Adeline résonnaient dans sa tête. « Vous comptez *vraiment* tenir tête à vos pairs, à votre famille, à votre ami, juste pour une pauvre fille issue de la classe ouvrière ? »

Ce qu'elle voulait savoir, c'était s'il était prêt à prendre sa défense.

À tout envoyer promener, par amour pour elle.

Et simplement à respecter une femme dans sa position.

Ce matin, il n'avait pas voulu croire que son cousin était l'homme qu'elle décrivait. Mais maintenant qu'elle lui avait ouvert les yeux, Kingston voyait bien que Freddie était du genre à aller un peu trop loin avec une femme, intentionnellement ou non, puis à ne plus lui accorder la moindre pensée. Après tout, personne ne lui avait jamais demandé de s'intéresser à la situation des autres.

Kingston devait-il lui dire quelque chose ? Telle était la question. Il aurait été plus facile de s'en sortir avec un rire, ou une pirouette, et de prendre congé. Mais cela n'empêcherait pas Freddie de continuer à importuner Adeline, ou d'autres femmes.

Il était duc. Membre du Parlement. Il était né pour être chef. Cependant, le fait de défendre une femme contre ses pairs ne faisait pas partie des choses qui figuraient dans son héritage depuis des générations. Kingston dut chercher ses mots.

— Ta couturière est tout à fait charmante, déclara Freddie.

Soit son cousin était inconscient des pensées qui le tracassaient, soit il cherchait délibérément à le provoquer.

— Tu es finalement parti avec elle, hier soir ?

— Pas couturière. *Créatrice de mode*, rectifia Kingston, ne serait-ce que pour se prouver qu'il avait changé. Elle ne se contente pas de coudre, elle est styliste. Et propriétaire de sa boutique, comme tu le sais.

— Allons donc ! C'est juste une fille comme une autre, et elle n'a rien pour devenir duchesse !

— Tu devrais sans doute changer ta manière de voir les choses, répliqua Kingston, crispant les mains sur les accoudoirs pour ne pas être tenté de frapper son cousin.

— Tu envisages sérieusement de l'épouser ? Ou bien c'est juste un amusement, avant de t'établir avec quelqu'un d'autre ? Pour moi, c'est le genre de fille avec qui on flirte quand on est prisonnier d'un mariage sans amour. Attends d'avoir passé un an ou deux avec Miss Van Allen et tu comprendras ce que je veux dire.

Freddie sirota son whisky, l'air renfrogné.

Kingston eut l'impression qu'il voulait le narguer, avec sa vision sinistre de l'avenir.

— Tu montres trop d'empressement envers Miss Black. C'est inconvenant. Inacceptable.

— C'est une jolie fille, répondit Freddie en haussant les épaules avec désinvolture.

Quelle importance ? semblait-il dire.

Kingston sentit la colère sourdre en lui. Il se pencha en avant, contenant sa fureur avec difficulté.

— Une jolie fille ? C'est pour cela que tu lui prends le bras, que tu la fais rire, que tu te permets des allusions inconvenantes ?

Freddie parut déconcerté.

— Ce n'est qu'un flirt, Kingston. Elle aime bien cela, elle flirte aussi avec moi. Qu'est-ce que cela peut te faire ? Tu ne vas pas l'épouser !

Kingston n'avait toujours pas retrouvé son équilibre depuis ce matin. À cause d'Adeline, son monde s'était écroulé, et un autre, entièrement nouveau, s'était élevé à la place de l'ancien. À cause d'elle, son existence tranquille, son parcours bien tracé, n'étaient plus de mise. À cause d'elle, les minuscules fissures apparues depuis quelque temps dans sa relation avec Freddie étaient en train de s'élargir.

Il voulait plus que tout être avec elle.

Et pour cela, il devait devenir digne d'elle.

Qu'il l'épouse, ou non.

Elle n'était pas là pour le voir ou l'entendre, mais il allait tout de même prendre sa défense.

— Tu te trompes. Elle ne flirte pas avec toi. Elle tolère poliment tes attentions. Tu dois arrêter.

— Eh bien, je ne vois pas pourquoi tu veux me gâcher mon plaisir.

Son plaisir. Il trouvait cela drôle ! L'avenir d'Adeline était en jeu, mais pour Freddie ce n'était qu'un amusement. Kingston avait vu l'agacement de celle-ci, sa fureur contenue. Il connaissait les contraintes de sa position.

— As-tu pensé une seule fois que ton intérêt pour elle n'était pas réciproque ?

— Tu veux dire que je ne suis pas aussi charmant que je l'imagine ?

Kingston connaissait bien son cousin. Ce dernier ne voulait de mal à personne, mais il avait conscience de son rang et se croyait tout permis. Il était riche, avait fière allure, et la plupart des gens se montraient aimables avec lui, spontanément ou par obligation. Mais ce n'était plus le moment de lui chercher des excuses pour son comportement.

— Oui, c'est exactement ce que je veux dire. Tu devrais régler ce que tu lui dois, et la laisser tranquille.

— Es-tu devenu son protecteur ? Je sais que tu aimerais bien cela, mais je ne suis pas sûr qu'elle veuille de toi.

— Je tiens à devenir son protecteur, oui.

— Et Miss Van Allen ?

— Nous ne sommes pas faits pour nous entendre.

Freddie se pencha en avant, les yeux brillants.

— Le duc que je connaissais aurait voulu avoir le beurre et l'argent du beurre. Aucun des Kingston avant toi n'aurait envisagé une seconde une mésalliance avec une simple couturière. Que t'est-il arrivé pour que tu tournes soudain le dos à la tradition ?

— Il m'est arrivé que je suis tombé amoureux.

— As-tu pensé à ta famille, aux métayers, aux domestiques ? Et à cette satanée toiture ?

La situation de Kingston se résumait à ceci. Il devait choisir entre son meilleur ami et la femme qu'il aimait. Entre la tradition et un avenir incertain.

— Je trouverai autre chose. Mais en ce qui concerne la femme que j'aime, je ne ferai aucun compromis.

Chapitre 25

Sa Grâce n'a toujours pas présenté sa demande à Miss Van Allen. Les esprits curieux aimeraient bien qu'on leur explique pourquoi. Et certaines femmes, particulièrement celles qui ont des filles à marier, voudraient savoir si le duc est toujours un cœur à prendre.

– The New York World

Le lendemain
Hôtel de la Cinquième Avenue

Cela faisait un peu moins de deux jours qu'Adeline était sortie de sa suite comme un ouragan. Au cours des heures qui avaient suivi, il lui avait envoyé une lettre d'excuses qu'elle lui avait retournée sans l'ouvrir. D'autres heures s'étaient écoulées, qu'il avait passées à réfléchir à son avenir et à son bonheur futur.

Il décida de tenter le tout pour le tout. De faire un pari risqué. New York avait fini par l'influencer.

Quand un homme décidait d'une ligne de conduite, il ne devait pas perdre de temps pour la mettre en place.

— Tu es sûr de ce que tu fais ? demanda nerveusement sa mère, pendant que le valet de Kingston finissait de brosser sa veste.

Un homme de son rang se devait d'avoir une présentation parfaite et une allure impressionnante lorsqu'il rendait une visite.

Sa mère ne passait pas d'une suite à l'autre, à l'intérieur même de l'hôtel, sans avoir revêtu un ensemble complet. Elle embellissait généralement sa tenue avec un bijou en plumes piqué dans sa chevelure. Elle ne pourrait bientôt plus se permettre cette fantaisie, mais elle ne le savait pas encore.

— Pour être franc, je n'ai jamais été aussi sûr de moi, déclara Kingston.

— Les commérages seront monstrueux. *Monstrueux*, tu entends ?

— Ils le sont toujours.

Un homme de son rang était soumis à la curiosité générale. Il ne pouvait pas rencontrer une femme par hasard, dans le hall d'un hôtel, sans que cela soit rapporté dans au moins trois journaux différents.

— Tes sœurs…

— Elles me remercieront plus tard.

— Et moi, ta mère adorée ?

— Vous achèterez un nouveau chapeau. Mais celui-là sera dans mes prix.

La duchesse haussa les épaules d'un air hautain, ce qui signifiait que son principal souci était réglé.

Elle s'empara de la boîte contenant la bague, souleva le couvercle et examina le bijou.

— J'ai toujours aimé celle-ci. Ton père me l'a offerte lorsqu'il a demandé ma main.

Kingston se tourna, et prit le temps de regarder sa mère. C'était une belle femme. Elle avait été une bonne mère pour ses sœurs et lui, les avait toujours farouchement défendus, et avait fait en sorte qu'ils ne soient pas témoins des excès de leur père. Pour la première fois, il se demanda à quel point elle s'était sacrifiée. Son père n'avait pas eu conscience des qualités de son épouse.

Adeline avait raison. Il ne fallait pas s'étonner que sa mère veuille des robes de couleurs vives et des chapeaux extravagants. Tout cela pour que les gens la remarquent, elle, une femme d'un certain âge, qui avait été négligée par son mari, que son fils trouvait frivole, et que ses filles considéraient comme une mère envahissante.

— Vous méritiez mieux que lui. Vous êtes une bonne mère, dit-il. Merci.

— Je reste sans voix.

— C'est faux. Vous avez passé la matinée à me poser des questions.

— Tu es sur le point de faire une chose irréparable. Qui changera irrémédiablement le cours de ta vie. Je veux que tu sois sûr de toi.

— Mère, je suis venu à New York pour y chercher fortune. Je ne repartirai pas les mains vides.

Pour certains, une rupture ou un chagrin d'amour étaient insurmontables. Ils se retrouvaient dans un bourbier gris et sombre qui les paralysait. Mais après sa querelle avec Adeline, sa conversation avec Freddie, et les quelques lettres qu'elle n'avait pas daigné ouvrir, Kingston savait ce qui lui restait à faire. Tout lui apparaissait clairement, à présent.

« Changez le monde, monsieur le duc », lui avait-elle

dit un jour. À vrai dire, c'était beaucoup demander à un seul homme.

« Prenez des risques. »

Et donc, il se rendit chez Mr Van Allen, avec une bague en diamant dans sa poche.

177, Cinquième Avenue

Mr Van Allen, un homme petit mais distingué, d'un certain âge, se leva lorsque Kingston entra dans la bibliothèque. La pièce au plafond vertigineux et aux murs entièrement lambrissés de bois sombre avait été conçue pour ressembler aux manoirs anglais comme le sien. La différence, c'était que celle-ci était neuve. Il lui manquait la patine du temps et la présence de générations d'aristocrates imposants.

— Votre Grâce.

— Je suis venu parler de quelque chose avec vous, monsieur. Vous faire une proposition, en quelque sorte, annonça Kingston en s'asseyant dans un des fauteuils, face au bureau.

— Il serait temps. Mon épouse a déjà commencé à préparer le mariage, à en croire cette pile de factures. Mais ma fille ne porte toujours pas de bague de fiançailles.

Kingston sortit l'écrin de sa poche, l'ouvrit, et le posa sur le bureau de Van Allen. Le diamant et les saphirs étincelaient. Les pierres représentaient à elles seules une véritable fortune. Le fait que la bague ait appartenu à des ducs et des duchesses pendant des siècles ajoutait à sa valeur.

— Un bijou de famille des Kingston, depuis des centaines d'années. Toutes les duchesses l'ont portée.

— Vos intentions sont… très claires.

— Les raisons de ma venue à Manhattan ont toujours été claires. J'ai besoin d'une fortune. J'avais pensé l'obtenir d'une manière traditionnelle, par le mariage. Mais j'ai découvert qu'il existait d'autres moyens.

— Voilà qui est intéressant. Continuez.

— Je pourrais offrir cette bague à votre fille et l'épouser. Je serais un mari bon et respectueux. Mais je ne suis pas amoureux d'elle.

Kingston marqua une pause. Parce qu'il était normal d'observer une pause au moment où votre vie était sur le point de prendre un tournant inattendu.

— Ou bien, je pourrais vendre cette bague et investir l'argent ainsi obtenu dans votre tout nouveau projet immobilier. J'ai entendu dire que l'immobilier à Manhattan était en pleine expansion.

Une lueur étonnée passa dans les yeux de Van Allen.

De façon générale, les membres de l'aristocratie ne s'engageaient pas dans les affaires.

Un homme de son rang ne se salissait pas les mains avec des histoires d'argent. Il se contentait de dépenser celui-ci. On pouvait bien sûr s'arranger pour que les faits s'adaptent à l'existence qu'il était censé mener en tant que duc…

« Changez le monde, monsieur le duc… »

Avec ou sans lui, les choses iraient de l'avant. Kingston pouvait résister, s'accrocher à l'ancien monde, invoquer la tradition, la noblesse, le devoir sacré. Mais s'il voulait redonner du lustre à ses domaines pour les générations à venir, il lui faudrait opter pour une façon nouvelle de faire son devoir.

Les anciennes méthodes n'étaient plus efficaces dans un monde nouveau.

Kingston se renversa dans le fauteuil, dans une attitude nonchalante, en complète contradiction avec le bouleversement intérieur qu'il éprouvait. Risquer son passé et son futur en même temps, pour l'amour d'une femme qui vous repoussait, avait de quoi vous faire battre le cœur.

Mr Van Allen eut l'air pensif. Mais quand il reprit la parole, sa voix contenait une note de défi :

— La question est : qu'est-ce qui vous donnera le meilleur retour sur investissement ? La dot de ma fille est considérable. Ma fortune personnelle est astronomique. Je n'ai pas d'autre enfant, et je ne suis pas éternel.

— Dites-moi, Mr Van Allen, quelle valeur accordez-vous au bonheur ?

— L'argent me rend heureux.

— Mais dans vos calculs, ne faites-vous pas entrer le plaisir d'avoir quelqu'un avec vous le matin, à la table du petit déjeuner ? Les plaisirs du lit conjugal ? Le respect mutuel, l'admiration, l'amour de son conjoint ?

Van Allen plissa les yeux.

— Je croyais que nous parlions affaires ?

— Nous parlons de *retour sur investissement*. Je parie que si j'investis la valeur de cette bague dans votre projet immobilier, je serai riche et heureux. Si j'épouse votre fille, je serai riche et satisfait. Il me semble que le bonheur est supérieur à la satisfaction.

— L'entreprise pourrait échouer.

— Vous pourriez mourir sans le sou.

— Vous pourriez avoir les deux, souligna Van Allen.

— Cela dépend de votre conception du bonheur.

— Je ne m'attendais pas à cela de la part d'un homme de votre rang.

— Je pourrais dire la même chose. Je pensais que comme tous les magnats, vous faisiez passer l'argent avant tout le reste. Que vous n'accordiez pas de valeur à un titre de noblesse. Le fait que vos petits-enfants soient duc ou duchesse compte-t-il plus pour vous que les profits que vous tireriez du succès de vos nouveaux projets ? Avez-vous pensé au bonheur de votre fille ?

Kingston savait qu'il ne pouvait avoir de respect pour lui-même s'il ne prenait pas son devoir de chef de famille au sérieux, et s'il ne subvenait pas aux besoins de ceux qui dépendaient de lui. Mais peut-être ne serait-il pas obligé de sacrifier l'amour de sa vie pour atteindre ce but.

Chapitre 26

La tenue idéale pour plaquer un duc ?

Les personnes chics de New York commandent leurs robes à La Maison d'Adeline, la boutique qui fait fureur. Ces poches ! Le duc de Kingston lui-même ne peut résister au talent de son amie proche. Il a été vu en train de courir après elle, alors qu'elle quittait le bal des Carlyle. Vous imaginez cela ? Fuir un duc ? C'est une chose de dessiner des modèles destinés à prendre dans ses filets le parti le plus convoité du moment. Mais c'en est une autre d'imaginer la robe idéale à porter pour plaquer le duc en question.

– The New York World

C'était le point d'interrogation qui inquiétait Adeline. Si le journal avait écrit : « La tenue idéale pour plaquer un duc ! », elle n'aurait pas éprouvé de craintes. Le point d'exclamation aurait souligné qu'il n'y avait aucun lien entre Kingston et elle. Mais ce point d'interrogation laissait planer des doutes inconvenants qui lui déplaisaient.

De toute évidence, Mrs Van Allen n'avait pas apprécié non plus.

Elle débarqua dans la boutique telle une furie, les yeux lançant des éclairs.

— Mrs Black.

— Mrs Van Allen, que puis-je pour vous ?

Adeline n'était pas vraiment d'humeur à lui faire une robe pour le bal de fiançailles, ou le mariage.

— Je ne viens pas pour une robe. Je voudrais vous dire un mot.

— La robe de Miss Van Allen ne lui convient pas ?

— La robe est très bien. C'est l'occasion de porter la robe qui pose problème.

La sonnette de la porte tinta et deux femmes entrèrent dans le magasin. Par souci de discrétion, Adeline entraîna Mrs Van Allen dans un salon d'essayage, où elles pourraient parler en privé.

— Ma fille était sur le point de devenir duchesse. Avant votre intervention.

— Je suis désolée, Mrs Van Allen, mais je ne comprends pas.

— Finalement, il ne va pas faire sa demande.

Il n'était pas facile de formuler une phrase cohérente quand on n'arrivait pas à aligner deux idées. À quoi diable jouait Kingston ? Il avait besoin de Miss Van Allen. Adeline ne pouvait lui donner ce qu'il lui fallait. Et de toute manière elle ne l'aurait pas fait, puisqu'il avait mis en cause son intégrité.

Le duc avait besoin d'une fortune et d'une épouse. Aussi, le fait qu'il ne veuille plus faire sa demande était incompréhensible.

— Mrs Van Allen, je ne vois pas du tout ce que vous voulez dire.

— Je pense que vous voyez très bien, au contraire, répliqua celle-ci en plissant les yeux.

Elle n'était vraiment pas venue pour une robe, mais pour régler ses comptes avec Adeline.

— L'avenir de ma fille était assuré, mais vous avez séduit cet homme, vous l'avez ensorcelé.

— Il me l'a assez répété..., murmura Adeline pour elle-même.

Mais elle l'avait quitté. Elle lui avait renvoyé ses lettres sans même les ouvrir. Ils n'avaient pas d'avenir ensemble.

— Savez-vous ce que c'est, de vouloir que sa fille soit en sécurité ? Une mère ferait n'importe quoi pour assurer l'avenir de son enfant.

— Je sais, chuchota Adeline, en pensant à sa propre mère et à tous les hommes que cette dernière avait dû supporter.

Tout cela pour qu'Adeline ait un toit, et le ventre plein. Elle s'était sacrifiée pour son enfant. Adeline le comprenait, à présent.

— Entre la fortune de son père et le statut social du duc, ma fille n'aurait jamais manqué de rien. Elle aurait évolué dans les cercles huppés de la société, et vécu dans les meilleures conditions possibles. C'est ce qui m'est arrivé, quand j'ai épousé son père au lieu de... Peu importe. Et quand j'ai encouragé son idylle avec le duc, j'étais... *Nous* étions proches du succès. Et maintenant, tout est fini.

— Je suis désolée. Je croyais qu'il allait faire sa demande.

— Moi aussi. Et puis il a été vu courant après vous. Ce satané journal. Et ce maudit point d'interrogation.

— Voyez-vous une bague à mon doigt ? interrogea Adeline en tendant les deux mains devant elle.

Des mains de travailleuse, en dépit du succès que connaissait son entreprise.

— Oh ! il a vendu la bague, déclara Mrs Van Allen avec un rire amer. Il a décidé d'investir le produit de la vente. Il va tenter sa chance dans l'immobilier.

Oh ? *Il n'allait pas faire sa demande ?*

Oh ? *Il avait décidé de se lancer dans les affaires !*

Oh… Adeline comprenait parfaitement. Il se servait du passé pour investir dans l'avenir. C'était très moderne, comme idée.

Il prenait un risque, afin de pouvoir se marier par amour.

Il prenait ce risque pour elle.

— Oh ! mon Dieu, chuchota-t-elle.

— Savez-vous ce que cela représente pour Alice ? Ils étaient pratiquement fiancés, et soudain il préfère mettre en jeu son héritage familial pour se lancer dans une entreprise immobilière hasardeuse, plutôt que d'épouser ma fille ! Elle ne trouvera plus d'autre fiancé, à présent.

— Votre fille est la beauté personnifiée. Je suis sûre qu'elle trouvera quelqu'un. Elle pourra peut-être même faire un mariage d'amour, avec un homme qui se passionnera comme elle pour l'ornithologie.

Cette possibilité ne semblait pas intéresser Mrs Van Allen.

— Oh ! non, vous avez gâché sa vie, avec vos robes et vos manœuvres de séduction. Ne niez pas, Mrs Black. J'ai bien vu comment il vous regardait. J'ai aussi parlé avec Mme Chalfont, ma couturière préférée. Apparemment, cela fait déjà quelque temps qu'il y a quelque chose entre le duc et vous.

— Ce n'est pas ce que vous croyez…

— Oh ! peu importe ce que je crois, ou ce que c'est en réalité. Je ferai ce qu'il faut, avec l'aide de Mme Chalfont, pour que toutes les dames de la haute société vous considèrent comme un danger pour leur couple, ou leur futur mariage. Qui voudrait se faire voler son époux par une couturière ? Personne. Aucune des femmes que vous habillez. Je vous ferai payer ce que vous avez fait.

Et sur ces mots, Mrs Van Allen sortit.

Adeline se laissa tomber assise sur le sol.

Il suffirait de quelques remarques bien placées faisant allusion à sa relation avec le duc, de quelques questions perfides sur sa personnalité, pour la faire paraître inconvenante et peu recommandable. Plus personne ne voudrait porter ses robes. Son affaire déclinerait, et elle devrait fermer boutique. Elle n'aurait pas d'autre solution que de retourner coudre pour quelqu'un d'autre, en pensant qu'elle aurait pu devenir duchesse !

Il fallait qu'elle fasse quelque chose. Elle avait surmonté trop d'obstacles, elle était allée trop loin pour voir ses rêves détruits en un jour par la rumeur. Trop de femmes comptaient sur elle, des personnes audacieuses avaient pris des risques. Elle était prête à tous les sacrifices pour elles.

Elle ne pouvait pas faire peser un tel poids sur les épaules de ses couturières. Détruire la foi de Rose en l'amour, confirmer les opinions pessimistes de Rachel, laisser Margaret et son bébé à la merci de canailles.

Quand elle reçut une nouvelle lettre du duc, elle sut ce qu'elle avait à faire.

À ma ravissante New-Yorkaise,

J'ai vu tous les paysages que Manhattan avait à offrir. La seule personne que je ne me lasse pas d'admirer, c'est vous. Me ferez-vous l'honneur de vous promener avec moi dans le parc ?

Kingston

Chapitre 27

Nul ne sait que penser de la nouvelle mode qui consiste à présenter sa demande en mariage à Central Park.

– The New York World

Un peu plus tard
Central Park

Kingston attendait à l'entrée du parc, à l'angle de la 59e Rue et de la Cinquième Avenue, où il avait déjà attendu Adeline une fois, il y avait longtemps. Il était animé par la même énergie et la même nervosité. C'était ce que l'on ressentait quand on savait que sa vie était sur le point de changer. Pour toujours.

Il lui avait envoyé des lettres qu'elle lui avait retournées sans les ouvrir. Quand elle avait enfin répondu en acceptant de le voir, il avait senti son espoir renaître. Il tenait une chance de lui prouver son amour, de se jeter à ses pieds et la reconquérir. Une chance de lui prouver qu'il était l'homme de sa vie, qu'ils étaient destinés l'un à l'autre et qu'ils pouvaient être heureux ensemble. Jusqu'à la fin de leurs jours.

Il leva les yeux et la vit. Elle se dirigeait vers lui d'un pas décidé, vêtue d'une de ses splendides créations. Une robe bleu foncé simple et élégante, qui lui allait à ravir. *Ma future duchesse*, songea-t-il.

S'il avait un peu de chance.

S'il se traînait suffisamment à ses pieds pour lui faire oublier les insultes qu'il avait proférées concernant son intégrité et son ingéniosité. Si l'amour était assez fort, elle deviendrait sa femme. Elle était là, et cela suffisait à faire surgir une lueur d'espoir.

— Bonjour, monsieur le duc.

— Vous êtes venue. Je suis content. Je savais que tout n'était pas fini entre nous.

Elle eut un faible sourire qui l'inquiéta un peu, mais il décida d'ignorer ce sentiment. Tout allait bien. Pourquoi aurait-elle accepté de le revoir, si ce n'était pas pour lui dire oui ?

Il lui prit donc la main, et ils s'aventurèrent dans une des allées ombragées. Ils parvinrent dans une clairière agréable. Des gens étaient assis sur les bancs, des enfants jouaient dans l'herbe, et un quatuor d'instruments à cordes qu'il avait engagé pour l'occasion jouait une musique douce. L'ambiance était délicieusement romantique.

Il se tourna vers elle et la contempla. Oui, c'était bien ce visage qu'il voulait voir tous les soirs avant de s'endormir et tous les matins au petit déjeuner. Toute sa vie.

Son cœur battait la chamade.

— Adeline, je vous dois des excuses. Je suis désolé de vous avoir offensée alors que j'éprouve pour vous une profonde admiration. Je veux vous connaître, Adeline. Je veux connaître tous vos secrets, parce que je vous trouve fascinante et que vous m'enchantez. Cependant, je peux vivre avec le mystère. Mais sans vous, je ne peux pas vivre.

— Oh ! Kingston…

— Il y a autre chose que je voudrais vous demander.

Il savait que des gens les regardaient. Un jeune couple se tenant par la main et se regardant dans les yeux, cela ne pouvait signifier qu'une seule chose. C'était une demande en mariage.

— Kingston, j'ai aussi quelque chose à vous demander.

— Voulez-vous…

— Voulez-vous…

Ils parlèrent tous deux en même temps.

— M'épouser, dit Kingston.

— Épouser Miss Van Allen, dit Adeline. Voulez-vous épouser Miss Van Allen ? C'est le seul moyen de tout arranger.

— Je vous demande pardon ?

— Voulez-vous épouser Miss Van Allen ?

Épouser… Miss Van Allen ?

Kingston se massa le menton. Se passa les doigts dans les cheveux. Il était duc. Il n'était pas trop mal de sa personne, et savait comment amener Adeline au summum du plaisir. Il avait complètement bouleversé ses projets d'avenir, jeté aux orties des siècles de traditions, parce qu'elle l'avait mis au défi de changer. N'importe quelle femme aurait dû vouloir l'épouser. Ou du moins, réfléchir à sa demande.

Et non lui demander d'en épouser une autre !

Pourquoi fallait-il que les choses soient si difficiles ?

— Adeline…

— Si vous ne le faites pas, Mrs Van Allen et

Mme Chalfont me ruineront, expliqua-t-elle d'une voix étranglée.

Kingston essaya de se remettre à respirer normalement, s'efforça de remettre de l'ordre dans son esprit. Elle lui demandait d'épouser une femme qu'il n'aimait pas.

— Mrs Van Allen a décidé de faire couler mon affaire. Elle pense que j'ai gâché l'avenir de sa fille.

Ce n'était pas entièrement faux.

— Elle a trouvé une alliée en Mme Chalfont.

Qui avait renvoyé Adeline à cause de lui.

— Les couturières et leurs clientes… parlent. Les dames de la bonne société ne voudront plus fréquenter mon établissement si elles entendent des commérages à notre sujet. Surtout si la rumeur laisse entendre que je pourrais leur voler leur soupirant, ou leur époux.

Malheureusement, c'était ainsi que tournait le monde.

« Changez le monde, monsieur le duc. »

Tout ce qu'elle disait était parfaitement sensé. L'élan qui le poussait à la protéger, à la sauver, se heurtait à son désir d'être avec elle.

— Il faut que vous me croyiez, Kingston. J'ai obtenu l'argent pour ouvrir ma boutique de façon honorable. Mais on m'a fait jurer le secret. Et même si ce n'était pas le cas, quelle importance ? La vie des femmes que j'emploie dépend du succès de cette entreprise. Ces femmes n'auraient pas d'autre possibilité d'avoir une vie digne et honnête. Et je les aime toutes. Je suis prête à sacrifier mon bonheur pour leur bien-être. Si vous m'aimez un peu, vous devez faire cela pour moi.

Kingston la croyait. Adeline ne lui avait jamais donné de raison de mettre sa parole en doute. De plus, il l'aimait. Il savait que même si elle avait accepté d'avoir une liaison avec Freddie, ou n'importe quel autre homme, afin d'accomplir son rêve, il n'aurait pas cessé de l'aimer. Il aimait tout en elle.

C'était aussi simple que cela.

Cependant…

— Adeline. Vous êtes consciente que vous me demandez de sacrifier aussi mon bonheur. Je me dis que si vous m'aimiez, vous ne me demanderiez jamais cela.

— Que voulez-vous dire ?

Avec un soupir, il sortit l'écrin de sa poche, l'ouvrit, et lui montra qu'il ne contenait rien. Tout cela faisait partie de la romantique demande en mariage qu'il avait projeté de faire. Mais tout allait de travers. Les musiciens continuaient de jouer. Les gens les regardaient en murmurant, attendant qu'ils échangent un baiser, ou qu'elle fasse un geste prouvant qu'elle avait accepté.

Adeline posa sur lui un regard sombre, plein de questions.

— La bague qui était dans ce coffret a été portée par des générations de duchesses de Kingston. Je l'ai vendue. J'ai investi le produit de la vente dans le projet immobilier de Mr Van Allen. Je suis en train de faire des arrangements pour vendre d'autres biens de valeur. De petits domaines, des œuvres d'art, afin d'investir dans d'autres affaires. Symboliquement, j'échange les traditions du passé contre les opportunités du futur. Un futur que j'espérais partager avec vous. Je vous aime, Adeline. Vous m'avez ouvert les yeux sur des possibilités que j'ignorais. Je ne changerai sans doute pas le monde, mais grâce à cette bague j'espérais changer le cours de notre vie. Nous permettre de faire un mariage d'amour. Du moins, c'est ce que je pensais vous dire. C'était la question que je voulais vous poser. Mais vous avez d'autres projets.

Vous ne m'aimez pas.

Elle n'avait pas besoin de parler, il avait deviné.

Adeline sortit un petit mouchoir brodé de sa poche et essuya délicatement les larmes qui perlaient sous ses paupières. *Pourquoi les femmes avaient-elles besoin de poches ?* Pour y ranger leur mouchoir, car visiblement les hommes les faisaient pleurer.

Il avait imaginé qu'elle dirait oui.

Il ne s'attendait pas à ce long silence. Comme elle demeurait muette, il referma le coffret. Un stupide coffret vide, pour un geste stupide, qui venait trop tard.

Kingston glissa la boîte dans sa poche.

— J'ai pris un billet pour l'Angleterre. Le navire part mardi. Si vous changez d'avis. Sinon…

Il ne trouvait pas les mots pour un moment tel que celui-ci. Le moment où il avait osé essayer d'être l'homme qu'elle aurait voulu qu'il soit. Il avait conscience des regards rivés sur eux. Des secondes, puis des minutes, qui s'écoulaient.

Elle ne disait pas oui. Elle ne disait rien du tout.

Finalement, il se décida à tourner les talons. Les musiciens jouaient toujours.

Il se retourna une seule fois et la vit.

Assise au milieu de Central Park, elle pleurait.

Chapitre 28

Personne n'avait vu cela venir. Qu'un duc, beau et charmant, finisse par ne pas épouser une des Princesses Dollar de New York. Ni aucune autre femme, en fait, si nous devons en croire sa demande en mariage ratée de Central Park. Son navire lève l'ancre cet après-midi.

– The New York World

Mardi après-midi
Hôtel de la Cinquième Avenue

Son bateau partait à 4 heures. Son valet était déjà à bord, ainsi que sa mère, ses sœurs, et tous leurs bagages. Des douzaines et des douzaines de malles remplies de robes, de chapeaux, de colifichets, sans compter ses précieux costumes de Savile Row. Tout cela avait été empaqueté avec soin et transporté de l'hôtel jusque dans leurs luxueuses cabines.

Kingston avait décliné l'invitation de Mrs Whitney au bal qu'elle donnait la veille, et refusé de retrouver Freddie au club pour un dernier verre. Son cousin se passerait de lui dorénavant quand il aurait envie de faire une virée. Il avait passé la soirée à marcher au hasard dans les rues de New York, s'abreuvant du spectacle de la ville, de ses bruits et de ses odeurs abominables. Espérant vaguement tomber sur Adeline au coin d'une rue. Il passa la nuit seul. Ce n'était pas du tout comme cela qu'il avait imaginé sa dernière nuit à New York.

À présent, il prenait le thé avec Miss Burnett, sa voisine d'hôtel. C'était la dernière chose qu'il ferait à New York, et elle était la dernière personne qu'il verrait.

Elle lui avait envoyé une invitation.

Kingston n'avait aucune raison de refuser.

Ils prirent donc le thé dans le restaurant de l'hôtel.

— Ne trouvez-vous pas curieux que selon les circonstances, le fait d'être vue avec un homme pourra détruire la réputation d'une femme, ou au contraire la flatter ? fit observer Miss Burnett de but en blanc, tout en sirotant son thé. Par exemple, si nous dansions, on me trouverait désirable parce que vous vous intéressez à moi. En revanche, si j'étais vue quittant votre chambre d'hôtel…

Elle laissa sa phrase en suspens.

— Les circonstances.

— Si l'on me voit prendre le thé avec vous, les gens penseront que j'espère me faire épouser. Alors que ce n'est pas du tout mon intention. En réalité, j'essaye de vous en faire épouser une autre.

Il en avait par-dessus la tête, de ces femmes qui voulaient le marier avec d'autres femmes !

— N'est-il pas un peu tard pour jouer les marieuses ? Mon bateau part dans un peu plus d'une heure.

— Oh ! il n'est jamais trop tard, répliqua Miss Burnett, comme s'ils avaient tout le temps devant eux.

Alors qu'en réalité, il devait filer au plus vite sur les quais.

— J'ai décidé de me marier par amour, déclara-t-il.

— Vous ne voulez plus d'une héritière et de sa fortune ?

— J'ai décidé de tenter ma chance dans les investissements financiers.

Elle arqua les sourcils.

— Vraiment ? C'est une idée très moderne. Savez-vous que moi aussi, je fais des investissements ?

Cette remarque piqua sa curiosité.

— Je ne suis pas la seule. Hetty Green, par exemple, a gagné une fortune grâce à la Bourse. J'ai choisi une voie différente. J'ai investi, entre autres, un peu d'argent dans un établissement de mode.

Kingston se redressa, accordant soudain à Miss Burnett toute son attention. À en juger par le sourire de celle-ci et l'étincelle qui apparut dans ses yeux, elle s'en aperçut. Elle poursuivit :

— N'est-il pas triste qu'en ce monde personne ne veuille croire qu'une femme a les moyens ou l'envie d'aider ses semblables ?

— Je trouve cela tragique, déclara-t-il, en comprenant ce qu'elle laissait entendre.

Pourquoi ne s'en était-il pas douté plus tôt ? Pourquoi n'avait-il pas pensé qu'une femme pouvait avoir les moyens nécessaires et l'envie d'aider les autres femmes ? Pour une raison mystérieuse, Adeline n'avait pas pu le lui révéler. Mais elle n'aurait pas dû avoir à le faire.

— Je trouve cela triste, stupide, d'autant plus que

cela débouche sur d'affreux malentendus. Mais que peut faire un homme ?

— Il me semble que présenter des excuses serait un bon début.

— J'ai déjà essayé. Abondamment. À plusieurs reprises.

Miss Burnett fit la moue.

— Mon investissement sera bientôt perdu, à cause de commérages qui se répandront comme une traînée de poudre. Tout cela parce qu'une femme a été vue avec un duc dans de mauvaises circonstances.

— Allez-vous me demander, vous aussi, d'épouser Miss Van Allen ? Il me semblait avoir été clair. Je ne me marierai que par amour. Ou pas du tout.

Miss Burnett balaya ces arguments d'un geste de la main.

— Je vous suggère d'épouser Miss Black.

— Je lui ai demandé sa main. Elle a refusé. Mon bateau part dans une heure.

— Cela ne m'étonne pas. Si votre amour n'est pas plus ardent que cela, il va falloir que j'aie recours à mon plan B.

— Quel est-il ?

— Je pense qu'il vaudrait mieux que vous ayez cette conversation avec Miss Black, vous ne croyez pas ? Il me semble qu'une déclaration d'amour éternel pleine de panache s'impose. Vous le sauriez, si vous lisiez des romans à deux sous.

Kingston jeta un coup d'œil à la pendule. Il allait devoir partir dans les prochaines secondes, s'il ne voulait pas que le navire lève l'ancre sans lui. S'il prenait le temps de faire une deuxième demande, il pouvait très bien être repoussé encore une fois et se retrouver coincé à Manhattan, tandis qu'un bateau à destination de l'Angleterre et chargé de tous ses bagages se lancerait à l'assaut de l'Atlantique.

— Veuillez m'excuser, je dois assister à une réunion, déclara Miss Burnett.

Elle se leva et lissa sa jupe.

— Je suppose que vous devez y aller aussi, si vous voulez attraper le bateau.

Et sur ces mots, elle tourna le dos et sortit.

Kingston demeura sur sa chaise, les yeux rivés sur la pendule. Il était trois heures moins le quart.

S'il partait tout de suite…

Il pouvait encore monter à bord. Il pouvait regagner l'Angleterre avec toute sa famille et mettre en œuvre ses projets de ventes et d'investissements. Il aurait prouvé qu'il était maître de son destin. Il aurait permis à Adeline de sacrifier son bonheur, et le sien, pour les autres. Sans même songer à un quelconque plan B.

S'il partait maintenant, la femme qu'il aimait se retrouverait seule pour faire face aux ragots. Il la laisserait mener cette bataille seule. Ce dont elle était parfaitement capable. Mais qu'elle n'aurait pas dû avoir à faire.

Non ! Elle devait mener ses batailles avec un véritable amour à ses côtés pour la soutenir.

Chapitre 29

Lors d'une récente réunion de la Audubon Society dans Central Park, Miss Van Allen a procédé à un spectaculaire lâcher d'oiseaux. La clé des cages dorées était cachée dans la poche de sa robe.

– The New York World

Club des Dames de la Liberté
25, 10ᵉ Rue Ouest

À 4 heures de l'après-midi, le duc quitterait Manhattan pour regagner l'Angleterre. Cet événement était probablement l'un des moins importants de la journée, toutefois c'était celui sur lequel se concentraient toutes les pensées d'Adeline. Ce n'était pas tous les jours qu'un superbe duc sortait de votre vie et s'embarquait pour un autre continent.

Cela se passait un mardi.

Le mardi était également le jour où les Dames de la Liberté recevaient les visiteurs. Et aujourd'hui elle avait des nouvelles à annoncer. Des nouvelles si bonnes qu'elle avait hâte de leur en faire part.

Mais quel dommage que ce jour de triomphe soit gâché par un immense chagrin, et aussi quelques regrets. Assise parmi les autres membres du cercle, elle avala une gorgée de thé et poussa un discret soupir.

— Comment va notre établissement de mode préféré ? s'enquit Miss Burnett.

Adeline inspira avant de répondre :

— J'ai de bonnes nouvelles. Pour commencer, je vais pouvoir vous rembourser tous les fonds que vous avez investis dans cette affaire.

Cette annonce fut accueillie par un concert d'applaudissements et de félicitations, et Adeline sentit ses joues se colorer de fierté.

Lord Hewitt était passé régler la facture considérable laissée par Lady Marian. Grâce à cela, et aux commandes de toutes les autres clientes, elle avait gagné suffisamment d'argent pour rembourser le prêt accordé par le Club, avec les intérêts. À partir de maintenant, tout ce qu'elle gagnerait serait à elle. Cela lui apportait une satisfaction inimaginable.

Mais cela faisait naître aussi un sentiment nouveau. Elle était consciente que cette affaire était la sienne, et que son honneur et son devoir consistaient à la protéger à tout prix. Kingston ressentait probablement la même chose pour son duché, et elle comprenait les risques qu'il avait pris en lui demandant de l'épouser.

— Ce n'est pas tout, poursuivit-elle. Margaret a eu son bébé, c'est une belle petite fille. La mère et l'enfant se portent bien. Nous lui conservons son emploi à l'atelier, mais j'ai d'autres places disponibles, si vous entendez parler de jeunes filles en situation de détresse.

— Cela fait plaisir à entendre. Malheureusement il

y a toujours beaucoup de femmes qui ont besoin d'aide et qui recherchent un emploi honnête.

Adeline considérait de son devoir de soutenir toutes les jeunes femmes qu'elle pouvait. D'autant plus qu'elle risquait de tomber elle-même dans une dangereuse précarité, si Mrs Van Allen et Mme Chalfont mettaient leurs menaces à exécution.

— Ces nouvelles sont splendides ! Félicitations, Miss Black.

— Je vous remercie toutes pour l'opportunité que vous m'avez offerte.

Les dames applaudirent de nouveau, et elle trouva encore plus difficile de leur annoncer le reste.

Les mauvaises nouvelles.

Adeline jeta un coup d'œil angoissé à Miss Burnett. Elles avaient eu une conversation en privé à ce sujet, la veille. Il lui semblait juste que sa bienfaitrice, son ange gardien, sa bonne fée, soit mise au courant de la situation désespérée dans laquelle elle se trouvait.

Adeline était au bord de la ruine.

Et plongée dans le plus profond désespoir.

— Il n'y a qu'un problème, commença-t-elle. Un problème insurmontable et catastrophique. Je crains qu'il ne détruise tout.

Des murmures se répandirent dans le salon.

— Vous nous inquiétez !

— Dites-nous tout !

— Mrs Van Allen pense que j'ai détruit les perspectives de mariage de sa fille avec le duc de Kingston.

Il n'était pas nécessaire d'en dire davantage, ces femmes lisaient les journaux, elles étaient bien informées.

— Mon ancienne patronne estime que je lui ai porté tort en ouvrant ma boutique et en lui prenant ses clientes.

Miss Burnett fronça les sourcils, avala une gorgée de thé, et jeta un coup d'œil à la pendule sur la cheminée.

— Elles se sont liguées pour détruire mon affaire. Les dames ne voudront pas être habillées par une couturière à la mauvaise réputation. J'ai fait de mon mieux pour faire cesser les commérages, mais je crains que mon plan n'ait échoué. Je ne sais plus comment m'y prendre pour sauver ma boutique.

— Qu'avez-vous fait ?

— Quelque chose de très raisonnable. J'ai demandé au duc d'épouser Miss Van Allen. C'était la meilleure solution. Nous savons toutes qu'il avait l'intention de la demander en mariage, de toute façon. Cela ferait plaisir à Mrs Van Allen, et la dissuaderait de détruire mon affaire, et la vie des femmes que j'emploie.

Aussitôt, ce fut un concert d'exclamations :

— C'est un très bon plan…

— … À condition de ne pas être amoureuse de lui.

— Mais comment cela pourrait-il régler le problème de votre ancienne patronne ?

Adeline soupira.

— Je me disais que celle-ci finirait par oublier ses griefs si Mrs Van Allen cessait d'attiser sa colère.

— Votre plan ne manque pas de logique.

— Alors pourquoi a-t-il échoué ?

— Parce que le duc n'en fait qu'à sa tête, et qu'il suit son cœur, expliqua Adeline, très embarrassée. Quand je lui ai demandé d'épouser Miss Van Allen, il m'a demandé ma main.

Adeline croyait encore sentir la chaleur du soleil sur

ses épaules, entendre le son des violons. Mais ce qu'elle revoyait surtout, avec une clarté impressionnante, c'était l'expression déçue de Kingston. Elle l'avait blessé. Elle avait commis une erreur. Elle s'était trompée, avec les meilleures intentions du monde.

— Le duc a demandé votre main ? dit Miss Parks.

— À Central Park. Les musiciens jouaient, des gens pique-niquaient et nous observaient.

Son cœur sombra un peu plus. Comme cela avait dû être humiliant pour lui ! Cependant, il savait qu'elle n'avait pas envie de se marier. Pourtant, il avait tout organisé pour faire sa demande dans le parc. Ce qui montrait les risques qu'il était prêt à prendre pour elle. Pour leur amour. Pour leur bonheur futur.

Quelqu'un dans le salon soupira.

Adeline regarda la pendule. L'aiguille des minutes continuait sa marche régulière et approchait des 4 heures. Le bateau n'avait peut-être pas encore largué les amarres, mais elle avait bel et bien perdu toute chance de dire « oui ».

— Cela n'a plus d'importance. J'ai refusé sa demande.

— Vous avez repoussé le duc ?

Une des dames en avala son thé de travers, une autre manqua s'étrangler avec les miettes de son biscuit.

— Le grand, beau duc brun, enclin aux démonstrations chevaleresques, qui avait tout organisé pour une demande en mariage romantique à Central Park ?

— Je n'arrive pas à le croire !

— Les commérages ne s'acharnent pas autant sur une duchesse que sur une couturière, fit remarquer Miss Parks.

— Mais les duchesses ne sont pas couturières, dit une autre.

— Oui. Et les femmes sont rarement médecins, mais les temps changent, ajouta Phoebe Jane Babcock, qui était elle-même doctoresse. Tout ce qu'il faut, c'est une femme assez courageuse pour se lancer, et pour ouvrir les yeux au reste du monde.

— Mais les gens qui comptent sur lui espèrent qu'il va épouser une héritière, expliqua Adeline. Il est endetté. Il a des problèmes avec la toiture de son château.

— Les gens comptent sur lui, reconnut Miss Burnett. Mais il y a d'autres solutions que le mariage. Votre duc est… du moins était, jusqu'à une période récente, extrêmement vieux jeu. Un homme peut investir dans des affaires, ou même en créer une. Les choix existent.

— D'autre part, vous aurez bientôt une fortune bien à vous, Adeline, fit observer Miss Lumley. Si votre boutique continue sur sa lancée. Songez que vous pourriez lui venir en aide.

Cette idée n'avait jamais traversé l'esprit d'Adeline. Quelle couturière avait déjà sauvé un duc ? Aucune, à sa connaissance. Il n'y avait pas de précédent.

— Je ne suis qu'une fille issue des quartiers pauvres…

— Vous n'êtes pas n'importe quelle fille, coupa Miss Burnett. Vous êtes une femme admirable et ambitieuse, qui a osé réaliser ses rêves, tout en prêtant main-forte à d'autres femmes dans le besoin. Vous êtes peut-être issue des quartiers pauvres, Adeline, mais vous êtes une femme exceptionnelle.

Son mouchoir… Les poches étaient parfaites pour garder un mouchoir à portée de main, ce qui se révélait très utile ces derniers temps.

L'une après l'autre, les dames du Club analysèrent les

raisons pour lesquelles elle avait repoussé le duc, et lui démontrèrent que ce n'étaient que de fausses excuses.

— De quoi avez-vous peur, Adeline ? demanda gentiment Miss Lumley, touchant du doigt le cœur du problème.

— J'ai peur de perdre mon indépendance. De décevoir les personnes qui comptent sur moi. J'ai peur de renoncer à mes rêves.

Tout en parlant, elle se rendit compte que le duc et elle se trouvaient dans des situations similaires. Mais Kingston avait trouvé une façon d'être avec elle sans sacrifier ce qui lui tenait à cœur.

Alors que de son côté elle portait encore le poids du passé, des épreuves que sa mère avait endurées.

— Comme le disait Miss Goldman dans son discours, le mariage et l'amour sont incompatibles. Le mariage fait de la femme un parasite, un être totalement dépendant. J'ai vu ma mère…

— Miss Goldman dit que c'est le cas lorsqu'une femme se marie uniquement pour des raisons financières, comme le monde les oblige souvent à le faire, répondit Miss Burnett. Mais une femme comme vous, qui a des revenus, est libre de se marier par amour. Donc, la seule question à prendre en compte est celle-ci : aimez-vous le duc ?

C'était *la* question.

L'aimait-elle ? Bien sûr ! Elle l'aimait sans réserve.

Pouvait-elle croire qu'un homme comme lui aimait une fille comme elle, d'un milieu pauvre ? Elle avait vu la flamme du désir et de l'amour dans ses yeux. Il avait une façon de lui parler, de la toucher… Oui, il aimait la jeune femme qu'elle était, et la femme qu'elle devenait peu à peu.

Était-elle prête à prendre le plus grand risque de sa vie ? Ou bien allait-elle laisser ses peurs l'écarter d'un avenir fait de joie et de bonheur ?

Était-elle lâche ?

Elle ne s'était jamais considérée comme telle.

Elle était tout simplement une fille des quartiers pauvres, qui était arrivée jusqu'ici. Et qui prenait maintenant le thé avec les dames les plus raffinées et les plus puissantes de New York. Parce qu'elle avait eu du courage, qu'elle avait saisi des opportunités, pris des risques. Alors, pourquoi diable ne saisissait-elle pas cette chance de vivre une vie remplie d'amour ?

Adeline bondit sur ses pieds et courut à la porte. Elle devait le retrouver ! L'empêcher de partir !

À ce moment, quatre coups sonnèrent à l'horloge.

Son cœur se brisa.

Le bateau de Kingston partait à 4 heures.

Aujourd'hui. Mardi.

— Il est trop tard. Son bateau s'en va, murmura Adeline.

Il était parti.

Elle l'imagina sur le pont, le vent jouant dans ses cheveux, tandis qu'il regardait les gratte-ciel de Manhattan s'éloigner, devenir de plus en plus petits. L'amour s'échappait, sortait de sa vie, parce qu'elle n'avait pas eu confiance en elle.

— Quel dommage. J'aurais aimé assister à une scène romantique.

— Oh ! oui ! Il serait entré en deux enjambées, l'aurait prise dans ses bras…

— Et lui aurait demandé pardon ! Comment résister à cela ? demanda Miss Neville.

— Je pensais que vous étiez des femmes d'affaires, dit Adeline, perplexe. Que votre club était une sorte d'agence pour l'emploi.

— Oui, bien sûr, reconnut Miss Lumley. Mais pourquoi une femme devrait-elle choisir entre l'amour et le succès professionnel ? Entre le mariage et le travail ? Les affaires et le plaisir ? Pourquoi ne pourrait-elle avoir les deux ?

— Vous ne connaissez pas notre devise ? ajouta Miss Burnett en souriant. Amour, Liberté et Bonheur !

Kingston sortit de l'hôtel en courant. Il n'y avait pas une minute à perdre. Il courut dans la Cinquième Avenue, sans se soucier de la scène qu'il causait alors qu'il bousculait les passants et louvoyait entre les voitures.

Son cœur battait à tout rompre, et ce n'était pas seulement à cause de la course.

Le cœur d'un homme battait comme cela quand il était sur le point de tenter la chance de sa vie. *Encore une fois.*

Kingston fit irruption dans la boutique.

— Où est-elle ? s'écria-t-il, hors d'haleine.

Quelques élégantes le dévisagèrent et se mirent à chuchoter. Une vendeuse qu'il ne connaissait pas s'avança et lui demanda ce qu'elle pouvait faire pour lui.

Il se rua à l'arrière de la boutique, dans l'atelier.

— Où est-elle ? demanda-t-il aux employées d'Adeline. Et ne vous moquez pas de moi en me demandant de qui je veux parler, vous le savez très bien !

— Nous n'oserions pas, répliqua Rachel.

— Comment pouvons-nous vous aider ? demanda Rose.

— Où est Adeline ? Il faut que je lui parle.

— Elle vient de sortir.

— Vous l'avez manquée de peu.

— Où est-elle allée ?

Les jeunes femmes hésitèrent.

— Rose, reprit-il, s'adressant à celle qui était le mieux disposée envers lui. Vous qui êtes une fervente lectrice de romans d'amour, vous ne priveriez pas un héros d'une chance de provoquer une scène romantique, n'est-ce pas ?

— Oh ! vous vous prenez pour un héros ? s'exclama Rachel, narquoise.

— Nous n'avons pas le temps de discuter de cela.

— Nous pourrions faire un vote ? suggéra une inconnue.

— En se basant uniquement sur son allure ? Nous pourrions exiger qu'il fasse un petit discours.

Pendant que les jeunes femmes discutaient, un vagissement retentit dans un angle de la pièce. Une femme posa son ouvrage pour aller s'occuper du nouveau-né. Une autre, plus âgée, alla l'aider.

Ses mains étaient abîmées et déformées par le travail, et elle avait sûrement du mal à faire ses travaux de couture. Adeline l'avait engagée tout de même. Alors, Kingston prit le temps de regarder autour de lui. Les couturières portaient toutes un uniforme constitué d'une jupe grise et d'une chemise blanche. Mais en dehors de cela, elles étaient toutes très différentes. Par l'âge, la couleur de peau, l'origine. Il saisit plusieurs accents, tandis qu'elles discutaient entre elles.

Kingston devina que c'étaient ces femmes, qui n'auraient pas trouvé d'autre emploi, qu'Adeline voulait protéger à tout prix.

— Elle voudrait que j'épouse Miss Van Allen, car elle croit vous protéger ainsi, dit-il à haute voix. Elle a refusé ma demande, mais ce n'est pas parce qu'elle ne m'aime pas.

Kingston s'avança entre les tables couvertes de patrons, de tissus précieux, de mousseline.

— Il doit y avoir un moyen de se marier par amour, sans sacrifier nos devoirs envers ceux qui dépendent de nous.

— Vous devriez en parler avec Adeline, dit Rose.

— Je le voudrais bien ! s'exclama-t-il. Je le voudrais vraiment.

Ce fut finalement Rachel qui lui donna l'adresse.

25, 10e Rue Ouest

Adeline était prête à se précipiter sur les quais et à acheter un billet pour l'Angleterre, quand des coups insistants résonnèrent à la porte.

— Cela ne peut être une de nos visiteuses habituelles.

— Serait-ce un mari en colère ?

— Ouvrez ! cria une voix d'homme.

L'accent était clairement britannique. Il y eut des murmures dans le salon, puis Adeline déclara :

— Je pense que c'est pour moi.

— Ne me dites pas qu'il s'agit du duc au cœur brisé ?

— Oui, c'est lui.

— Je déclare la fin de cette réunion du Club des Dames de la Liberté, annonça Miss Burnett. Et le début de la réunion des Dames de la Charité.

Chaque femme présente se baissa pour prendre une

bible et un canevas, sous sa chaise ou son fauteuil. L'une d'elles tendit même un canevas à Adeline. C'était une invention de génie. Un homme entrant dans le salon ne verrait qu'un groupe de femmes occupées à broder tout en lisant des passages des Saintes Écritures… L'intrus ne poserait pas de question, et se retirerait aussi vite que possible.

L'homme qui frappait à la porte faisait exception.

Le majordome entra et annonça :

— Le duc de Kingston demande à être reçu.

Ce dernier entra sans attendre, d'un pas décidé, et se figea en voyant une vingtaine de femmes assises en cercle, buvant du thé et lisant la Bible. Un tableau simple de la vie traditionnelle.

Le cœur d'Adeline battait cependant plus fort qu'à l'ordinaire.

— Bonjour, Votre Grâce, dit Miss Burnett en se levant. Je croyais que vous aviez un bateau à prendre ?

— J'ai changé d'idée. Et moi, je croyais que vous aviez une réunion ?

— Vous voyez, c'est le cas. Que nous vaut le plaisir de votre visite ?

Kingston balaya le salon du regard, et la repéra. Le cœur d'Adeline battait plus fort que jamais. Elle était nerveuse. Et amoureuse. Curieuse, optimiste, et terrifiée.

— Je viens voir Miss Black, dit-il d'une voix qui la fit frissonner.

— Je suis là.

Adeline se leva, dans un froissement de soie et de satin.

— Nous n'avions pas de scène romantique prévue dans notre liste d'aujourd'hui, n'est-ce pas ? murmura une des femmes à sa voisine.

— Je suppose malgré tout que nous allons assister à l'une d'elles.

L'attention de Kingston se porta sur le groupe de femmes, puis revint se fixer sur elle. Peut-être soupçonnait-il quelque chose. Il lui poserait sûrement des questions plus tard. S'ils avaient un « plus tard ». Miss Burnett sourit et fit un léger signe de tête à Adeline, comme pour lui donner sa bénédiction.

Kingston se tenait devant elle, sans dire un mot. Elle était sur des charbons ardents.

— Le monde est petit, finit-il par dire.

— Comment m'avez-vous trouvée ?

— Il se trouve que les couturières connaissent tous les secrets des dames, et qu'elles aiment bien parler.

— Rose.

Bien sûr, c'était Rose, cette éternelle romantique, qui l'avait envoyé ici.

— En fait, c'était Rachel.

Rachel ? Adeline en resta bouche bée. Il avait vraiment dû se montrer très persuasif.

— Pourquoi êtes-vous là ?

Il sourit, comme il lui avait souri le premier jour. Ses yeux bleus pétillèrent.

— Je dois avouer que je vous trouve ravissante.

Quelqu'un dans la salle soupira. Adeline pencha la tête de côté, et sourit aussi.

— Naturellement !

— Je constate que les femmes à New York sont bien différentes de celles de Londres.

— Oh ! vous n'avez encore rien vu, murmura une femme dans le salon.

Les autres acquiescèrent.

Adeline connaissait la suite du dialogue. Chaque moment de leur première rencontre était gravé dans sa mémoire.

Elle inspira profondément.

— Je suppose que je devrais m'enquérir de ce qui vous amène à New York ?

— Je viens pour me marier.

— Félicitations ! C'est-à-dire… Je suppose qu'il faut vous féliciter. Votre fiancée sait-elle que vous faites irruption dans un salon sans vous annoncer, pour faire une déclaration à une femme que vous trouvez ravissante ?

Kingston fit un pas vers elle.

— Oh ! il est encore un peu tôt pour les félicitations.

— Vous ne lui avez pas encore demandé sa main ?

— Pas vraiment. Pas de manière convenable.

— Je suppose que vous n'avez pas encore rencontré la femme idéale.

— Je ne dirais pas cela…

Quelqu'un soupira. Peut-être était-ce elle-même. Le moment était très émouvant. Elle aurait voulu lui sauter au cou et lui jurer un amour éternel, mais elle voulait aussi savourer chaque seconde de ces instants magiques. Ce n'était pas tous les jours que l'homme de votre vie vous faisait sa demande d'une manière follement romantique.

Cela n'arrivait que le mardi.

— Il faudra sans doute que vous restiez un peu plus longtemps, avant de rencontrer quelqu'un.

— Qui vous dit que je ne l'ai pas déjà rencontrée ?

Il arqua les sourcils, comme le font les superbes ducs dans les romans d'amour.

— Vous recommencez, avec vos demandes en mariage, dit-elle d'une voix un peu tremblante.

— Cette fois, je le pense vraiment, Adeline.

Il mit un genou à terre et lui prit les mains.

— Voulez-vous m'épouser ?

— Cette fois, je dis oui.

Épilogue

Le duc et la duchesse de Kingston reviennent dans la ville de New York, où naquit leur histoire d'amour, afin de fêter l'ouverture d'un nouvel établissement de couture luxueux dans la Cinquième Avenue.

– The New York World

Dix ans plus tard

Adeline avait découvert que toutes les bonnes choses allaient par trois. Par exemple, toutes sortes de phrases magiques comprenaient trois mots. Comme « je t'aime ». Chaque matin en s'éveillant, Kingston lui murmurait ces mots, et elle les entendait de nouveau le soir en s'endormant à côté de lui. Elle disait ces trois mots aussi souvent que possible à leurs trois enfants, deux garçons et une fille.

Kingston avait aussi une phrase de trois mots qu'il aimait bien. « Retour sur investissement. » Son pari sur le projet immobilier de Mr Van Allen s'était révélé très lucratif. Ses investissements dans le téléphone et l'électricité également. Il avait même pu racheter la bague de ses ancêtres, qui ornait maintenant la main d'Adeline.

Les maisons avaient été vendues, ou transformées en hôtels, en musées, et même en foyer pour mères célibataires.

Parfois, Kingston était un peu effrayé par les changements que le temps avait amenés. Par exemple, lorsqu'il se tenait à la fenêtre de la bibliothèque de Lyon House, comme son père aimait le faire autrefois. Au lieu de contempler une campagne intacte et verdoyante, il voyait les voies de chemin de fer qui menaient à la gare. Toutes ces transformations lui avaient permis d'octroyer à ses sœurs des dots généreuses, qui leur avaient permis de faire des mariages d'amour. Et sa mère pouvait s'acheter toutes les robes qui lui faisaient envie. Inutile de dire qu'elle était ravie d'avoir une créatrice de mode pour belle-fille.

Adeline aimait tout particulièrement l'association de trois autres mots : *Londres*, *Paris*, *New York*. Elle possédait une boutique dans chacune de ces trois grandes villes. C'était un exploit qu'elle avait pu accomplir grâce à Rose et Rachel, aidées d'autres jeunes femmes talentueuses, qui supervisaient ces magasins. Des équipes entières de couturières créaient de splendides robes, dans lesquelles les femmes se sentaient capables de conquérir le monde.

New York City. Encore trois mots que Kingston et elle adoraient, même s'ils appréciaient leur vie à Londres et dans la campagne anglaise.

Alors que le bateau approchait de New York, Adeline se tenait sur le pont pour voir les gratte-ciel surgir de la brume. Chaque fois qu'elle contemplait ce spectacle, il lui paraissait encore plus grandiose.

— C'est la vue que tu préfères, n'est-ce pas ? murmura Kingston en l'enlaçant.

— Non, c'est ma *deuxième* préférée, et peut-être même la troisième.

— Qu'est-ce qui peut te plaire davantage ?

— La vue de nos enfants endormis, répondit-elle en riant. Et toi.

Elle se tourna vers lui, et il se pencha pour l'embrasser, tandis que New York se découpait au loin dans le ciel gris.

Quand une femme éprouvait-elle un tel bonheur ? Les mardis… et tous les autres jours de sa vie.

Note de l'auteur

Mon principe en tant qu'auteure est d'écrire des livres que j'ai envie de lire. *Du pacte au scandale* ne fait pas exception. Comme j'aime les histoires d'amour qui ont un cadre historique et que j'aime aussi Manhattan, dont je suis originaire, il était inévitable que je situe mon roman dans le New York d'autrefois. J'ai choisi le *Gilded Age*, la « période dorée », à cause de ses réceptions fastueuses, des belles robes, des fortunes extravagantes, et de la haute société que nous aimons tant retrouver dans ce genre de romans. C'était aussi une époque où les gens se battaient pour obtenir ce qui nous paraît naturel aujourd'hui. Le droit de vote, le droit d'avoir une journée de travail de huit heures, la protection de l'environnement, entre autres. Inutile de dire que pour moi c'était la période idéale pour donner vie à des personnages qui ont une âme d'activiste.

Quelques remarques historiques… Le Club des Dames de la Liberté est inspiré du Sorosis Club, un cercle féminin fondé en 1868 par Jane Cunningham Croly, après que les femmes avaient été exclues du dîner du Club de la Presse de New York. D'après le *New York Times*, ce club « inaugurait le mouvement des clubs féminins et était une des organisations les plus influentes pour les droits des femmes à la fin du XIXe siècle ». Leur objectif était de donner aux femmes plus d'opportunités de s'instruire et d'occuper une place dans la société. Les membres comprenaient des activistes, des écrivaines, des physiciennes, des ministres, l'éditrice d'un magazine de mode, des femmes d'affaires, et même Emily Warren Roebling, la femme qui supervisa la construction du pont de Brooklyn. Les membres du Sorosis Club étaient généralement des femmes blanches appartenant à la haute société. Cependant, j'ai choisi d'inclure dans mon club fictif une femme d'affaires afro-américaine millionnaire qui a vraiment existé, Mrs C.J. Walker. (Son histoire est fascinante !)

Au sujet des ducs et des Princesses Dollar. Ce fut une mode. L'exemple le plus marquant est le mariage du duc de Marlborough avec Consuelo Vanderbilt en 1895. (Ce n'était pas *du tout* un mariage d'amour.) Mais il y en eut beaucoup d'autres.

Les poches. Je n'ai pas totalement inventé l'histoire des poches dans les robes. Bien sûr, les poches existaient depuis longtemps. Il y eut de nombreuses discussions pour savoir s'il fallait ou non les inclure dans les vêtements de femmes. L'article du *New York Times* est authentique et date de 1899. Le mouvement concernant les robes fonctionnelles est également vrai, et les femmes les plus progressistes tombaient d'accord sur le fait que les vêtements jugés respectables limitaient leur liberté de mouvement. Curieusement, ce fut la bicyclette qui changea la mode pour les femmes (mais c'est une autre histoire !).

L'engagement de Miss Van Allen pour les oiseaux est inspiré par des femmes ayant vraiment existé, qui étaient horrifiées par les massacres de ces animaux et qui firent campagne pour mettre fin à l'utilisation des plumes dans la mode, afin de protéger des espèces en voie de disparition. La Massachusetts Audubon Society fut créée en 1896, aussi ai-je pris un peu de liberté avec les dates. Beaucoup d'autres associations suivirent, et c'est grâce à elles que la loi de 1918 sur les Oiseaux migrateurs fut passée. Il faut noter que d'après certaines études, la vogue des cheveux courts pour les femmes fut l'élément déterminant qui mit fin à la mode des grands chapeaux à plumes.

L'amour libre. Le discours auquel assiste Adeline dans Union Square est directement extrait des travaux de l'activiste Emma Goldman, qui a vraiment existé. Emma avait quitté le cocon familial encore jeune, sa machine à coudre sous le bras et cinq dollars en poche, pour se rendre à New York. Dans les années 1890, cette anarchiste, activiste, oratrice, championne de la liberté des femmes, vivait dans le Lower East Side, où elle était infirmière et sage-femme. J'ai pris la liberté de citer dans mon roman des passages de son essai *Du mariage et de l'amour*, bien que celui-ci n'ait été publié qu'en 1914, car elle avait déjà exprimé ces idées des années plus tôt. La notion d'« amour libre » (c'est-à-dire l'idée que les relations devraient être basées sur l'amour, et non sur des raisons légales ou économiques) remonte à un discours de Victoria Woodhull en 1871 qui fit particulièrement scandale, aussi l'idée devait-elle être déjà connue en 1895. Je précise que l'article qui précède ce chapitre a été écrit par une journaliste, Nellie Bly, lors de son interview d'Emma Goldman pour le *New York World*.

Pour en savoir davantage sur mes recherches, mon inspiration et mes livres, vous pouvez me suivre en ligne à cette adresse : www.mayarodale.com.

Remerciements

Je n'aurais pas pu écrire ce livre sans les personnes qui forment mon petit monde à moi : Tony, Mom, Eve, Lucia, Lou, Helen, Jonathan, Gigi, Sarah, Nathaly et Antonia. Sans oublier mon petit monde professionnel : Tessa, Jessica, Pam, et toute l'équipe d'Avon Books. J'adresse un remerciement spécial à Rose L. pour ses conseils, et surtout à mes deux ladies romancières, Caroline et Katherine, qui ont répondu à mes appels téléphoniques paniqués et sans qui je n'aurais pu élaborer cette histoire.

Merci à tous !

Vous avez aimé ce roman ?
Retrouvez la suite de la série
« Les ambitieuses de l'Âge d'Or »
dès juillet 2020
dans la collection Victoria.

Composé et édité par HarperCollins France.

Achevé d'imprimer en décembre 2019.

CPI
BLACK PRINT

Barcelone

Dépôt légal : janvier 2020.

FSC
www.fsc.org
MIXTE
Papier issu de
sources responsables
FSC® C108412

Pour limiter l'empreinte environnementale de ses livres, HarperCollins France s'engage à n'utiliser que du papier fabriqué à partir de bois provenant de forêts gérées durablement et de manière responsable.

Imprimé en Espagne.